新潮文庫

橘花抄

葉室　麟著

新潮社版

目次

橘《きつ》花《か》抄《しょう》

第一章　卯《う》花《はな》

1

十四歳の春、大きな屋敷の門前にぽつんと立っていた自分の姿を、卯乃《うの》はいまも思い出す。

屋敷の主人は筑前黒田《ちくぜんくろだ》藩の藩士立花五郎左衛門重根《たちばなごろうざえもんしげもと》だった。

父親を失った卯乃は、立花家に引き取られることになった。どのようないきさつで重根が卯乃を引き取ったのか、その時は知らなかった。

そのころ仕えてくれていた家僕の老爺《ろうや》に付き添われ、重根の屋敷まで行き、老爺が門番に案内を請《こ》うている間、門前で佇《たたず》んでいた。屋敷の敷地内には桜が植えられており、卯乃のところまで花びらがひらひらと落ちてきた。

卯乃が舞う花びらを手に受けようとした時、老爺が戻ってきて、そのまま玄関先まで連れていかれた。玄関の式台に屋敷の主人、重根が着流しで立っていた。

鼻が高く端正な顔をした四十半ばのひとだった。老爺にうながされ、卯乃が頭を下げると、重根は温かみのある声で言った。

「きょうから、ここがそなたの屋敷だ。わしを父と思って暮らすがよい」

父が死んで半年あまり、卯乃は小さな屋敷で心細い思いで暮らしてきた。ほっとして、思わず涙が出そうになったが、

「泣くでない。泣かなければ明日は良い日が来るのだ」

重根の静かな声に泣かずにすんだ。式台の重根の足下に桜の花びらが二、三、散っていた。重根は気づいて一枚を取ると、卯乃に手渡した。

「そなたが来たことを寿《ことほ》ぐ桜だ。きっとよいことがあるぞ」

卯乃は黙ってうなずいた。重根の袖《そで》からはかぐわしい香りがした。

(香を炷《た》いていらっしゃったのだろうか)

卯乃は重根に奥ゆかしいものを感じた。

数日後、卯乃は茶室に招かれた。まだ茶の作法を知らず戸惑っていると、

「硬くならずともよい。茶は心の直《すぐ》なるに任せるがよいのだ。装《よそお》い、計らっては茶が濁る」

茶釜《ちゃがま》の松籟《しょうらい》の音を聞きながら、重根の点前《てまえ》を見ていると、卯乃は不思議に心が落ち着くのを感じた。障子を通したほの白い明りの中での重根の姿勢、手の動きを美しいと思った。胸を掻《か》きむしられるような悲しみが少しずつ癒《いや》されていく。

卯乃は重根が点《た》てた茶を恐る恐る喫した。凍りついていたものが溶けていくような味わいに、また涙が出そうになったが、「泣かなければ明日は良い日が来るのだ」という言葉を思い出して我慢した。重根は微笑して言った。

「よう、こらえたな。やがて嬉《うれ》しい涙を流す日も来よう」

卯乃は重根の目を見てこくりとうなずいた。

卯乃が引き取られた立花家は、黒田家が筑前に入国して以後に仕えた新参である。

今年七十七歳になる重根の父平左衛門重種《へいざえもんしげたね》は、島原の乱で討ち死にした立花弥兵衛《やへえ》増重《ますしげ》の子で、十四歳の時、二代藩主忠之《ただゆき》に取り立てられ二百石を与えられた。

重種は才長《た》けており、若い頃、能を稽古《けいこ》し曲舞《くせまい》もたしなんでいた。江戸から下向した喜多乱舞《きたらんぶ》の興行があった際、重種を弟子にしたいと猿楽師、喜多七太夫《しちだゆう》が申し出たが、忠之は、

――立つべき機あり

として手放さなかった。はたして三代藩主光之《みつゆき》に重用された重種は家老にまで昇り、権勢を振るった。重種より、家督を相続し、家老職も継いだ長男の重敬《しげたか》の禄高《ろくだか》は一万一千石で、立花一族の所領を合わせると二万石を超えている。

重種の次男重根は光之の側近として永年仕え、光之が六十一歳で藩主の座を綱政《つなまさ》に譲ってからは、隠居付頭取を務めており、二千百五十石の身分である。重根は藩の官僚として有能だった。

重根が、光之に随《したが》い、江戸詰めだったころの話である。

天和《てんな》二年（一六八二）十二月、江戸浅草で火事があり、黒田藩の米蔵に火が移って数万石の米が危機に瀕《ひん》した。重根は山のように積まれた米俵の上に広がる火を消しても、底に火がまわり再燃する恐れがあるとみて、二千人におよぶ人手を動員、俵の山を取り崩して鎮火させるという功があった。

この時、重根は二十八歳だった。

一方で若いころから秀才の誉れ高く、文筆をよくし、儒学を学び、詩歌、弓、槍《やり》、剣術の奥義《おうぎ》を極めた。さらに、茶の道では実山《じつざん》と号して素養深く、千利休《せんのりきゅう》の侘《わ》び茶の精神を伝える茶道秘伝書『南方録《なんぼうろく》』を世に出したことで遠く江戸にまで名を知られていた。

屋敷で卯乃の時は穏やかに過ぎていった。それでも、父が突然死んだ時の衝撃が薄れてきたのは四年が過ぎた頃であった。

卯乃が十八歳になった宝永元年（一七〇四）八月、用人から、

「旦那《だんな》様は卯乃殿を後添えにとお望みだが、いかがか」

と訊《き》かれた。

重根はこの年、五十歳である。十一年前、妻のたけを病で失っていたが、亡《な》き妻との間に嫡男《ちゃくなん》がおり、跡取りの心配はなく独り身を通していた。ところが近ごろ、十八歳になった卯乃を後添えにしてはどうか、との声が親戚《しんせき》の間から上がったのだ。中には、

「側妾《そばめ》でもよいではないか」

という声もあったことが、却《かえ》って重根の気持を固めさせたらしい。

卯乃はすぐには答えられなかった。屋敷に来た日から、父のように慕ってきた重根であり、自分とは身分が違い過ぎるとも思った。

「とても、わたくしのような者が」

卯乃が辞退しようとすると、用人は遠慮勝ちに言った。

「旦那様は卯乃殿のことを大事に思っておられる。それに、卯乃殿は家中に嫁ぐことが難しい。そのことはわかっておいでであろう」

卯乃は百石取りの藩士村上庄兵衛《むらかみしょうべえ》の娘だったが、庄兵衛は自害していた。母は卯乃が幼い時に亡くなっている。親戚は関わりを避けて、卯乃を引き取ろうとしなかった。このため重根が卯乃を引き取ったのだ。

重根の実母は筑後《ちくご》柳河《やながわ》藩の牢人《ろうにん》の娘で、庄兵衛の本家村上三太夫《さんだゆう》の養女として立花家に嫁いだ。その縁によるものだった。

卯乃はすでに四年間、立花家で過ごしているが、庄兵衛の切腹には藩内の複雑な事情が絡《から》んでいるだけに、卯乃を嫁に迎えようという家はなかった。

「卯乃殿を後添えに迎えることができるのも、旦那様のお力があればこそだということを、よくお考えなされ」

用人は念を押すように言って、その日の話を打ち切った。卯乃は自分の部屋に戻って考えたが、重根に引き取ってもらった恩を考えれば、

（お仕えするしかない）

と思えた。百石取りの娘が、後添えとはいえ黒田藩でも有力な立花一族に嫁《か》することは、恵まれていると言わねばならなかった。重根ほどのひとの妻になることも、め

ったにない幸せだと思った。

相談する相手もいないまま、寝つかれぬ夜を過ごした卯乃は翌日、用人に、

「わたくしのような者でよろしければ」

と返事をした。すると、すぐに重根の部屋に呼ばれた。この時になって卯乃は恥かしさがこみあげてきた。部屋に入って頭を下げると、そのまま顔をあげられなかった。

「よく承諾してくれた。そなたの気に染まぬことを無理強いしたのではないかと案じていた」

重根は寂《さ》びた声で言った。卯乃はわずかに顔をあげた。重根はやさしい目をして卯乃を見つめていた。

（この方の妻になるのだ）

と思うと、卯乃の胸にほのかな喜びが湧《わ》いてきた。後添えになることを承知してよかった、と思った。

「親戚にも触れ、大殿にも御承知いただかねばならぬゆえ、婚儀は来年の春になろう。仲良ういたして参ろうな」

「はい、ふつつかではございますが、懸命に努めます」

「なにも、そう硬くなることはあるまい。来春には夫婦となる。わしはこの年で若く

美しいそなたを妻にした果報者とひとに羨《うらや》ましがられよう」

重根は明るく笑った。

九月十三日は、卯乃の父庄兵衛の祥月命日だった。卯乃は重根の後添えとなることを報告するため墓参りに行った。

薄曇りの風が強い日だった。村上家の墓所は博多湾に近い武家地の寺にあった。墓参りをすませて戻ろうとしたとき、寺の門前で中年の武士とすれ違った。頰がこけ、青白い顔で目が鋭く、気味が悪い。卯乃が頭を下げて、通り過ぎようとすると、

「待たれよ――」

と呼び止められた。振り向くと、武士はじっと卯乃の顔を見つめて訊いた。

「もしや、村上庄兵衛殿の娘御か」

「さようでございますが」

「それがしは真鍋権十郎《まなべごんじゅうろう》と申す。隅田清左衛門《すみだせいざえもん》様にお仕えしておる。村上庄兵衛殿とは幼いころからの友であった。きょうは命日ゆえ、庄兵衛殿の墓参りに参ったのだが、ここでお会いしたのも庄兵衛殿のお引き合わせであろう」

隅田清左衛門重時《しげとき》は家老で藩札の発行に腕を振い、財政を取り仕切っている。五千

石の身分である。

「少し話したいことがある。参られよ」

権十郎は、卯乃の返事も聞かずに寺の本堂に向かった。広縁に座るようううながされ、卯乃は仕方なく従った。

「そこもと、重根様の後添えに迎えられるという噂《うわさ》があるがまことか」

「まだ内々の話でございますが」

卯乃が頰を染めてうなずくと、権十郎は舌打ちした。

「五年前、わしは江戸におったゆえ、そこもとに何もしてやれなんだ。今さら言っても詮無《せんな》いが、おのれが養育した娘を後添えにするとは、あの御方も底が知れるな」

辛辣《しんらつ》な言葉に驚いた卯乃が顔を伏せると、権十郎の舌鋒《ぜっぽう》はさらに鋭くなった。温厚だった父の友人とは思えないほど狷介《けんかい》な性格のようだ。

「知っておられるか、そなたの父村上庄兵衛殿が切腹せねばならなかったのは、あの御方のせいだぞ」

「まさか、そのような」

「庄兵衛殿が、どなたにお仕えしていたか存じておられような」

権十郎は卯乃をにらんだ。卯乃は小さくうなずいた。自害した卯乃の父は、藩内で特別な御方に仕えていた。

黒田泰雲《たいうん》である。

僧形になる前の名は綱之《つなゆき》という。前藩主光之の嫡男で、現藩主綱政にとっては実兄だった。綱之は闊達《かったつ》な性格で酒を愛し、家臣を集めて酒宴を開くことが多かった。これが藩内に倹約を勧めてきた堅実な光之の不興を買った。綱之は延宝五年（一六七七）に素行を咎《とが》められて廃嫡された。二十三歳だった。

その後、城下栗林《くりばやし》の屋敷に移され、名を泰雲とあらためたのである。泰雲の幽閉生活は廃嫡後、二十七年におよんでいる。

廃嫡され、弟に藩主の座を奪われたことが不満で、いまなお復権を望んでいるという噂がひそかにささやかれていた。泰雲を英明であるとして慕う藩士もおり、光之は泰雲の動きを警戒して監視を怠らなかった。

五年前――、元禄《げんろく》十二年（一六九九）閏《うるう》九月十三日。

泰雲に近侍する藩士八人と僧ひとりが捕らえられるという事件があった。『黒田家譜』はこの事件について、

――泰雲行跡いまだ穏やかならざる趣《おもむき》

と記し、光之が泰雲に関する風聞を耳にして、ただちに泰雲を屋敷内で蟄居《ちっきょ》させたうえ、側近の者たちを捕らえさせたとしている。

卯乃の父村上庄兵衛はこの時、自分の屋敷で切腹して果てた。遺書には泰雲に近侍しながら、責任を果たせなかったことの詫《わ》びが書かれていた。庄兵衛は、他の者たちとともに捕らえられることを怖《おそ》れて腹を切ったのだ。

庄兵衛が自決した時、最初に遺骸《いがい》を発見したのは十三歳の卯乃だった。

卯乃は血に染まった父の遺骸を思い出して、思わず目をつぶった。

真鍋権十郎は、そんな卯乃の様子を見据えながら、

「泰雲様に不穏の動きがあると大殿様の耳に入れたのは、重根殿だ。あの時、庄兵衛殿は連座することを怖れて自害した。そなたは、その後、養育されたことを恩に着ておるかもしれぬが、あの御方の心にやましさがあってのことであろう」

と続けた。卯乃が重根の後妻になることは父をないがしろにすることだ、とでも言いたげだった。

「もともと泰雲様が廃嫡されたのは、あの御方の父、立花重種殿の策謀であった。泰雲様は新参者の重種殿が権勢を振るうのを快く思っておられなかった。泰雲様の代に

なれば重種殿は失脚したはずだ。それゆえ、先手を打ったのだ」

重種は累進《るいしん》して二十四歳で三千石を領した。光之の代になると、さらに重用され、家老に昇進した。それだけに藩内には反発も根強く、泰雲が藩主となり、重種を放逐することを期待する者も多かった。

「重種殿は泰雲様が酒宴を開かれることを、さも悪行のように大殿様に讒訴《ざんそ》なさった。これによって泰雲様は廃嫡されたのだ」

卯乃は何も言えず、権十郎の言ったことは中傷だ、と思おうとした。しかし、十四歳の時に引き取られてから、なぜこのように重根が親身になってくれるのか、長い間不思議だった。重根を慕っていたが、権十郎の言葉はその思いに冷水を浴びせた。

「申し訳ございませんが、もう戻らねばなりません」

頭を下げて、卯乃は本堂の広縁から降りた。権十郎は卯乃の背に声をかけた。

「そなたには、まだ話さねばならぬことがある」

卯乃は耳をふさいで足早に寺を出た。権十郎の話を聞いたことを後悔していた。

(まことのこととは思えない)

だが、もし本当だったら、という恐ろしい疑いが湧いてくるのを抑えきれなかった。

卯乃にとって、懊悩《おうのう》の日々が始まったのである。

翌宝永二年（一七〇五）の正月は雪が多かった。

この日、昼過ぎになって寒気がゆるんだのか、軒に積もっていた雪が庭先に落ちた。雪の照り返しが障子を白く輝かせた。

部屋にいた卯乃は、庭の雪景色を見たいと思った。桟《さん》に手をそえて、ゆっくり障子を開けると、ひえびえとした空気が入り込んできた。寒さが身にこたえる気がした。しかし、障子を開けた卯乃は驚きで寒さを忘れた。

目の前は白一色だった。

臘梅《ろうばい》の花が強い香りを放っている。雪の日には花の黄色が映えるはずだが、白色だけで、他に色は見えない。まるで白い靄《もや》がかかったようだ。

（何も見えない）

卯乃は愕然《がくぜん》とした。

身の異変は昨年末から起きていた。食事の時、茶碗《ちゃわん》を膳《ぜん》に置けず、畳に落とすことが何度かあった。火桶《ひおけ》の炭火を火箸《ひばし》でかきたてようとして、真っ赤な炭を畳の上に取り落とした。畳を焦《こ》がしただけで大事には至らなかったものの、女中をあわてさせた。日頃粗忽《そこつ》なところがない卯乃にしては珍しいことだった。

目が霞《かす》んでいた。書物を読み過ぎたせいだろうと思い、目を休ませるようにしていたが、しだいに物の形がぼんやりとしか見えなくなっていた。まさか、失明するとは思ってもみなかったが、その時が来てしまった。

（かようなことになり、重根様に申し訳ない）

卯乃の胸にあったのは、三月には後添えになる重根に詫びる気持だった。

この日、医師が呼ばれ、卯乃をていねいに診た後で訊《たず》ねた。

「何か目を痛めるとか、日の光を見つめ過ぎたなどということがございますかな」

卯乃に心当たりはなく、かぶりを振った。医師はうなずいた。

「腎気《じんき》が弱っておられる。薬湯をお飲みいただきましょう」

「先生、治るのでしょうか」

医師は困惑したように、さて、とつぶやいた。

「老人にはよくある目の障《さわ》りのようです。若い方には珍しいが、あるいは鬱《うつ》することがおありだったのではないか」

「鬱することでございますか」

卯乃は思わず問い返した。

「さよう、女人は鬱すると体に障りが出ます。まれにではありますが、目が見えぬ、耳が聞こえぬ、口がきけぬという病になるとも聞いております。なんぞ思い煩《わずら》うことでもおありでしょうか」

「さようなことはございません」

口では違うと言ったものの、卯乃の胸の内は揺れ動いた。

真鍋権十郎から聞かされた話がいまも卯乃の胸にしこりとなっていた。権十郎は、卯乃の父村上庄兵衛が切腹したのは重根が光之に注進に及んだためだと言った。

（重根様を疑い、心が鬱して目が見えなくなったのだろうか）

卯乃は、重根を信じることができない自分を許せなかった。

十日後の昼下がり、卯乃は重根の部屋に行くと畳に手をつかえた。あることを決意していた。

「御屋敷を下がらせていただきたく存じます」

重根は静かに答えた。

「目を病んだことを気にかけているのなら、無用なことだぞ。そなたはいつまでもこの屋敷にいてよいのだ。わしはそなたが盲《めしい》になっても妻にいたすつもりだぞ」

「何のお役にもたたぬ身です。これ以上、甘えるわけには参りません」

卯乃は言いながら、決して泣いてはならない、と自分に言い聞かせていた。重根はしばらく黙した後、口を開いた。

「先ほど、母上が来られて、そなたの話をなさっていかれた」

「りく様が――」

亡《な》くなった重種の妻りくは五十七歳になる。重根の実母は重根が十六歳の時に亡くなっており、りくは重根にとって継母にあたる。

後妻で立花家に入ったりくは、四男の峯均《みねひら》を産んだ。

身分の軽い家から嫁いだが、後妻という難しい立場にも拘《かかわ》らず一万石の家政を見事に切り盛りした。和歌、茶、香にも堪能《たんのう》だった。夫の重種は家老にのぼりつめた辣腕《らつわん》家《か》で厳格な人物だったが、亡くなる時、

「そなたには、ついぞ声を荒らげたことがなかったな」

と、りくに笑って言ったという。

「母上はそなたを伊崎《いさき》に来させてはどうか、と言われたのだ」

「伊崎へ？」

卯乃は驚いた。立花家で伊崎と言えば、重根の弟専太夫《せんだゆう》峯均の屋敷のことだ。黒田藩の城下町は、豊臣秀吉が町割りを行った博多と那珂川《なかがわ》をはさんで西側の福岡

の二つに分かれている。城は福岡に置かれ、重臣八人の屋敷は城内にあり、他の家臣は、城の濠《ほり》から北、博多湾へ続く地に屋敷を構える。

海に突き出たあたりまで拝領屋敷が続いている。その西側に大濠の黒門口から海に注ぐ川が流れており、河口辺りを伊崎という。すぐそばに砂浜が広がり、近くには水夫《かこ》が多く住んでいる。

峯均は重根より十六歳年下で、この年、三十五歳である。五百石の身分で、本来は大濠近くに屋敷が与えられるはずだが、自ら願い出て伊崎に屋敷を普請《ふしん》した。

峯均は〈兵法狂い〉と呼ばれるほど剣術に熱心で、稽古《けいこ》に便利なように師の屋敷近くに越したのだという。

峯均が修行したのは宮本武蔵《みやもとむさし》が創始した二天《にてん》流である。船島《ふなしま》（巌流島《がんりゅうじま》）の決闘で名高い武蔵は諸国を流浪《るろう》し、晩年は肥後の細川《ほそかわ》家に身を寄せた。このころ武蔵から伝授を受けた弟子に寺尾孫之丞信正《てらおまごのじょうのぶまさ》がいる。

孫之丞は細川家の家臣の子だったが、仕官はせず、熊本城下に近い村にひきこもり、田畑を耕しつつ剣を修行した。小兵《こひょう》ながら力量があり、五尺（約一・五メートル）の杖《じょう》を用いる杖術《じょうじゅつ》を工夫した。

孫之丞は弟子の柴任三左衛門美矩《しばとうさんざえもんよしのり》に二天流を伝授し、美矩は後、黒田藩に召し抱えられ、同藩の吉田太郎右衛門実連《よしだたろうえもんさねつら》に相伝した。

峯均は吉田実連に入門して稽古に励み、実連が老齢となったため、元禄十六年（一七〇三）、兵庫の明石に隠棲《いんせい》していた美矩に相伝を受けたのである。

峯均は二天流五世ということになる。

相伝を受けると、峯均はなぜか人が変わったように剣術について口にしなくなった。藩内で武技を見せることもなかったから、峯均が二天流相伝を受けたという話を、

「まことかどうかわからぬ」

と陰口をたたく者もいた。

峯均は小姓組に出仕していたが、勤めが終わると、そそくさと屋敷に戻り、近くの浜に出て五尺の杖を熱心に振る。その様子を見た者も、

「なにやら、前後にゆっくりと杖を振るだけでな。あれで名人上手とは信じ難いのう」

と嗤《わら》うのだった。変わり者と見られているといっていい。そんな峯均の屋敷に、近ごろ、りくが住むようになったことは卯乃も聞いていた。りくは重種の死後、三年がたったのを機に、

「気楽でよいから」

と峯均の屋敷に移ったのだ。本家の当主重敬にとって継母であることを憚《はばか》ったのではないかと言われていた。

「母上はな、そなたとともに香を聞いてみたいと言われるのだ」

香道では、香をかぐと言わず「聞く」という。

「わたくしと香を――」

卯乃は首をかしげた。りくは、重根を訪ねてきては茶の話をするのを楽しみにしていたが、卯乃に声をかけることはなかった。

「りく様とはお話をさせていただいたこともございませんのに」

「母上は時に思い切ったことをなされるが、お考えの深い方だ。峯均の屋敷は手狭でもあろうが、海辺の風に吹かれるのは療養になるかもしれぬ」

重根に言われて、卯乃はやむなくうなずいた。

三日後、重根の家の家僕と女中に付き添われて、卯乃は伊崎の屋敷に行った。

一度も訪れたことのない屋敷だけに、光を失った卯乃には様子がわからなかったが、りくは卯乃を機嫌よく迎えた。卯乃は以前、重根の屋敷で会った小柄なりくのととのった顔を思い浮かべながら、奥座敷であいさつした。

「目が御不自由になられたとうかがい、こちらに来ていただこうと思ったのですよ。ここは重根殿の屋敷のように広くはありませんが、裏手からすぐに浜辺に出られます。潮風に触れるだけでも気分が変わりますし、わたしも香を聞く相手ができて楽しみです」

「わたくしはふつつかで、香を嗜《たしな》んだこともございませんが」

「そんなことはたいしたことではありません」

りくは笑みを含んで言うと、屋敷の者を引き合わせた。といっても、峯均の娘で十五歳になる奈津《なつ》と女中のつね、家僕の弥蔵《やぞう》の三人だけだった。

奈津は明るい娘らしく、すぐに笑い声をあげて親しみを見せた。

つねは三十過ぎで落ち着いた物言いをする女だった。弥蔵は五十を越えており、言葉少なだが実直そうだった。

「ほかに彦四郎《ひこしろう》という若い家士がいますが、いまは峯均殿の供でお城です。夕刻には戻りましょう」

峯均の妻はどうしたのだろうか、と思ったが、聞いてはいけないような気がした。

屋敷はどこか潮の匂《にお》いがした。りくが言ったように、すぐに浜辺に出られるのだろう。そう思うと心がくつろぐ気がした。

夕刻になって峯均が戻ると、卯乃は玄関に出迎えた。卯乃は一度だけ重根の屋敷で峯均を見かけたことがある。重根が端正で鼻が高く立派な顔をしているのに比べ、色黒の丸顔で地味な顔つきをしていた。体格も中肉中背で剣の達人のようではなかった。式台で頭を下げた卯乃に、峯均は、

「そなたのことは兄上から聞いておる。ゆっくりと養生するがよい」

と素っ気なく言うと、すぐに奥に向かったようだった。しばらくして中庭から外へひとが出て行く気配がした。

噂《うわさ》通り、浜辺でひとり五尺の杖を振るのだろうか。峯均は夜がふけるまで屋敷に戻らなかった。

2

卯乃《うの》が立花峯均《たちばなみねひら》の屋敷に移って三日が過ぎた日、りくは早朝、卯乃の部屋に来た。ぬれ縁から部屋の中まで朝の日が差し込んでいる。

卯乃はすでに起きて身づくろいをしていたが、りくは、

「これに着替えてください」

と百姓女が着るような野良着《のらぎ》に着替えさせ、卯乃の手を引いて屋敷の裏手に連れていった。そこは先日、奈津《なつ》が、

「ここで、お祖母様《ばあさま》は野菜を作ろうとされているのです」

とりくを面白がっている様子で話した場所だった。りくはこの屋敷に来てから菜園作りを始めたのだという。

「さあ、これを」

卯乃に手渡されたのは一本の鍬《くわ》だった。りくは、目の不自由な卯乃に菜園仕事を手伝わせるつもりのようだ。卯乃が鍬を手にして戸惑っていると、

「目が不自由になると、どうしても家の中に閉じこもって、体が弱ってしまいます。働けば体を鍛えることにもなりますから」

「わたくしはこれまで畑仕事をしたことはありませんが、できますでしょうか」

「大丈夫です。わたしは軽格の家に生まれ、幼いころは畑仕事もしていました。ここに作ろうとしているのは小さな菜園ですから、二人の力で十分です」

りくは鍬を持った卯乃に手をそえ、土を掘り起こす場所を教えた。

卯乃は鍬を振り上げて、思いがけない重さによろめきそうになった。懸命に振り下ろしても土に突きささらず、地面に弾《はじ》き返された。たったひと振りで額に汗が浮いて

いた。りくは少し離れたところで鍬を振っており、ザクッ、ザクッという土を起こす音が聞こえてきた。鍬を振るいながらも卯乃の様子を見ているらしく、

「もっと腰を入れるのです」

と声をかけた。

「はいっ」

卯乃はまた鍬を振り上げた。今度はよろけないようにしなければ、と気を引き締めていた。振り下ろすと石に当たったようだ。鈍い音がして手がしびれた。鍬を取り落とさないようにするのが精いっぱいだった。

何度も同じ動作を繰り返し、しだいに鍬が土に食い込むようになってきた。

「そろそろ朝餉《あさげ》のしたくができたようです」

りくが告げたのは、半刻《はんとき》（一時間）ほどたってからのことだ。

卯乃はうなずいて鍬を下ろしたが、寒さの厳しい早朝にも拘らず、汗が出て息が切れているのが恥ずかしかった。

「奈津に手拭《てぬぐ》いを持っていかせますから、屋敷の中で汗をお拭《ふ》きなさい」

卯乃が歩きかけると、

「卯乃殿、鍬をお忘れです」

りくがたしなめるように言った。

「畑仕事をする時の鍬や鋤《すき》は武士にとっての刀に当たるものです。道具を粗末にあつかうのは仕事を粗末にするに等しいことですよ」

手探りで鍬を探す卯乃に、りくが近づいてきて手に取らせてくれた。納屋《なや》にしまい、足をすすいで座敷にあがった卯乃に、奈津が絞った手拭いを持って来た。

「卯乃さん、朝から大変――」

奈津はくすくすと笑った。卯乃は汗をぬぐいながら、

「りく様はお元気な方ですね」

とため息をついた。

「はい。ですから、ご本家の奥方様や女中たちは、お祖母様がこちらに来られてほっとしているのではないでしょうか。今頃は鬼のいぬ間の洗濯をしていると思います」

奈津の言い方がおかしくて、卯乃も笑い声をあげた。父が自害してから、心から笑ったことはなかったと改めて気づかされた。

重根《しげもと》の屋敷では、女中がついて手厚く育てられたが、食事も常にひとりきりで、笑って話す相手もいなかったのだ。

奈津は明るく言った。

「卯乃さん、浜へ参りましょう」

「浜へですか」

「ええ。ここに来られてから、まだ行かれたことがないではありませんか」

そう言われれば、海が近いと聞いたものの、かすかな潮風の匂いをかぐばかりで浜に行ったことはなかったと思い至った。

奈津に手を引かれるまま卯乃がついていくと、奈津は庭に下りて、さらに裏木戸から外へ出た。

冷たい潮風が強く吹きつけてきた。よく晴れた日のようだ。松の枝の間を過ぎる風の音が聞こえてきた。

「ここから少しなだらかな坂になっていますが、二町（約二〇〇メートル）も行くと浜に出ます。御船手方や漁師の舟はこの浜には近づきませんから、散歩をされても大丈夫だと思います」

奈津は、はきはきとした口調で話した後、

「この屋敷にわたしの母がいないのはどうしてかと思われませんでしたか」

と唐突に訊《き》いた。卯乃が答えられずにいると、

「父は昔、花房《はなぶさ》という家に婿養子《むこようし》に入っていましたが、失態があって離縁されたそうです。その時、父は生まれたばかりのわたしを連れて花房家を出ました。母は実家に残り、その後、別な方に嫁がれ、御子もお産みになられたそうです」

奈津は淡々と語った。

「それでは、奈津様はお母上とは──」

「わたしはお祖母様に育てられました。町で一度、母上をお見かけしたことはあるのです。ついていた者が、あの方が母上だと教えてくれましたから。でも、お話をいたしたことはございません」

奈津の声はさすがにさびしげだった。

「わたくしは幼い時に母を病で亡《な》くしました。六年前には父も──」

卯乃は言いかけて、言葉が詰まった。屋敷の座敷で切腹していた父の血に赤く染まった様子は脳裏に焼きついていた。

父はなぜ自害などしたのか、いまも卯乃にはわからなかった。

「すみません、悲しいことを思い出させて」

悄然《しょうぜん》として奈津が謝った。卯乃はかぶりを振った。

「さようなことはございません。わたくしは重根様のおかげで、こうして生きております。それだけでも幸せなことです」

卯乃のことばに、奈津はため息をついた。

「卯乃さんは強いお方ですね」

「強くなんかありません。いつも泣いてばかり。でも、泣かなければ明日は良い日が来るのだから、と思うことにしています」

「泣かなければ明日は良い日が来る、ですか。卯乃さんはよいことを言われますね」

奈津は感心したように漏らした。

「重根様に教えていただいた言葉です」

そうですか、と言った奈津はしばらくして口を開いた。

「卯乃さんはお元気になられたら、伯父上の後添えになられるのですか」

「それは無理なことだと思っています」

「でも、目がよくなられたら」

奈津が重ねて訊くと、卯乃はかすかにうなずいた。

奈津は思い切ったように言った。

「だけど、卯乃さんと伯父上は随分、お年が離れておいでなのに」

「重根様のお年のことなど考えたことはありません」

奈津は何が言いたいのだろうか、と卯乃は訝《いぶか》った。奈津からは幼な子が何かを懸命に伝えようとするかのような気配が感じられるのだった。

次の日の午後、卯乃はりくの部屋に呼ばれた。部屋に入ると、馥郁《ふくいく》とした香りが漂っていた。りくは卯乃を座らせると、その手のひらに小さな香炉をのせた。

「きょうはあなたに香を聞いていただきます」

卯乃は香炉を顔に近づけ、手のひらでかすかにあおいだ。

芳香が体のすみずみまで沁《し》み渡るような気がした。

「いかがですか」

「よい香りです」

「よいとは、どのような」

卯乃は返答に困った。よい香りと言うほかに何と答えたらいいのかわからない。卯乃が戸惑っていると、

「香の香りには、甘い、苦い、辛い、酸《す》い、鹹《しおから》いという五つの味わいがあるとされています。始めはわかり難いかも知れませんが、聞きわけているうちにわかってくるものです」

香には〈六国五味《りっこくごみ》〉という分け方がある、とりくは話した。

六国とは香木の産地のことで、

伽羅《きゃら》
羅国《らこく》
真南蛮《まなばん》
真那賀《まなか》
佐曾羅《さそら》
寸聞多羅《すもたら》

である。香木は日本では産しないためいずれも海を渡って来たものだ。真那賀はマラッカ、寸聞多羅はスマトラ、羅国はシャムのことである。

五味は、甘《かん》、辛《しん》、酸《さん》、苦《く》、鹹《かん》の五行に基づく区別である。甘は蜜《みつ》を練る甘さ、辛は丁子《ちょうじ》の辛味、酸は梅のすっぱさ、苦は漢方薬の黄柏《おうばく》の苦さ、鹹は汗の塩辛さとされる。

聞香《もんこう》はこれらの香りを聞きわける遊びだが、さらに香を組み合わせることによって、源氏物語などの世界を表す楽しみがあるのだという。

「わたしは、茶は現世を味わい、香は古《いにしえ》の物語を聞くものだと思っております。香木は遠い国からもたらされたもので、その香りは数百年の時を蘇《よみがえ》らせます」

りくは別の香を炷《た》いて卯乃に聞かせた。卯乃ははっとした。

(香りの違いによって、感じる彩《いろど》りが違う)

りくは、さらに別の香を聞かせた。

卯乃は、そのたびに鮮やかに違う世界を与えられた。似た香りも、間に別な香りを聞くことによって、深みを増し、香が変わるたびに、はなやかな彩りが立ち昇る気がした。

「いかがですか、これは卯花香《うのはなこう》と言います」

「卯花香?」

「そうです。拾遺《しゅうい》和歌集に源 順《みなもとのしたごう》のこんな和歌があります」

我が宿の垣根や春をへだつらん夏来にけりと見ゆる卯の花
我が家の垣根は隣家を隔てるものと思っていたが、春と夏の季節まで隔ててしまうのだろうか。卯の花が白く咲いたことで夏がきたことを知る、という意味である。

「この和歌の情景を思い浮かべることができるように香を組み合わせて炷くのです」

りくに言われてみると、香りは清々《すがすが》しく、明るいものに感じられた。

「ほのかに懐《なつ》かしい香りだと思います」

「そうですか。実は、あなたを思い浮かべて香を組みました」

「わたくしを？」

「あなたは、可憐《かれん》で清楚《せいそ》な卯の花によく似ています」

「そのような」

「わたしは、ひとにはそれぞれの香りがあると思っています。香のように甘く、苦く、辛く、酸っぱく、鹹い香りです。ひとは香りだと思えば、あなたもこれまでと変わらずに接していくことができるのではありませんか」

りくは淡々と言いながら、自分でも香炉を顔に寄せて香りを聞いた。

卯乃は部屋に香が満ちていくのを感じながら、ふと呟《つぶや》いた。

「そう言えばわたくしは苦く辛い匂《にお》いをかいだことがありました」

りくが香炉を膝前《ひざまえ》に置いた。

「お聞きしましょう。あなたにとって、つらい話だと思いますが」

「りく様は、わたくしの父が自決いたしたことはお聞きおよびでしょうか」

「重根殿からうかがっています」

りくはうなずいた。

「父が切腹いたしたのは仏間でした。朝のお参りのため仏間に入ろうとしたわたくしは、お線香とは違う匂いをかぎました。胸を騒がせるような不吉な匂いでした。そして、うつぶせになった父から真っ赤な血が流れているのが目に入ってきたのです」

卯乃はその時のことを思い出すと胸が苦しくなった。涙があふれそうになるのを必死にこらえた。

「悲しんではなりませんよ。あなたのお父上には切腹しなければならない武士の意地がおありになったのです」

「わたくしもそう思っております。父は温和で、いつもやさしかったのです。自害しなければならなかったのは、よほどのわけがあったのだと思います。わたくしは娘の身で、父のそのような苦衷も知らずにいたことが口惜《くや》しいのです」

卯乃が言うと、りくは思案した後、思いを語った。

「わたしは、あなたの失明は心の病からきたものではないか、と思っておりました。お父上のご最期《さいご》のことが、心から消えずに障《さわ》りとなっているのではと」

「そうかもしれません」

「でも、お話をうかがっていて、それだけではないように思うのです。あなたは、重根殿の後添えとなることが決まった後、目を病んだからです。ほかにもひとに言えないことを抱えていらっしゃるのではありませんか」

りくに言われて、卯乃は困惑した。真鍋権十郎《まなべごんじゅうろう》のことばが蘇った。真鍋によれば、父が切腹しなければならなくなったのは重根のせいだという。

卯乃は香の匂いに包まれ、ゆるやかな気持になっているのを感じた。

（今なら素直に話せそうな気がする）

卯乃は口を開いた。

「わたくしは重根様にご恩を感じて参りました。後添えにと望まれ、御仕え致す決心をしましたが、あるひとから、泰雲《たいうん》様の廃嫡《はいちゃく》は重根様のお父上の謀《はかりごと》だと言われました」

「重種《しげたね》殿の？」

「そして、そのひとは六年前に泰雲様の周りの者が捕らえられ、父が自害したのも重根様が大殿様に注進したからだというのです。もし本当なら、重根様はわたくしにとって父の仇《かたき》です」

りくは銀葉《ぎんよう》（雲母《うんも》の薄片）の上で香木の位置を整えた。

「卯乃殿はその話を誰から聞きました」

「隅田清左衛門《すみだせいざえもん》様のご家来、真鍋権十郎という方です」

「隅田様のご家来がそのように言われましたか。そなた、それで心を病まれ、光を失われたのですね」

りくの声には卯乃への同情がこもっていた。

「真鍋様の言われたことはまことなのでしょうか」

「わたしが違うと言っても、あなたの心の闇《やみ》は晴れますまい。御自分で確かめるしかないことです」

「わたくし自身で確かめる?」

「そうです。そのためにわたしは香を手ほどきいたしましょう」

「香を――」

「あなたは光を失いましたが、ひとの心の香りを聞くことはできるはずです。いずれ、あなたにとって大切な香りを聞くこともあるでしょう」

りくは何事かを願うように言った。

翌日――。
屋敷の中庭で朝から凄《すさ》まじい音が響いた。空気を切り裂くような、ビュン、ビュンという音である。りくの菜園を手伝って部屋に戻ろうとした卯乃が、驚いて立ち止ま

ると、

「また、作兵衛《さくべえ》殿が来ているのです」

奈津がぬれ縁から声をかけた。うんざりとした様子だ。

「作兵衛殿？」

「はい、桐山《きりやま》作兵衛殿です。十七なのに、父と同じ兵法狂いでいつも朝から五尺の棒を振り回してうるさくてたまりません」

「まあ、峯均様のお弟子なのですか」

「いいえ、お弟子なんかじゃありません。ご自分でそう言っているだけなんです」

黒田《くろだ》家で桐山と言えば、草創期に黒田二十四騎と呼ばれた重臣桐山丹波《たんば》のことである。作兵衛がその血筋だとすれば、名門の若者ということになる。

それなのに変わり者で通っている峯均に弟子入りを望むとは、よほどの〈兵法狂い〉に違いない。作兵衛は卯乃に気づいたらしく棒を振るのを止《や》めると、

「それがし、桐山作兵衛と申します。奥方様には初めてお会いいたす」

と若々しい声であいさつした。

卯乃は戸惑った。

「わたくしは奥方様ではございません」

「はあ、さようですか。重根様の屋敷からお移りになったと聞き、てっきりそうとばかり思っておりました」

作兵衛はさほど恐縮した様子もない。

「作兵衛殿の早とちりです」

奈津が怒ったように言った。

「そうですか。しかし、奈津殿はそうなるかも知れぬとそれがしに申されたが」

「そのようなことは言っておりません」

奈津はあわてた口ぶりで言うと、家の奥に入っていった。

「これはしくじったようです」

作兵衛は頭をかいた。

卯乃は、作兵衛に峯均のことを聞いてみようと思った。

「峯均様は家中では誰とも立ち合われたことがないと聞いておりますが、作兵衛殿が弟子入りを望まれるほどお強いのですか」

「実は、わたしも先生が強いところを見たわけではありません。わたしの目から見て、先生はいつも隙《すき》だらけです」

作兵衛は平気な様子で言った。

「隙だらけなのに、お弟子になりたいのですか？」

卯乃は驚いた。

(剣術の奥義《おうぎ》を伝授されながら隙だらけということがあるのだろうか)

「こうして、お屋敷にお訪ねした時は、いつでも打ちこもうとしているのです。しかし、先生は隙だらけなのに、いざ打ちこもうとすると不思議に体が動きません。先生に打ちこむ稽古《けいこ》のためにお訪ねしているようなものです」

そんなものなのか、と卯乃が納得すると、

「わたしは先生がなぜ二天《にてん》流を修行されたのか、そのわけを知っています」

「峯均様が二天流を修行されたわけ？」

峯均に何があったのだろう、と卯乃は思った。

「先生は若いころに御前試合でひどい負け方をしたらしいのです。それも隣国の豊前《ぶぜん》小倉《こくら》藩小笠原《おがさわら》家に仕えていた侍にです。御家に使いに来た時、ひどく傲慢《ごうまん》なそぶりだったので、気分を害された大殿様が家臣と試合をさせたのです。それが六人立ち合って六人とも負け、その六人目が先生でした」

それは峯均が小姓組に出仕して間もないころだった。光之《みつゆき》は五人の家臣がもろくも敗れたのを見て、かたわらの峯均に命じた。

「花房峯均、出よ」

このころの峯均は、武芸達者というわけではなかった。光之と目があったのが不運だった。

峯均は襷《たすき》をかけ袴《はかま》の股立《ももだ》ちをとって中庭に出た。

小笠原家の使者は津田天馬《つだてんま》と名乗った。

六尺（約一・八メートル）を超す長身で総髪がそそけ立ち、頬骨が突き出たいかつい顔をしており、持参していた長い木刀を使った。最初から黒田家の武芸を確かめるつもりのようだった。

峯均が向かい合うと、天馬は歯を見せて笑った。

「さてもさても、同じような腕前のおひとばかりだ。六番目に出る故《ゆえ》、少しは違うかと思うたが」

「おのれ、無礼な」

峯均が木刀を振りかざして打ちこむと、天馬は戛《かつ》と弾《はじ》き返した。しかし、打ちこもうとはせず、何度でも打ちかからせた。

天馬が峯均を嘲弄《ちょうろう》しているのは明らかだった。ぐるぐると中庭をまわりながら、かわし続けるだけで打ちこもうとはしない。

峯均は汗まみれになり息が切れて、足がもつれだした。ようやく最後に技を見せた。立ち合いを長引かせ、峯均を翻弄した天馬は、ようやく最後に技を見せた。長い木刀を頭上にかざして構えると裂帛《れっぱく》の気合いで打ちかかった。

峯均の顔すれすれに地面近くまで振り下ろしたのである。

息を呑《の》んで棒立ちになった峯均に、振り下ろされた木刀がそのままの勢いで跳ねあがり、胴を払った。

峯均は弾き飛ばされるようにして地面にあおのけになり、気絶して起き上がることができなかった。

天馬はその足で福岡城を辞したが、小倉藩ではその非礼を知るにおよんで、隣国との軋轢《あつれき》を恐れ天馬を追放した、という。

黒田藩があらためて小倉藩に抗議することはなかったが、試合に敗れた六人は光之の不興を買い、藩内での面目を失した。中でも最後に敗れた峯均は失神したという無様さがひとびとの嘲《あざけ》りの的になった。

「そのころ、先生は花房家の婿養子《むこようし》だったそうですが、立ち合いで負けたことが家名を汚《けが》したと先生を追い出したのです」

奈津が語った峯均の失態とはこのことだったのだ。

「まあ、それで、二天流を修行されたのですか」

「津田天馬が巌流の使い手だったからです」

「がんりゅう？」

「二天流は宮本武蔵《みやもとむさし》様が始めたのですが、武蔵様が豊前の船島《ふなしま》というところで戦って勝った相手は巌流の使い手でした。二天流なら巌流に勝てると先生は思われたのです」

「峯均様は二天流を相伝されたと聞きました。その後、津田と申される方に挑まれたのですか」

「そこがよくわからないのです。先生は相伝を受けるとひとが変わったみたいに、急に剣のことを話さなくなったらしいのです」

峯均の心の中で何かが起きたのだ。卯乃がそんなことを考えていると、ぬれ縁に足音がした。

「作兵衛、何をしている」

峯均の声だった。作兵衛は張り切って言った。

「朝稽古をつけていただきたく参りました」

「そうか」

峯均は庭に降りた。足袋跣《たびはだし》のままである。

「これは、ありがたい。稽古をつけていただけますか」

「その棒にて打ちかかって参れ」

峯均は穏やかに命じた。登城前の裃《かみしも》姿で作兵衛に稽古をつけるつもりらしい。

「御免――」

作兵衛の棒が容赦なくうなりを上げた。しかし、次の瞬間、地響きを立て、誰かが倒れた。ううむ、とうなり声をあげたのは作兵衛だった。一瞬で投げ飛ばされたのだ。

「作兵衛、少し、しゃべりすぎる」

峯均は静かに言うと足袋の土をはらって、ぬれ縁へとあがった。卯乃は頭を下げた。

「申し訳ございません。わたくしが作兵衛殿にいろいろお訊《き》きしてしまったのです」

「そなたが気にすることではない」

峯均は玄関へと向かった。

この時、卯乃はさわやかな香りをかいだ。それが開き始めた庭の梅の蕾《つぼみ》から漂っているのだと気づいたのは、しばらくたってからのことである。

3

重根《しげもと》が不意に屋敷を訪れたのは、卯乃《うの》が伊崎《いさき》に来て三月が過ぎ、間もなく五月に入ろうとするころだった。

すでに夕刻である。夕闇があたりを薄墨色《うすずみいろ》に染めていた。小者を伴い重根は玄関先に立った。

「重根殿、峯均《みねひら》はまだお城から下がりませぬが」

迎えに出たりくが告げると、重根は頭を下げた。

「存じております。主《あるじ》の留守中にいかがかとは思いましたが、卯乃と話がいたしたくて参りました。お許し願いたい」

「さようですか」

りくは傍らの卯乃を振り向いて、しばらく考えているふうだったが、

「よろしゅうございます。奥座敷に茶道具を用意させます。重根殿に恥ずかしゅうございますが、わたしの点前《てまえ》にて茶を差しあげましょう」

と言った。重根の顔に苦笑が浮かんだ。

卯乃は何度かりくに茶を点《た》ててもらったことがあった。

りくの点前は駘蕩《たいとう》として豊かであり、その所作は流れる水のようで滞るということがなかった。これに対して重根は深い森のように静かに茶を喫した。温かな気配りがにじみ出る。

「母上には御機嫌がお悪いような」

重根は天目茶碗《てんもくぢゃわん》を置きながら言った。

「これはまたどうしたことでしょう。お口に合いませんでしたか」

「いや、結構なお点前でござった。ただ、それがしが参ったことを喜ばれておられぬご様子なので」

「さて、困りました」

りくは笑みを含んで言った。

「重根殿はわたしなどが申すのもおこがましいほど衆に優れた御方です。されど、そのような方は、時に寛容に過ぎることがおありです」

「それがしが卯乃を甘やかしておるとおっしゃるのですか」

「いいえ、わたしが申しておるのはそのことではありません」

りくがやんわりと言うと、重根は口元を緩めた。

「なるほど、これは耳が痛い」

重根には思い当たることがあるらしい。

ひとしきり、茶碗の造作を褒めた後、ふと卯乃を振り向いた。

「卯乃、その後、目の具合はどうじゃ」

「りく様のおかげで具合よく過ごさせていただいております」

「そうか、いささかでも元気になったのなら、わしの屋敷に戻らぬか」

重根の迷いのない口調にりくは身構えた。

「重根殿――」

りくの声には咎《とが》める響きがあった。

「母上の言われることはようわかっておるつもりです。年甲斐《としがい》もなく、若い卯乃に執心するようで恥ずかしくもありますが、それがし、卯乃を娶《めと》ると決め申した。されば、卯乃が失明いたしたとて手放すのは本意ではござらん」

重根の声には誠実な響きがあった。

「それが卯乃殿にとって、幸せとまことにお思いになりますか」

「わかりません。されど、夫婦となれば、よいことも悪いことも一蓮托生《いちれんたくしょう》ではございませぬか」

重根は落ち着いた様子で言った。

りくはあきらめたように笑った。

「これは、また茶人立花実山《たちばなじつざん》の名で江戸にまで知られたおひとが、なんと若々しい物言いをされることか。そこまで言われれば、女子《おなご》としては果報《かほう》と申すもの。卯乃殿の心しだいかもしれませぬな」

不思議に胸が高鳴るのを感じていた卯乃は、りくの言葉にはっとした。

去年、後添えになると決まった時は、重根が親戚《しんせき》筋に勧められるまま従ったのだろう、と思っていた。しかし、いま重根は毅然《きぜん》として卯乃を妻に望んでいると口にしてくれた。

望まれて嫁ぐのは女人の幸せだと思った。しかも自分は失明した身なのだ。

この時、卯乃はかすかに懐《なつ》かしい香りをかいだ。

重根の袖《そで》の匂《にお》いだった。卯乃が重根の屋敷に引きとられた日、玄関で迎えてくれた重根の袖からは炷《た》きしめた香の匂いがした。

卯乃はその日のことを思い出した。重根は足下に落ちていた桜の花びらを取って手渡してくれた。

一瞬、心が揺れた。

(重根様のもとに戻ろうか)

しかし、引きとめるものが、この屋敷にはあった。りくのおのれを律した生き方、奈津《なつ》の愛らしいせつなさだろうか。

それだけではない、もう一つある——。何かわからないが、それが重根のもとに戻ることをためらわせるのだ。

卯乃は重根の問いかけに答えなければと思った。

「わたくしは——」

言いかけたが、後は何も言えず、かぶりを振った。

「そうか」

重根が気落ちしたように言い、りくの安堵《あんど》した様子が伝わってきた。その時、玄関で家士の彦四郎《ひこしろう》が、

——旦那《だんな》様のお帰りでございます
と告げる声がした。卯乃が出迎えに行こうとすると、りくから、

「お待ちなさい。峯均殿はすぐにこちらに参られましょう」

と止められた。りくの言葉通り、峯均は着替えをすませ、奥座敷に来た。

「これは、兄上」

「留守の間に邪魔をいたしておった」

「なんの」

兄弟は言葉少なくあいさつをかわした。峯均は重根に向かい合うように座った。峯均は重根が何用で来たのかにはふれずに、

「お城で耳にいたしましたが、先日は御世子様には大殿との御面会がかないませんでしたそうで」

と言った。

「そのことよ」

重根は苦悩の色を滲《にじ》ませた。

黒田《くろだ》藩では前藩主光之《みつゆき》と藩主綱政《つなまさ》の間がこのころから険悪になっていた。藩の儒者貝原益軒《かいばらえきけん》は日記に、

――老君（光之）と邦君（綱政）の不和四月にやうやく多し

と記している。

十七年前、光之は隠居すると福岡城の西南、廓外《かくがい》の追廻馬場《おいまわしばば》に隠居所を構え、二の丸から移ったが、藩政への影響力は残していた。隠居後も光之は一年置きに江戸参府を続け、将軍に御機嫌うかがいするとともに老中を訪ねた。

幕閣にとっては、いまなお黒田藩の藩主として思い浮かぶのは老いた光之の顔だった。

七十八歳になる光之は腰痛《ようつう》に悩まされており、江戸参府にも船を用い、途中、湯治をするなどしていた。それでも光之の意欲は衰えなかった。

光之は高齢になるに従い、藩主綱政に不満を抱くようになり、近ごろでは綱政の嫡《ちゃく》男吉之《なんよしゆき》に対してもつめたく接するようになっていた。

今年二月、吉之が二十四歳になって初めて入国した。

四月に隠居所の光之を訪ねた。光之は腰痛のためか居間に伏せったままで、側近の月瀬十郎兵衛《つきがせじゅうろべえ》、矢野安大夫《やのやすだゆう》のみを会食の場に出した。

この時、重根もまた会食の場に出なかったことが吉之付きの家臣たちを憤激させた。

「御世子様には、初めてのお国入りなのだ。たとえ大殿が御機嫌悪くとも、御目通りがかなうようとりはからうのが隠居付頭取の役目ではないか。それが自らも姿を見せぬとは何事だ」

重根への反発は強まったのである。吉之の周辺では重根を上意討ちにすべしという声さえ出ていた。

「兄上はなぜ御世子様との会食には出られなかったのですか」

「大殿がお許しにならなかった。大殿は御世子様が泰雲《たいうん》様に似ておわすと御不興なのだ」

峯均が黙ると、重根は笑った。

「わしがなぜ諫言《かんげん》しないのか、と思うのであろう。先ほど、母上からもわしがひとを甘やかすとお叱《しか》りを受けた」

「叱るなど、とんでもないことです」

りくは穏やかに言ったが、重根が何を語るのか聞こうとする気配があった。

「大殿は泰雲様始め御子らとうまくいかぬが、それはわけのあることだ」

重根は光之が藩主となるまでのいきさつを話し始めた。

光之は二代藩主忠之《ただゆき》の長男だが、生まれたのは早良郡橋本村《さわらぐんはしもとむら》の別邸である。生母が忠之の不興を買って家老に預けられていたからだ、という。光之は父の愛を受けること少なく育った。

忠之は家臣に対する好悪《こうお》の情が強く、老臣を疎《うと》んじた。寵愛《ちょうあい》する小姓の倉八十太夫《くらはちじゅうだゆう》を抜擢《ばってき》し、高禄《こうろく》を与えて側近政治を行った。大船を建造し、足軽を増やすなど幕命に反する行為をあえてするなど、生活も乱れ、老臣たちの眉《まゆ》をひそめさせた。

重臣の栗山大膳《くりやまだいぜん》はたびたび諫言をしたが、忠之は聞き入れなかった。

寛永九年（一六三二）、大膳は、忠之に幕府に対する謀反《むほん》の疑いがあるとして上訴した。この年、肥後の加藤《かとう》家が改易されており、放置しておけば黒田家にもお取りつぶしの危機がおよぶと見たのだという。

俗に〈黒田騒動〉と言われる御家騒動が起きたのである。幕府は大膳のいう、謀反の疑いは認めなかったが、騒動を起こした咎で忠之に対し、一旦《いったん》領地を召し上げた後、再び所領を安堵するという形式的な裁決を下した。

大膳に対しては、主君を訴えた罪で南部盛岡藩に永預けとした。もっとも大膳が受けた処分は生涯百五十人扶持《ぶち》が与えられ、五里四方御構いなしという寛大なものだった。

この騒動は暗愚な忠之に反省を求め、幕府によるお取りつぶしを未然に防ぐため大膳が捨て身で大芝居を打ったものと世間に伝えられた。

栗山大膳の名は忠臣として知られることになったが、忠之は面目を失した。

承応《じょうおう》三年（一六五四）、忠之の死去にともなって光之は二十七歳で家督を継いだ。藩主となった光之が目にしたのは老臣が藩主を軽んじる風潮だった。また、忠之の放漫により藩の財政は極度に悪化していた。

そこで光之が行ったのは老臣を退け、立花重種《しげたね》ら新参衆から家老を登用し、厳しい倹約令を出して藩政改革に取り組むことだった。

その情熱は今も衰えを見せぬ一方、父に愛されることの少なかったがゆえに、子を信じることもなかったのである。豪放磊落《ごうほうらいらく》な泰雲が忠之と同様、奢侈《しゃし》にふけって、再び藩の財政を破綻《はたん》させるのではないかとその先行きを危ぶんだ。また、綱政に対しても手ぬるさを感じ、孫の吉之に忠之や泰雲の面影を見て疑心暗鬼にとらわれたのだ。

「大殿は喜寿を過ぎ、お年のせいで疑い深くなっておられる。諫言をいたそうにも耳を貸そうとはされぬ」

峯均の表情が曇った。重根は峯均の顔を見ながら言った。

「わしはそのことよりも、大殿が泰雲様を許される日が来るよう心を砕いておる。泰雲様を許され、和解して初めて大殿は心の平安を得られ、身罷《みまか》られることができよう。

そのために努めるのが、お傍に仕える者のなさねばならぬことだと思っておる」

卯乃は重根が政事《まつりごと》にかかわる話をするのを初めて聞いた。寡黙《かもく》な峯均が重根にはっきりと物を言うのも意外だったが、日頃、悩みなど片鱗《へんりん》も見せない重根が抱えている苦衷を知って胸に迫った。卯乃は泰雲の身を案じる重根のことばを聞いて、少し気持が晴れる思いがした。

峯均が口を開いた。

「兄上、申し上げてよろしゅうござるか」

「何なりと申せ」

「大殿と殿の不仲の所以《ゆえん》は、われら立花一族にあると申す者が藩内にはおります」

「ふむ」

重根は顔色も変えず、否定もしなかった。

「兄上、それがし、兵法を修行して得た極意はひとつにござる」

「兵法の極意なら敵を倒すことであろう」

「いや、敵を作らぬことでござる。敵の気をくじき、外し、逸《そ》らすことによって、敵を作らぬのでござる。されば勝負なく、勝ちもせず、負けもいたしませぬ」

「わしが敵を作りすぎるというのか」

「兄上が、ではござらぬ。亡《な》き父上のことです」

「ふむ、奥方様のことか――」

重根はぽつりと言った。

藩主綱政の正室は、筑後《ちくご》柳河《やながわ》藩主立花飛驒守《ひだのかみ》鑑虎《あきとら》の養女呂久子《ろくこ》だった。柳河立花家との縁組は泰雲が廃嫡された後、急速に進んだ。柳河立花家の藩祖は戦国末期、筑前で勇名を轟《とどろ》かせた立花宗茂《むねしげ》である。

宗茂は関ヶ原の戦で西軍に属したため、柳河城を失い牢人《ろうにん》となったが、後に徳川秀《とくがわひで》忠《ただ》の計らいによって大名に返り咲き、さらに柳河に再封された。

宗茂が牢人している間に、家臣の大半は加藤清正《きよまさ》や黒田長政《ながまさ》に召し抱えられた。重根の曾祖父《そうそふ》、立花三河守《みかわのかみ》増時《ますとき》もそのひとりだった。

増時は薦野《こもの》姓だったが、家老職を務めて主家の姓を許され、立花姓を名乗るようになったのである。

柳河立花家は言わば宗家でもあり、重根の父重種は熱心に縁組を進めた。

これらの動きは立花一族の立身を快く思わない者たちには、重種が黒田藩に立花の血を入れて、一族の繁栄のみ図ろうとするものに映った。

黒田藩では藩祖黒田如水《じょすい》、長政父子に播磨《はりま》以来従って、数多くの合戦で戦った家臣を〈大譜代衆〉、豊前中津《ぶぜんなかつ》で召抱えられた者を〈古譜代衆〉、筑前《ちくぜん》入封以後の家臣を〈新参衆〉と呼ぶ。

立花一族は〈新参衆〉でありながら異例の取り立てを受けたため、〈大譜代衆〉、〈古譜代衆〉から根強い反発を受けていた。

重種は家督を譲って隠居した後、平山《へいざん》と号し、隠居料八百石を受けて悠々と暮らした。元禄十五年（一七〇二）三月、重種が病床に伏すと、光之の意を受けて藩主綱政が見舞っている。

主君が家臣の末期《まつご》を見舞うなど異例のことだった。この厚遇が藩内での立花一族への憎悪を増すもととなったのである。

「父上が亡くなられてから後、立花一族を追い落とそうとする者は増えております。このままではいずれ、災厄がおよぶのは必定でござる。されば、いまは退《ひ》く時ではござるまいか」

「峯均、そうはいくまい。いったん退けば、どこまでも退かなければならなくなる。ほどよきところで、というわけにはいかん」

「されど――」

「まあ、よい。近々、卯乃ともども屋敷に参れ。ひさしぶりに茶を点《た》てよう。話しておきたいこともある」

重根は立ちあがった。

「兄上、お供を」

「供はおる」

重根が眉根を寄せると、峯均はゆっくりと首を振った。

「ではそういたせ」

何事かを察したらしく重根もうなずいた。

二人を玄関まで送ろうとした卯乃は、息を呑《の》んだ。廊下を歩く足音は重根のもののみで、峯均の足音はしない。それだけではない。峯均からかぎとっていた香りも、さらに気配も消えていた。

峯均の姿はそこにあるはずだった。しかし、いま、峯均はあらゆる気配を消したのだ。それは兵法者が襲撃に備えての心得なのではないか。

重根たちは玄関に出た。外はすでに夕闇《ゆうやみ》が濃くなっている。

この夜、峯均の帰りは遅かった。

待つ間、卯乃はりくと話をしていた。卯乃の胸中には、突然訪れた重根への思いが綾《あや》なしていた。卯乃はふとつぶやいた。

「香りは、時にひとを迷わせます」

「そういうものでしょうか」

「思い出が深ければ、どうしても断ち切ることができないもののようです」

重根の袖《そで》の香りから、屋敷での日々が蘇《よみがえ》った。屋敷に戻ってはどうかという重根の言葉を断ったことが申し訳なかった。

りくは歌を口にした。

五月《さつき》待つ花橘《はなたちばな》の香をかげば昔の人の袖の香ぞする
五月を待って咲く橘の花の香りをかぐと、昔馴染《なじ》んだひとの袖に炷《た》きしめられていた香りがなつかしく思い出されるという意である。古今和歌集に、詠《よ》みびと知らずとしてある。

りくは、重根とひさしぶりに会った卯乃の思いを察したようだ。そして、

「この歌以来、花橘の香は昔の思い出を表す言葉になったようです。わたしも立花の家にはさまざまな思い出があります」

と言った。卯乃がうなずくと、りくは話題を変えた。

「卯乃殿は峯均殿をどのように思っておいでですか」

唐突に問われ、卯乃はことばに詰まった。

「峯均殿は花房《はなぶさ》の家を離縁された後、幼い奈津を抱えながらも、嫁を迎えずに来ました」

奈津や作兵衛《さくべえ》からは、峯均が離縁後、独り身を通したいきさつは聞かされなかった。

「何か子細があったのでしょうか」

「峯均殿は花房の家に面目が立たぬと義理だてしているのです」

「義理だてを？」

卯乃は腑《ふ》に落ちなかった。

峯均が小倉《こくら》藩の使者津田天馬《つだてんま》に御前試合で敗北したのは十四年前、二十一歳の時である。

気を失った峯均が屋敷に担《かつ》ぎ込まれると、養父の花房助之進《すけのしん》は、

「なんという無様さだ。なぜ、腹を切らぬ」

と激怒した。花房家は二代藩主忠之の室と縁戚《えんせき》にあり、誇り高い家柄だった。この

ため御前試合での峯均の敗北はひときわ面目を失墜させた。

助之進には、この時、七十郎《しちじゅうろう》という男子が生まれていた。峯均を婿養子《むこようし》とした後のことであり、複雑な思いでいただけに、峯均の醜態への怒りが大きかったのだ。

峯均は詫《わ》びたが、助之進は耳を貸そうとしなかった。

「家名に泥を塗ったのだぞ。よもや、このままですむとは思っておるまいな」

助之進は七十郎に家を継がせるつもりになっていた。

翌日には峯均に、

――離縁いたす

と告げ、生まれたばかりの奈津を連れて出ていくよう申し渡したのである。

この時、峯均の妻さえは産後の肥立ちが悪く床に臥《ふ》せっていた。奈津を育てることができるかどうかもおぼつかなかった。

峯均はさえの枕元《まくらもと》に行って、しばらく何事か話しこんでいたが、助之進の言に従い、実家へ奈津を預けることにした。峯均は御前試合から十日後には家を出た。病床のさえはそのまま残った。

二天《にてん》流吉田実連《よしださねつら》の門をたたいたのは、それから間もなくのことである。明るく多弁だった峯均は寡黙《かもく》な剣の修行者へと変わった。

「峯均殿の所領は五百石ですが、これは花房家を離縁された時に分けられたものです。花房家は家禄千石でしたが、峯均殿に五百石分けたため半分になってしまいました」

「なぜ、そのようなことに」

「当時、わたしの夫、重種殿は隠居の身でしたが、峯均殿のことを聞いて、ひどく立腹されたのです。大殿様の御前で試合に負けるという失態があったにせよ、実の子に家を継がせるために婿養子を追い出すとはけしからん、と花房家に強談判《こわだんぱん》に及んだのです」

卯乃は驚いた。

「そのようなことがあったのですか」

「峯均殿にとっては望まぬことでしたが、父親のすることに口をさしはさむわけにもいきませんでした。それゆえ、峯均殿は妻を娶《めと》らず、奈津は嫁に出して、この家を絶えさせ、所領を花房家に返すつもりなのです」

りくは淡々と語った。

妻と無理やり別れさせられた峯均は憤《いきどお》ることはなかったのだろうか。峯均と別れた妻はどんな思いだったのだろうか、と卯乃は思った。

「奥方様はどのような御方だったのでしょうか」

「さえ殿ですか。さえ殿は風雅の道に通じ、学問もおできになり、しっかりしたおひとでした。同時にお美しく白百合《しらゆり》のようだ、とも評判でした。そう、卯乃殿に似ておられます」

「もったいない仰《おお》せです」

「いえ、重根殿の屋敷で初めてあなたを見かけた時からそう思っておりました。おそらく奈津も同じでしょう」

「奈津様も」

りくはうなずくと、

「卯乃殿は卯の花、さえ殿は白百合――」

とつぶやいた。

奈津が作兵衛に、卯乃が峯均の妻になるかもしれない、と言ったというのは本当かもしれない。

(奈津は自分に母親の面影を見ていたのではないだろうか)

そのことを作兵衛にもらしていたのだろう。卯乃は奈津のけなげさに胸が熱くなるのを感じた。

りくはそんな卯乃の思いには気づかぬように言った。

「峯均殿は離縁されてから、剣術に打ちこんで参られました。峯均殿の剣がこれからの立花家のため役にたてばよいのですが」

重根を送っていった峯均が戻ったのは深夜である。

玄関脇《わき》に控えていた彦四郎が奥に告げると、つねが玄関に手燭《てしょく》を掲げて現れ、卯乃とりくが出迎えた。

峯均に変わった様子はなかったが、卯乃はなぜか異様なものを感じた。峯均はしばらく佇《たたず》んだまま何事か考える風だったのである。

「どなたか、後からお見えか」

りくがさりげなく訊《き》いた。

「いえ、ひょっとしたらと思いましたが、違ったようです」

峯均は落ち着いて答えると、式台にあがり刀をりくに預けた。この時、りくは刀を抱いたまま、そっと峯均の背後にまわった。

峯均が無言のまま奥に向かおうとした時、卯乃は身を硬くした。峯均の袴《はかま》の裾《すそ》から血の臭《にお》いがしたのだ。

4

翌日の午後になって作兵衛《さくべえ》が屋敷を訪れた。峯均《みねひら》は登城している。

作兵衛は中庭で卯乃《うの》に声をかけた。

「先生は昨夜、お出かけでございましたか」

卯乃は答えるのをためらった。昨夜遅く帰ってきた峯均の袴の裾から血の臭いがしたからだ。

りくに確かめようかと思ったが、胸に秘めたままにしておいた。武家の家族の者は主《あるじ》が外出先から帰ってきたおり、たとえ衣服に血がついていようとも、問い質《ただ》すものではない、と幼いころにしつけられていた。

重根《しげもと》を送っていった峯均に何かの異変があったことは、りくも察しているのではないだろうか。しかし、いつも通り、峯均を送り出している。

思いに沈む卯乃に構わず、作兵衛は続けた。

「大手門近くの濠端《ほりばた》で斬《き》り合いがあったそうなのです」

卯乃の胸が騒いだ。

帰ってきた時、峯均は玄関先で何か考えるようにしばらく佇んでいた。屋敷まで追って来る者がいないか、様子をうかがっていたのかもしれない。

「近くの屋敷の者が騒ぎを聞いて外に出たところ、数人が斬り合っていた、といいます。月明かりですから顔などはわからなかったそうですが、ひとりの武士を三人の男たちが襲い、それを護衛役の武士が防いだというのです」

「そこに峯均様がいたのですか」

「顔を見た者がおるわけではありません。ただ、護衛役の武士は相当な腕前で男たちを寄せ付けずに退けたということです。それぞれ負傷して逃げ、襲われた方も闇の中に消えていったそうです」

目撃した者が届け出て、目付が調べたところ濠端には血が流れた痕跡《こんせき》があった。

「血の量から、襲った者たちはかなりの深手を負ったとみられておるようです。今頃、屋敷に引き籠《こも》って医師の手当を受けておるでしょう」

「では、襲ったひとたちが誰なのかわかるのではありませんか」

「おそらく身分の軽い者たちです。上士ならば、それほどの深手を負えば隠しようがありません。病と届けて登城しておらぬ軽格の中に襲撃した者がおるでしょう。しかし、ひとを襲うぐらいですから剣の腕はなかなかの者たちだったはずです。それをひとりで退けた武士はよほどの腕前です。わたしは先生ではないかと思いました」

「峯均様が？」

「かほどの腕前の者が他にいるとは思えません。近ごろ、家中では立花《たちばな》一族のことを悪《あ》しざまに言う者がおります。大殿の側近である重根様を君側《くんそく》の奸《かん》などと申す者もいるようです。不穏なことがあっても不思議ではありません。もし、重根様が襲われたとしたら護衛役を務めたのは先生以外にはないでしょう」

作兵衛は声をひそめて言った。卯乃は何も言えなかった。昨夜、峯均は斬り合いをして戻ってきたのだろうか。

「そうだとすると、これからは先生が狙《ねら》われることになります。重根様を暗殺しようと思えば、まず先生を始末せねばなりませんから」

卯乃の脳裏には父の村上庄兵衛《むらかみしょうべえ》が自害して果てた光景が浮かんでいた。重根や峯均にも、そのような運命が待ち構えているのではないか、と案じられた。

「ともあれ、わたしは明日から毎日参りますので、先生にそうお伝えください」

「毎日ですか」

「今後、何が起こるかわかりません。弟子としては師をお守りいたさねばなりませんから」

作兵衛は胸を張った。その時、奈津《なつ》が広縁に出て来た。作兵衛と卯乃が深刻そうに話しているのを見て怪訝《けげん》に思ったのか、

「どうされました」

と訊《たず》ねた。

作兵衛は、ごほん、と咳払《せきばら》いして、

「いや、なんでもございません」

と、あわてて一礼して帰っていった。さすがに作兵衛も、峯均が斬り合いをしたかもしれない、という話を奈津にすることは避けたのだろう。

この日、卯乃はりくから聞香《もんこう》に誘われた。縁側から部屋に入ると、花のような香りに包まれた。火窓の上の銀葉《ぎんよう》が熱せられ、香りが立ち昇ってくる。

「徒然香《つれづれこう》です」

りくは、組香の名を告げた。

「玄宗《げんそう》皇帝の時代、楊貴妃《ようきひ》の嫉妬《しっと》によって上陽宮《じょうようきゅう》に移された美しい女人がいたそうです。このひとは十六歳で宮中に入りながら君主に見《まみ》えることもなく、上陽宮で六十歳までを過ごしたということです」

白居易《はくきょい》の『新楽府《しんがふ》』に収められた『上陽白髪人』はこの故事を詩にしたものである。この詩に想を得て、女人が徒然なるままに春秋を送る様子を表した組香が〈徒然香〉なのだという。

りくは卯乃の手のひらにそっと香炉を載せた。趣《おもむき》の深さが感じられる。

「その女人の日々はどのようなものだったのでしょうか」

「詩には、夜長くして眠ることなければ天明けず、耿耿《こうこう》たる残灯《ざんとう》、壁に背ける影、蕭《しょう》蕭《しょう》たる暗雨《あんう》、窓を打つ声、とありますから、さびしく、せつない暮らしだったのでしょう」

秋の夜長、寝られずにいるとかすかな灯火の灯《あか》りで壁に自分の影が映っているのが見え、暗夜に雨がそぼ降っているという情景は、哀《かな》しくさえあった。

「そのような中で、六十歳まで生きられたということは、強いひとでもあったのではないか、と思われます」

卯乃は天子の寵愛《ちょうあい》が得られず、一生を虚《むな》しく過ごした唐の女人に思いを馳《は》せた。

「詩の最後はこう結ばれています」

上陽の人

苦しみ最も多し
少《わか》きにも亦《また》苦しみ
老いても亦苦しむ
少苦老苦　両《ふた》つながら如何《いかん》せん
君見ずや昔時《せきじ》、呂向《りょきょう》の美人の賦《ふ》
又見ずや、今日《こんにち》、上陽白髪の歌

「若くして苦しみ、老いてもまた苦しむ。そんな女人の歳月をしのぶ香なのです」

卯乃は、重根が訪れたことで心に迷いが生じたことをりくに話した。その答が〈徒然香〉だった。

りくが香を炷《た》いたのは、峯均が戻った時に漂わせていた血の臭いを清めたいという思いもあったのかもしれない。

卯乃は峯均が斬り合いをしたのか聞いてみたいと思った。しかし、りくがそのことに答えるとも思えなかった。若きにもまた苦しみ、老いてもまた苦しむ。卯乃に苦しみがあるように、りくにもまた苦しみがあるのだろう。

峯均のことを案じつつ、りくもまた何かに耐えているのかもしれない。

この日、下城した峯均は普段と変わった様子はなかったが、居間にりくと卯乃を呼んで、

「近ごろ、屋敷をうかがう者がいるようです。気をつけてください」

と穏やかに注意した。

りくがさりげなく、

「昨夜、お城下で斬り合いがあったということですが、それと関わりがあるのでしょうか」

と訊いた。

峯均は、しばらく考え込んだ後、

「わかりませぬな」

と落ち着いた声で言った。

七月下旬、光之《みつゆき》と藩主綱政《つなまさ》の間で和解の動きがあった。

重根が光之に、

「御家の不和が江戸にまで伝われば、将軍家よりお叱《しか》りを被《こうむ》るやも知れませぬ」

と説いた上でのことだった。

長年、幕府の覚えをよくすることに腐心してきた光之は不承不承、綱政と対面することにしたのだという。綱政の側近からも光之との和解を促す声が出ていた。嫡男吉《ちゃくなんよし》之《ゆき》の婚儀を控えており、藩主父子の不仲が知れ渡ることを憚《はばか》ったのである。

峯均は、そのことをりくと卯乃に話した。

「殿が大殿の隠居所に出向かれて、御対面がかなうことになったということです」

りくはほっとしたように応じた。

「それは重畳《ちょうじょう》でございました。重根殿の御苦労が実りましたな」

「さようですが、これですべてが丸く収まるというわけではありません。兄上もとんだ憎まれ役ばかりにて、心労の絶えることがございますまい」

峯均は憂《うれ》い顔で言った。りくはちらと峯均の顔を見た。

「これまで、訊くのは控えてまいりましたが、今後のことがございます。家の者も覚悟を定めておかねばなりませぬゆえ、お訊きします」

「なんなりと」

峯均は表情を変えずにうなずいた。

「三月前、城下で斬り合いをされたのは峯均殿でしょうか」

「そうです」

峯均は、即答した。卯乃は息を呑《の》んだ。ひそかにそうではないかと思っていたが、あらためて聞かされると粛然とした。りくは重ねて訊いた。

「やはり、重根殿が狙われましたのか」

「おそらくそうでしょう。大手門にさしかかった時、濠端《ほりばた》の暗闇の中から、突然向かって参りました。すでに刀を抜いており、兄上を守るには斬り合うしかございませんでした」

「そなたなら、斬らずとも手取りにできたのではありませんか」

峯均は首を横に振った。

「三人とも腕が立ち申した。手取りにいたそうとすれば、それがしが斬られていたでしょう。手傷を負わせましたが、命までは奪わずにすみました」

「粗暴な剣を振るったのではないと知って安堵《あんど》いたしました」

りくはうなずくと、卯乃に顔を向けた。

「峯均殿の申されたこと他言は無用です。大殿様と殿様が和解されるため尽力された重根殿が襲われ、峯均殿が助けられたのです。武家として恥じるところはありませんが、いかが思われますか」

「わたくしもさように存じます」

「されど血を見た以上、家中の怨《うら》みを買ったこともわきまえておかねばなりません。わが家にわずかでもゆるみがあれば、つけ入ろうとする者たちもいるでしょう。このことを忘れずにいてください」

りくの厳しい言葉が卯乃の胸に響いた。

命がけで重根を守った峯均は、それを誇る様子すらない。加えて、三人の武士と斬り合いながら、いささかも動じていない。

（なんという方だろう）

卯乃は峯均に畏怖《いふ》に似たものを感じた。

翌日の早朝、卯乃は目覚めると、浜に出て潮風にあたりたくなった。

峯均は、浜辺で木刀を振っている。夕刻には五尺杖《じょう》、早朝は木刀での稽古《けいこ》を行うのが日課だった。

木刀を振る峯均から放たれる気を感じてみたい、と思った。裏木戸から浜辺へと続く道に出た。なだらかな坂をくだっていくと、やがて砂地になった。

波の音がゆったりと響き、日差しが肌に心地よかった。波打ち際《ぎわ》で木刀の風を切る音が聞こえないか耳をすました時、

「待たれい」

男が声をかけてきた。

立ち止まると、砂を踏みしめる音がした。異様な気配があった。数人に取り囲まれたようだ。

「何用でございましょうか」

卯乃は身の危険を感じた。

「申し訳ないが、われらとともに来ていただきたい」

「どこへでございます」

「来ればわかる」

声の主に覚えがあった。

真鍋権十郎《まなべごんじゅうろう》だった。かつて父村上庄兵衛の旧友だと名乗り、庄兵衛が自害したのは重根の策謀だ、と言った男だ。

「真鍋様ではございませぬか。わたくしは目を病んで立花峯均様のお屋敷に身を寄せております。断りもなく他出することはできませぬ」

権十郎はたじろいだ様子だったが、それでも強引に言った。

「そこもとにとって、為《ため》になることなのだ。無断で他出した言い訳は後ですればよい」

「できませぬ」

きっぱりと言う卯乃に、権十郎は苛立《いらだ》った。

「拙者がこうして来ておること、わが主《あるじ》も知ってのことなのだぞ」

「たとえ、どなたが申されたにせよ、行かねばならぬ謂《いわ》れはないと存じます」

卯乃は浜に向かって歩き出した。峯均のもとへ行けば、逃れられるはずだ。

「やむを得ぬな」

権十郎は卯乃の手をつかもうとした。卯乃はとっさに男の胸を突いて浜の方角へ走り出した。思いがけない力に権十郎がよろめき、他の男たちが、

「待てっ」

と口ぐちに怒鳴って卯乃を追った。

卯乃は転びそうになりながら浜風が吹いてくる方角へ走った。男たちに追いつかれそうになった時、

「慮外者《りょがいもの》。何ごとだ」

峯均の声が響いた。

卯乃を追ってきた男たちが、棒立ちになった。

峯均がゆっくりと近づいてきた。

「何故《なにゆえ》の狼藉《ろうぜき》か。その女人はわが家の預かり人にござる」

権十郎がいまいましげに言った。

「卯乃殿に会わせねばならぬ方がおられる。そう言えば立花殿にはおわかりのはずだ」

「いっこうに、わかりませんな」

峯均は冷静だった。

「とぼけるおつもりか」

「腕ずくででも連れていく気ですか」

そのとき、さくさくと砂を踏んで、駆け寄ってきた者がいる。

「先生、相手は五人です。わたしも助勢いたしまするぞ」

作兵衛の声がした。

峯均は砂を踏みしめて前に出た。

「助勢などいらぬ」

権十郎は気圧《けお》されたように退いた。まわりの男たちも同様だった。

峯均が鋭い気を放っているのが卯乃に伝わってくる。これが殺気というものだろうか。あたりの空気が冷たくなったような気がした。

　権十郎は舌をもつれさせながら、

「し、しからば、きょうは引き下がろう。されど、いずれ、卯乃殿には来ていただかねばならぬことになる。さよう心得い」

　と言い残し、背を向けると、他の者たちもあわてて続いた。

「あの者ら、斬《き》られるかとよほど恐ろしかったのですな。我先に逃げていきますぞ」

　作兵衛が感心したように言ったが、峯均は取り合わず、

「卯乃殿、いまの男、ご存知か」

　と訊《き》いた。

「ご家老、隅田《すみだ》清左衛門《せいざえもん》様のご家来にて真鍋権十郎という方です。亡《な》くなった父の旧友だと申しておられました」

　峯均はしばらく思案していたが、

「その名、聞かなかったことにいたす」

　とつぶやき、作兵衛に、

「卯乃殿を屋敷まで連れていってくれ」

　と言った。

作兵衛は嬉《うれ》しそうに答えた。

「それは、門弟としてのそれがしにお命じになったと受け取って、よろしゅうございますか。いかにも承知仕《つかまつ》りました。これからも最前のような怪しい者が参るかもしれません。先生が御留守の間、お屋敷を守るためにも門弟はいたほうがようございます」

峯均は歩きながら、かすかに笑っていた。

「勝手にいたせ」

作兵衛は卯乃に近づいて頭を下げた。

「思わぬことから弟子入りがかないました。今後は何でもお申しつけください。先生になりかわり、お守りいたします」

卯乃は首をかしげた。

「なぜ、あの方々はわたくしを連れていこうとしたのでしょうか」

「それがしにはわかりませんが、先生はご存知なのかも知れません」

そして少し考えた後、日頃にない重々しさで言った。

「いずれにせよ、卯乃殿は先生を信じておられればよい、とそれがしは思います」

作兵衛の言葉は、不思議に卯乃の胸にしみた。

藩主父子のひさしぶりの対面は八月二十四日に行われた。

すでに秋の気配が濃い。

綱政の嫡男吉之や重根、隅田清左衛門ら重臣たちも同席して隠居所広間で酒宴が催された。光之は終日、上機嫌で綱政と吉之に話しかけた。

「かように話をいたすも、ひさかたぶりのことか」

綱政はほっとした表情で頭を下げた。

「なにやら、家中の者どもも案じておりましたようで」

「なんの、親子のことじゃ。こうして会ってみれば何ということもないのだ」

のう、と呼びかけられて吉之は頰を紅潮させた。

「畏《おそ》れ多いことでございます」

光之はうなずきつつ、

「君臣ともに仲良くいたさねば、亡き父上のようなことになるでな」

と言った。語尾がわずかに震えたのは、今なお父忠之《ただゆき》への不愉快な思いがあるからだろう。

光之は盃《さかずき》の酒をぐいと干した。

「世間では黒田《くろだ》騒動などと呼んで、主君を幕府に訴えた栗山大膳《くりやまだいぜん》を忠臣と褒めそやしておるそうな。されど、騒動によって黒田の家名に傷がついた。主の顔に泥を塗った者がまことの忠臣であろうはずがない」

依然、藩政に力を振るう光之に綱政の側近たちが事あるごとに逆らうのを皮肉る言葉だった。

光之がじろりと一座を見渡すと、ひややかな空気が流れた。

「怖《おそ》れながら」

重根が盃を置いて、光之に顔を向けた。

「われら大殿様と殿様、御世子様三代にわたって仲のお睦《むつ》まじきことを寿《ことほ》ぎ、かくは打ちそろうております」

「わかっておる」

「大殿様からもわれらへ一言賜りたく存じまする。さすれば君臣一和がかないましょう」

「なるほどのう、一同仲良くいたせ、とわしが申せばよいというのか」

「仰《おお》せの通りにございます」

光之はおもむろに、

「黒田はひとつじゃ。そのことゆめゆめ、忘れるな」

としわがれた声で言った。重根が真っ先に頭を下げると、続いて重臣一同が手をついた。

だが、鋭く重根の顔を見た隅田清左衛門の目には暗いものが宿っていた。五十を過ぎ、髷《まげ》に白髪がまじった小太りの男である。

老いて気難しさを増した光之を巧みになだめる重根を妬《ねた》ましく思う色が顔に出ていた。

光之は綱政とさらに打ちとけて盃をかわしたが、酔いがまわったのか、

「わしも長くはあるまい。わし亡き後、身近に仕えた者たちが憂《う》き目をみては面白うない。わしへの孝養を思うなら、そのことを心にとどめておくように」

と洩《も》らした。

自分の死後、重根らを処罰するなという心遣いなのだろう。清左衛門は屋敷に戻ると、真鍋権十郎を呼び、

「このたびの御対面は立花重根がおのれのために図ったようなものであった。知恵の回ることよ」

と苦々しげに言った。

「まこと、増上慢《ぞうじょうまん》もはなはだしきことでございます」

権十郎も顔をしかめた。

「このことしかるべく家中に広めよ。思い通りにはさせぬ」

「かしこまりました」

「それにあの御方にもこのことはお伝えせねばな。立花重根の働きによって大殿と殿の御対面がかなったこと、さぞ腹立たしくお思いであろうからな」

権十郎は目を光らせてうなずいた。


卯乃と峯均が重根の屋敷を訪れたのは九月に入って間もなくのことである。屋敷の奥庭に、露地《ろじ》を作った草庵《そうあん》造りの茶室がある。水の打たれた露地には、主の侘《わ》び茶好みを映した、

――市中《しちゅう》の山居《さんきょ》
の風情《ふぜい》があった。

四畳半の茶室で待っていた重根は茶の着流しに博多帯をしめている。床の間に竹筒の花入れが置かれ、野路菊《のじぎく》が活《い》けられている。

香は炷《た》かれていなかったが、卯乃は茶室にかすかに漂う野路菊の気品ある匂《にお》いに

清々《すがすが》しいものを感じた。

峯均と卯乃は座して釜《かま》の湯がしだいに沸く音を聞いた。

釜の湯音については、魚眼《ぎょがん》、蚯音《きゅうおん》、岸波《きしなみ》、遠波《とおなみ》、松風《まつかぜ》、無音《むいん》などと表され、これを〈釜の六音〉という。釜が沸くにつれ、魚の目ほどの泡が立つ状態から地中で響くようなかすかな音がし始め、やがて岸辺や沖の波、松の梢《こずえ》を過ぎる松籟《しょうらい》に聞こえてくるのである。

「近ごろ茶はいたしておるのか」

重根にいきなり訊かれて峯均は苦笑した。

「いえ、いっこうに」

「やはり、剣ばかりか」

「剣もなかなか進みませぬが」

「先だっては、峯均の剣に助けてもらった。されど、剣は憎しみしか生まぬな」

「…………」

重根は静かに茶を点《た》てた。峯均の膝前《ひざまえ》に天目茶碗《てんもくぢゃわん》を差し出す。

峯均が喫すると、重根は、

「近く、そなたには南方録の筆写をしてもらおうかと思っておる。心しておいてくれ」

とさりげなく言った。

「南方録でございますか」

峯均は閉口した。卯乃は峯均に続いて、茶碗を手にしつつ、

(重根様が南方録の話をされるのは珍しい)

と思った。

〈南方録〉は重根が発掘した茶書である。題名は唐の陸羽《りくう》が著した〈茶経《ちゃきょう》〉の一節、

——茶者《ちゃは》南方之《なんぽうの》嘉木也《かぼくなり》
からとられたが、読みは、

——なんぼうろく
である。堺《さかい》の南宗寺集雲庵《しゅううんあん》の第二世南坊宗啓《なんぼうそうけい》が利休から聞いた秘伝をまとめたからだという。

重根は貞享《じょうきょう》三年（一六八六）に、光之にしたがって江戸へ参府する道中、安芸《あき》の蒲《かま》刈《がり》に船泊まりした折、京の知人からの書状で秘伝書の存在を知った。

重根が懇請し、五巻の書写本を送ってもらった。一読、いかにも利休直伝の書だと思われた。

さらに元禄《げんろく》三年（一六九〇）には福岡への帰国の途次、大坂で南坊の子孫、納屋宗《なやそう》雪《せつ》と出会う。宗雪は残り二巻を所持しており、重根は二日間徹夜して筆写した。

こうして〈南方録〉は世に知られるようになったのである。

全体は、「覚書」「会」「棚」「書院」「台子」「墨引」「滅後」の七巻からなる。

侘び茶の真髄を〈茶禅一味〉として茶花や花入れ、懐石から点前《てまえ》、主客の作法、茶会全般に亘《わた》って説明している。

「南方録に書かれていることは茶の心であるとともに、わしの心でもある。峯均にも知っておいてもらいたい」

「茶の心と申しますと?」

峯均の問いに、重根は和歌を口にした。

花をのみ待つらむ人に山里の雪間の草の春を見せばや

壬二集《みにしゅう》の藤原家隆《ふじわらのいえたか》の歌である。〈南方録〉では、茶人武野紹鷗《たけのじょうおう》が侘び茶の心として新古今和歌集の藤原定家《ていか》の、

見わたせば花も紅葉もなかりけり浦の苫屋《とまや》の秋の夕ぐれ

をあげたのに対して、利休は家隆の歌を加えたとしている。

華やかなものが何一つない苫屋、山里で人知れず芽吹く緑のみずみずしさに侘び茶の精神があるという。

「なるほど雪間の草でございますか」

峯均は感心したように言ったが、ふと付け加えた。

「されど、ひとはなかなか雪間の草を見てはくれません」

「どういうことだ」

「南方録を偽書なりという方もおられると聞いております」

峯均が歯に衣《きぬ》着せず言うと、重根は笑った。

「たしかに、そう申す者もいるようだな」

重根が〈南方録〉を発見したのは利休百年忌の年である。さらに南坊宗啓については記録が残っておらず、その実在が疑われていた。

「いかに言われようとも、南方録に書いてあることが侘び茶の心であることに変わりはない」

「しかし、ひとが謗《そし》ることも止められはいたしません」

　峯均は冷静に言った。

「近ごろのわしの評判のことか」

「ようやく、大殿と殿の御対面がかないましたのに、立花の保身を図るために来したと申す者がおるそうです」

「しかたのないことだ。かような話を知っておるか」

　重根は自ら点てた茶をゆっくりと喫しながら話した。

「昔、ある家の宝玉が消えてしまった。たまたま隣家の子供が家の前を横切ったそうだ。その子が盗《と》ったのではないかと疑うと、その立ち居振る舞いがすべて怪しく見えてくる。あげく、宝玉が無くなった家の者はその子を憎むようになった。ところがある日、その家で飼っていた鶯《うぐいす》の糞《ふん》の中から宝玉が出てきたのだ。宝玉が見つかってから、改めてその子を見ると、どこにも怪しいところはなかった。これと同じで疑いの心を持っていれば、ひとはどのようにでも見えてしまう。わしを直《す》ぐなる心で見てもらえば、疑いは晴れる。周りの目に振り回され、心を汚《けが》して拗《ねじ》けるべきではないと思っておる」

　重根の言葉には真率な響きがあった。

卯乃は、重根の心がなぜ藩内の人々に通じないのだろうか、と訝《いぶか》った。光之から格別に遇されて来た立花一族に対する妬みが憎悪《ぞうお》となって目をくらませているのだろうか。それとも、ひとはあまりにも清い流れを怖《おそ》れこそすれ、親しもうとはしないということなのか。

卯乃が思いをめぐらせていると、峯均は咳払《せきばら》いした。

「しかし、お招きになったのは、南方録の筆写をお命じになられるためではございますまい」

重根は笑った。

「いずれ、雪間の草をひとは見てくれるであろうなどと期待してはおられぬ。大殿もご高齢だ。これからは江戸参府も控えられるであろう。そうなれば、わしがお傍にある必要もないことゆえ、御対面がかなったのを汐《しお》に退隠いたそうかと思っておる」

「ご決心なさいましたか」

「うむ。そのうえで、卯乃に話したいことがある」

重根は卯乃の顔を見つめた。目には卯乃を慈《いつく》しむ光がある。

卯乃は胸の奥に揺れ動くものを感じた。

重根はゆっくりと口を開いた。

「茶の湯を嗜《たしな》む者は心の中がきれいでなければならぬ。それは形のことではない。世俗の欲を捨てるということだ。わしも退隠いたし、俗世から遠ざかって茶を楽しむだけの暮らしがしたい。その時、傍に卯乃がいてくれたら、と思う。この年になってかようなことを言うのはあさましく聞こえるやも知れぬが、わしの本音だ。忍ぶべきだ、とは思うのだが」

重根の声は澄んでいると卯乃は思った。それでも言わずにはいられなかった。

「ありがたいお言葉ですが、わたくしはかように失明いたした身でございます」

「卯乃が卯乃であることに変わりはない」

重根はやさしく言った。卯乃が思わず惹《ひ》き入れられそうになった時、

「されど、それはすべて、あの御方の動きしだいではございますまいか」

峯均が冷徹な口調で言った。

「泰雲《たいうん》様か――」

重根はうなずいて目を閉じた。

「兄上は隠退されて然《しか》るべきではありますが」

「隠退は形だけで、その実は身を退《ひ》くことも、卯乃に傍らにいてもらうこともかなわぬ夢だと申すか」

重根は目を開いて峯均を見つめた。

「さようです」

峯均は重根の目を見返した。

卯乃は峯均とともに伊崎《いさき》の屋敷に戻った。

すでに夕刻になって、遠く汐騒《しおさい》が聞こえていた。

卯乃の胸には重根の思いの深さがしみていた。それにしても、峯均が重根の話に口をはさんだのが不思議だった。

あの時、卯乃は重根を受け入れようとしていた。しかし、峯均の一言がそれを断った。さりげない言葉だったが、一瞬の気合が込められていたように思える。

峯均が作兵衛にこんなことを話していたことがあった。

「兵法とは刀を持っている時だけのものではない。寝ている時、食事の時、ひとと話している時、すべて兵法の心がけがなければならぬ。兵法を会得《えとく》しているかどうかは刀を持たぬ時の過ごし方を見ればわかる」

峯均は、あの一瞬、兵法を使った。それは何のためだったのだろう、と卯乃は考えるのだった。

この年の十二月二十三日。光之は綱政あてに遺言状を書いた。重根ら側近に対し、行き届いた扱いを求め、嫡子《ちゃくし》吉之の行動を戒めるものだった。

光之と綱政の不和は終息に向かったかに見えた。

第二章　姫百合《ひめゆり》

1

　宝永三年（一七〇六）夏——

　卯乃《うの》が伊崎《いさき》の屋敷に来て一年余りが過ぎていた。早朝は裏庭で畑仕事を手伝う。りくは近ごろ、茄子《なす》と莢豌豆《さやえんどう》を作ろうとしていた。畑を広げようと近くの百姓にも手伝ってもらい、朝からひとの出入りが多くなった。

　そのため、この日の朝、女人が訪れたのを家士の彦四郎《ひこしろう》も家僕の弥蔵《やぞう》も気づかなかった。

　女中のつねが声を聞きつけて玄関まで出た。戻ってくると困惑した声で広縁にいた卯乃に告げた。

「さえ様がお見えなのですが」

「さえ様？」

「花房《はなぶさ》様の――」

つねが声をひそめて言うと、卯乃ははっとした。花房家のさえは峯均《みねひら》と離縁した妻であり、奈津《なつ》の実の母だった。

「旦那《だんな》様に御目にかかりたいそうですが」

この日、峯均は非番で朝から浜へ行って作兵衛《さくべえ》に稽古《けいこ》をつけていた。りくは奈津を連れて本家に行っており、留守だった。さえを取り次いでよいのか、つねは迷っているようだった。

「わたくしが御用向きをうかがってみましょう」

卯乃がつねとともに玄関に出てみると、風にのってほのかな花の香りがした。何の香りだろう、と思いながら、式台に膝《ひざ》をつくと、さえが声をかけてきた。

「恐れ入ります。さえと申します」

香りはさえから漂っているようだ。声を聞いただけで美しいひとだ、とわかる。

卯乃は手をついて名乗った後、言った。

「峯均様はいま屋敷におられませんが」

「さようでございますか」

さえの声には失望の響きがあった。

「こちらさまへおうかがいするのは憚《はばか》られたのですが、峯均様にお頼みいたしたいことがございまして、うかがいました」

「おさしつかえなくば、どのようなお話かお聞かせ願えますか」

「奈津のことでございます」

「奈津様の――」

「はい、いまさらと思われるでしょうが、奈津を引き取りたいのです」

思いのほか、さえはきっぱりと言った。

卯乃は奈津が留守の時でよかった、と思った。

「峯均様は裏の浜辺にて剣術の稽古をされておられます。どうぞ、そちらへお出《い》でください」

「浜辺で剣術の稽古を」

さえの声がわずかに震えた。峯均はかつて城中での立ち合いに無残に敗れた。そのことがさえと峯均の間を引き裂いたのである。

さえが玄関を出て裏の浜辺へ向かうと、卯乃は広縁に戻った。しばらくすると裏木戸から中庭に入ってきた作兵衛が、

「卯乃殿、あの女、何者ですか」

と大声で言った。さえが来たため峯均が作兵衛につけていた稽古を止《や》めたのだろう。作兵衛はそれが不満らしかったが、さえのことを教えるわけにもいかなかった。

「浜でお話しされているのですか」

「さよう、親密そうでしたぞ」

作兵衛はうんざりした口ぶりだったが、思いなおしたように続けた。

「されど、あのひとはどこか悪いのか、やつれていました。色白のきれいなひとですが、はかなげで、悲しそうにしていました」

さえはどのような悲しみを抱えて峯均に会いに来たのだろう、と卯乃は思った。

その日の夕刻、卯乃は奈津とともに峯均の部屋に呼ばれた。中庭の奥にある離れである。日暮れ時の汐《しお》の匂《にお》いがした。

「昼間、さえが訪ねてきた。卯乃殿も会われたそうだから、どういうことであったかを話しておこう」

奈津は膝を乗り出した。

「母上がわたしを引き取りたい、と申されたというのは本当ですか」

さえが訪れた時、玄関先には女中のつねもいた。さえの話を奈津にはよいことだと思ってもらしたのだろう。

「ほう、もう耳にしたのか」

峯均はうなずいた。

「わたしは断った。奈津はこの屋敷から嫁に出すと言っておいた」

峯均がやさしく言うと奈津は頭を振った。

「でも、きっと違います」

「違う？　何が違うのだ」

「母上がわたしを引き取りたいと言われたことです」

奈津が涙声になる。卯乃は思わず言った。

「どうして、そう思われるのですか。さえ様はたしかに、奈津さんを引き取るお願いに見えたのです」

「もしそうなら、わたしがもっと幼いころに来てくれていたはずです。今になって来られたのは、きっと何かの理由があってのことです」

奈津の肩が震えていた。泣き出したいのをこらえているのだろう。

「奈津さん――」

「わたし怖いんです。母上がわたしのことを大事には思っていらっしゃらないんじゃないか。そのことを知るのが怖いんです」

「ならば話すが、さえが言うには、花房の七十郎《しちじゅうろう》殿が病弱ゆえ、お前に婿《むこ》をとらせて後々は家を継がせたいということであった」

「花房の御家のためなのですね」

「知っての通り、さえはわたしと別れた後、家中の藤森清十郎《ふじもりせいじゅうろう》に再嫁《さいか》した。子は生まれたが、幼くして亡《な》くなった。近く離縁して、花房の家に戻るそうな。そのおり、奈津を引き取りたいと言っていた」

奈津は悲しげにつぶやいた。

「それでは、母上は御実家に戻るためにわたしを引き取りたいと仰《おお》せになったのですか」

「そういうことだ」

峯均はあっさり言った。

卯乃はたまりかねて、

「峯均様、さように申されては、奈津様がお辛《つろ》うございます」

と強い口調で言った。

峯均が黙ると、奈津は泣きながら部屋を出ていった。卯乃も続いて立とうとすると、

「卯乃殿――」

峯均が呼びとめた。

「男親は娘への物の言いようを知らぬ。実は、さえが来たのは奈津のことだけではなかった」

卯乃は黙って膝をついた。

「言い難《にく》いことだが、さえは金の無心に来たのだ」

意外な言葉に卯乃は戸惑いを覚えた。

「藤森は商人に借財があるらしい。さえは実家に戻りたくば金を用意しろ、と言われたそうだ」

「そのような無体な」

「無体だが、さえは藤森のもとにおるのはもはや耐え難いということだ。なにせ大酒飲みで、手をあげることも珍しくないとか」

峯均は苦笑した。

さえがやつれていたと作兵衛が言ったのは本当だったのだ。

「そのようなご事情であれば、御実家が都合されるのではありませんか」

「花房には金がないのだ。なにせ、わたしが五百石をもらって、所領が半分となった。それに七十郎殿の薬代などで金は底をついておるそうな」

「それでは峯均様が肩代わりされるのですか」

「やむをえまい。わたしが所領から得たものは、いずれ花房に返そうとかねてから思っておったことだ」

　峯均は淡々としていた。

　翌日の早朝、卯乃がいつものようにりくの畑仕事を手伝っていると、

「峯均殿はさえ殿のことをどう申しておりましたか」

　鍬《くわ》を振るいながら、りくがさりげなく訊《き》いた。りく様はご存じなのだ、と卯乃は思った。

「さえ様をお助けになるようです」

「別れた妻を助けてやるとは、峯均殿もひとがよすぎるかもしれませんね」

　りくは冷静な口調で言った。

「それが、峯均様のおやさしさなのだと思います」

「さて、どうでしょう」

りくはつぶやくと鍬を振る手を休めた。

「藤森清十郎殿は御世子吉之《よしゆき》様の側近なのですよ。去年、重根《しげもと》殿に刺客を放ったのは、おそらく吉之様のまわりにいる方々だと思われます。その方々は、刺客を退けた峯均を憎んでおるでしょう。ひょっとすると藤森殿もその中のひとりなのかも知れません」

卯乃は振り上げていた鍬を下ろした。

「まことにそうなのですか」

「ですから、さえ殿を助けるのはあえて危険に身を投ずるようなものです」

「存じませんでした。ならば、峯均様をお止めしたほうがよいのでしょうか」

「たとえ止めても、おのれが決めたことを変えるようなことはいたしますまい。それよりも気になるのは峯均殿の気持です」

りくはため息をついた。峯均の気持とはどういうことなのだろうか。

「さえ様をお助けしたいだけだと思いますが」

「そのために身を捨てねばならぬかもしれないのですよ」

「それは――」

卯乃にもなぜ峯均がそこまでするのかわからなかった。さらにわからないのは別れた夫のもとに助けを求めてきたさえの気持である。

二人の間には夫婦だった男女にしかわからない情が通っているのだろうか。

「卯乃殿はこんな歌をご存じですか」


春の野にあさる雉《きぎし》の妻恋ひにおのがあたりを人に知れつつ

『万葉集』にある大伴家持《おおとものやかもち》の和歌だった。雉《きじ》は春の野で妻を恋うて鳴き、自らの居場所をひとに知られるという。

「雉は妻恋鳥《つまごいどり》ともいうそうです」

「峯均様は、今もさえ様を恋うておられると言われるのですか」

「それはわかりません。ただ、もしそうだとすると、峯均殿は危うい目にあうのではないか、と思うのです」

りくは心配げに言った。

（妻恋鳥――）

卯乃の胸にりくの言った言葉がせつなく残った。

さえが訪れてから三日後、卯乃は作兵衛とともに外出した。行く先は藤森清十郎の屋敷である。

さえに会うつもりだった。

清十郎は小姓組三百石で、屋敷は唐人町《とうじんまち》にある。

唐人町は黒田《くろだ》藩が唐人を住まわせた町だが武家屋敷もあった。

「藤森殿の屋敷にお連れして、先生に叱《しか》られるということはないでしょうな」

作兵衛は卯乃の前を歩きながら確かめるように訊いた。

「ご心配にはおよびません」

卯乃は竹杖《たけづえ》をつきながら歩く。夏の盛りで福岡の町中はねっとりとした潮風が吹いていた。歩くほどに汗ばんでくる。作兵衛は卯乃の歩みに合わせ、導いた。

「藤森殿は評判の悪いひとですから、そのようなところに卯乃殿を連れていってよいのかと思います」

「大丈夫です。先日、来られた方にお会いしたいだけですから」

「先日、来られた方?」

「藤森様の奥方様です」

「先日、来られたのは藤森殿の奥方だったのですか」

「奈津さんのお母上でもあります」

「ということは、先生の――」

峯均の別れた妻だと作兵衛は気づいた。卯乃はうなずいた。

「奈津さんのことをお話ししたいのです」

「奈津殿がどうかされたのですか」

「お母上とお会いできたらと思いまして」

「なるほど」

納得した作兵衛が、何かに気づいたように足を止めた。

「ここが藤森殿の屋敷です。本当に参られますか」

「はい」

卯乃がきっぱりと言うと、歩き出そうとした作兵衛の足がまた止まった。

「藤森殿です」

作兵衛が囁《ささや》いた。清十郎が屋敷から出てきたようだ。足音が近づいてくる。すれ違おうとした時、清十郎が声をかけてきた。

「伊崎の屋敷におられるという村上庄兵衛《むらかみしょうべえ》殿の娘御か」

清十郎は卯乃のことを知っているのだ。

「はい、卯乃と申します」

「それがしは小姓組の藤森清十郎だが、わが屋敷に来られたのか」

咎《とが》めるような声で言う。

「奥方様にお会いいたしたく参りました」

「まさか立花峯均殿の使いというわけではござるまいな」

清十郎の語気には険悪なものがあった。

「立花殿はわしの女房に金をやって、別れさせようとしておる。まことに怪しげな振る舞いだ。妻敵《めがたき》討ちにあっても文句は言えまい」

清十郎が蔑《さげす》んだように言うと、作兵衛が足音をたてて前に出た。

「無礼を申されるな。それがしは立花先生の門弟桐山《きりやま》作兵衛と申す。聞き捨てにはできませんぞ」

「ほう、弟子を使って、わしに喧嘩《けんか》を売ろうという魂胆《こんたん》か」

清十郎は嗤《わら》った。卯乃は頭を下げた。

「申し訳ございません。藤森様が何か思い違いをされておられますので、作兵衛殿も憤《いきどお》ったのです」

「思い違いだと」

清十郎は苛立《いらだ》った。

「たしかに奥方様は伊崎の屋敷にお見えになりましたが、その時はわたくしもお会いいたしました。峯均様とのお話の中身も存じあげております。それゆえ、お話に参ったのです。疑いを招くようなことは何もありません。こうして参ったのがその証《あかし》でございます」

卯乃は毅然《きぜん》として言った。峯均やさえがこのような男に辱《はずかし》められてはいけない、と思った。

「ほう、そうか。その挨拶《あいさつ》、覚えておこう。好きなだけ女房殿と話していくがよい」

清十郎は嘲《あざけ》るように言うと、歩き去った。

「卯乃殿は落ち着いておられますね。わたしは短気で見境がなくていけません」

作兵衛が少し恥ずかしそうに言った。

「いいえ、わたくしも怖くて、実は足が震えてしまいました」

二人は藤森の屋敷の門をくぐった。

作兵衛が玄関で訪《おとな》いの声をかけたが、誰も出てこなかった。卯乃は玄関先で何かの香りをかいだ。

さえが伊崎の屋敷に来た時に漂わせていた香りだった。卯乃は香りに導かれるように中庭にまわった。

あわてついて来た作兵衛は、息を呑《の》んだ。

「これは見事な」

「百合《ゆり》の花ですか」

「そうです。それも赤い百合ばかり何十本とあります」

卯乃は庭のそこだけが朱に染まった様を思い描いた。

「卯乃様でしたね」

さえの声がした。卯乃は頭を下げた。

「よい香りに誘われてお庭に来てしまいました。ご無礼をお許し下さい」

「褒めていただき、わたしも嬉《うれ》しいです」

さえの声は明るかった。

「赤い百合なのだとか」

「姫百合です。ちょうど手入れをしていたところです」

「おうかがいしたいことがございまして参りました」

卯乃が言うと、さえは気がかりらしく訊いた。

「藤森とお会いになりましたか」

「いましがた、御門の外で」

「さようですか」

さえはため息をつくと、卯乃に上がるように言った。

卯乃と作兵衛は縁側に上がった。しんと静まり返った屋敷だった。女中も家僕もおらず、いるのはさえひとりと思われるほど、荒《すさ》んでさびしいものを感じさせた。

「藤森が乱暴なことを申したのではございませんか。あれから、伊崎に参ったことを話しましたら、立腹いたしまして」

「いえ、さような」

卯乃が頭を振ると、さえはほっとした様子だった。

「何をお訊きになりたいのでしょうか」

「奈津様のことです」

「奈津を花房の家に引き取る話なら、峯均殿に断られましたが」

さえは怪訝《けげん》そうに言った。

「そのことを奈津様にお話しいただきたいのです。さえ様がお帰りになられた後、奈津様は泣いておられました」

「そうですか。わたしに母親としての心遣いが足りず、あの子に辛《つら》い思いをさせているのですね」

さえは淋《さび》しげに言った。

「そうでないことはお屋敷にうかがってわかりました」

「屋敷に来て？」

卯乃はうなずいた。

「姫百合は奈津様をしのばれて育てられたのではありませんか」

庭の花を姫百合だとさえが告げた時、卯乃は思い至った。やむを得なかったとはいえ、奈津を手放したさえにとって、姫百合は娘をしのぶものだったのではないか。

卯乃の言葉に、さえは黙った。しばらくして話し出した時、さえの声はかすれていた。

「奈津が赤子の時に別れて以来、わたしは、親として何もしてやれませんでした。一度だけ町で見かけたことがあります。その時、奈津は朱色の着物を着ていました。まるで姫百合のようでした」

「そのことをさえ様からお伝えしていただきたいのです」

「奈津は会ってくれるでしょうか」

「さえ様のことを慕っておいでです」

「そうだとしたら、どれほど嬉しいことでしょうか」

さえは言いながらもためらう様子だった。やがて思い切ったように口を開いた。

「実は、そうしたくともできなくなったのです。藤森は、わたしが峯均殿にお金を無心したことを知ると、果たし合いを申し込むと言い出しました」

卯乃は思わず声を高くした。

「なぜ、果たし合いなどと」

「藤森は峯均殿を討って手柄にいたしたいのです」

「そんな――」

「ですから、わたしは伊崎の屋敷にうかがうことはできません。この屋敷にいるしかないのです」

卯乃が言葉を続けようとしたとき、さえは立ち上がった。庭に下りたらしく花鋏《はなばさみ》の音がした。

さえが戻ってくると百合の香りが漂った。

「姫百合を二本お持ち帰りください。一本は奈津に、もう一本は峯均殿に」

さえは姫百合を渡した。

「わたしは恥をしのんで金の無心をいたしました。峯均殿は何も訊《き》かず、承知してくださいました。その時、離縁したことが愚かなことだったと悟りました。お城での試合に負けた時、峯均殿を軽んじ、信じることができなかったのです。信じてさえいれば、と悔いております」

さえの声には悲痛な響きがあった。

この日、下城した峯均は、卯乃が藤森屋敷から持ち帰った姫百合に目を止めた。卯乃が白磁の花瓶に活《い》けたのである。灯りの中で鮮やかな朱色が際立《きわだ》っていた。もう一本は奈津の部屋にある。こちらも大切に活けられていた。

「奈津は何か言っておりましたか」

峯均は傍らの卯乃に訊いた。

「さえ様が姫百合を奈津様と思い、慈《いつく》しんでおられたと申し上げましたら、泣いておられました」

「そうですか」

峯均は淡々と言った。卯乃は膝《ひざ》を進めた。

「ですが、さえ様が藤森殿のお屋敷から出られぬとは御不憫《ふびん》にございます」

「そうはさせぬ」

「どうなされるのでしょうか」

「明日、花房家を訪ね、当主の七十郎殿に申し入れる。わたしが花房家から所領を分けられた礼として金を出し、さえが藤森家と離縁するために使ってもらう。七十郎殿は若年で病身でもあるが、もののわからぬ方ではない。しっかりと藤森に話してくれるはずだ」

「それならば――」

藤森清十郎が言いがかりをつけようとしてもできないはずだ、と卯乃はほっとした。

「重根様の?」

「実を申すと、これは兄上の知恵だ」

「母上が兄上に相談されたらしい。きょう、大殿の隠居所に呼ばれて、このようにせよと教えられた。まったく、兄というものはいくつになっても指図したがるもののようだ」

峯均は明るく笑った。

翌日、峯均は花房屋敷に出かけていった。

七十郎は峯均の申し出を恐縮して受け、さっそく藤森清十郎に使いを走らせた。その後、両家の間にひとが立ってさえの離縁話が進められたが、なかなかまとまらなかった。七十郎が病身を押して峯均の屋敷に出向いたのは十日後のことである。

広間に通された七十郎は峯均の前に手をついた。

「申し訳ござらん。藤森め、どうしても離縁を承知しようとはいたしませぬ」

「やはり、それがしのことを理由にいたすのでござるか」

「はっきりとは申しませぬ。ただ、姉が離縁いたしたいと突然に言い出したのが不審だと申すばかりにて」

「さようなことを」

「それに、姉も離縁はもはやしなくともよいと言い出しました」

「それがしに迷惑がかかると知って気兼ねしておるのでしょう」

「それがわかるだけに姉が気の毒なのですが、それ以上言うこともできず」

七十郎は涙ぐんだ。

「無理もないことでござる」

峯均がうなずくと、七十郎は訴えた。

「立花様、それがし、昔のことは知りませぬゆえ、かようにお頼みしてよいものかどうかわかりませぬが、姉をお見捨てくださいますな」

「無論のこと」

峯均は平然と言った。

七十郎が辞去した後、峯均は卯乃と奈津を部屋に呼んだ。

「七十郎殿には黙っておったが、きょう、藤森から書状が参った。さえと不義をいたしたと詰問《きつもん》し、疑いをはらしたくば明後日、八つ（午後二時）、生《いき》の松原へ参れとのことであった」

〈生の松原〉は博多湾の西、今津湾に面し、黒松林が広がる景勝の地である。神功皇后《じんぐう》が朝鮮半島へ出兵する際、松の小枝をこの地に逆さに挿したところ根づいたため〈生の松原〉と名づけられたという。

「お行きになるのですね」

卯乃は胸がつまる思いで訊いた。峯均はやはりさえのために命を賭《と》するつもりなのだ、と思った。

峯均の答えはなかった。

生の松原に呼び出された日、峯均は非番だった。

朝起きると、浜へ出て五尺の杖《じょう》を振るった。戻って朝餉《あさげ》をすませ、書見をした後、りくにあいさつして出かけた。生の松原まではおよそ三里ある。

りくは部屋に籠《こも》っていたが、間も無く卯乃を呼んだ。

「峯均殿が言い残したことはありましたか」

「いえ、何もおっしゃらず、いつもと同じように」

「そうですか」

りくはいつになく不安げな様子だった。

「何か心にかかることでも」

卯乃が訊くと、りくはため息をついた。

「重根殿から、藤森殿には用心するようにと申して参りました」

「やはり、果たし合いになるのでしょうか」

卯乃が怖《おそ》れていたことを口にすると、りくは声を低めた。

「果たし合いならば、案ずることはないと思います。峯均殿に勝る者は藩内におりますまい。重根殿が危ぶんでおられるのは、きょう御世子様が生の松原に遠乗りされるからなのです。藤森殿がお供されるのであれば、そこに峯均殿を呼び出すのは、まことに不審です」

「それは峯均様もご存知なのでしょうか」

「あいさつに来られた時、申しておきましたが、峯均殿は特に何も言いませんでした。

どうされるのか。御世子様の遠乗りとあれば、あたりに近づくことは憚《はばか》られます。生の松原に出向いた峯均殿を、無礼と咎《とが》めて斬《き》る策略かもしれません。峯均殿は御世子様がおられる場で刀を抜くわけには参りますまい」

峯均は重根を襲った刺客を退けている。世子吉之の側近が刺客を放ったのではないか、という噂《うわさ》があった。清十郎は側近と図り、峯均を白昼、抹殺《まっさつ》するために吉之の遠乗りの場を選んだのかもしれない。

りくの心配が卯乃にも伝わってきた。卯乃は考えをめぐらせた。

「作兵衛殿にお頼みいたしたいと思うのですが」

「桐山殿の御子息に何をお頼みするのですか」

りくは不審げに訊いた。

「作兵衛殿に、生の松原に出向いていただきたいのです。御世子様の側近の方たちも、家中の者の目があれば無体はなさらないのではないでしょうか」

「それはよい思案ですね」

りくはすぐに家士の彦四郎を桐山屋敷に赴かせた。半刻《はんとき》ほどして戻ってきた彦四郎は、額に汗を浮かべて報告した。

「桐山様は御屋敷におられませんでした。何でも朝早く生の松原に行くと言われて、出られたとのことでございます。藤森様とのことをすでにご承知なのではございますまいか」

作兵衛が峯均の身を案じて、すでに動いていたと知って、卯乃はほっとした。それでも峯均を罠《わな》が待ち受けているのではないかという不安は拭《ぬぐ》えない。卯乃は峯均の無事を祈るしかなかった。

その日の夕刻。

「旦那《だんな》様、どうされたのでございますか」

つねがあわてて世話をする声が玄関先から聞こえてきた。

「浜を歩いて濡《ぬ》れたのだ」

峯均の応じる声が落ち着いていることにほっとして、卯乃は玄関に行こうとした。するといつの間にか、りくが傍に来ていた。

「無事にすんだようです。訊かずにおきましょう」

りくの声にも安堵《あんど》の響きがあった。峯均は、裏の井戸で体を洗い、着替えをすませると、そのまま部屋で書見をした。

夕餉のおりも普段と変わった様子はなく、生の松原で何があったのか話すことはな

かった。ただ、卯乃に、

「藤森清十郎は、今後、さえを煩《わずら》わすことはあるまい」

と言った峯均の声には、明るさがあった。りくが微笑《ほほえ》んだ。

「それはようございました。奈津も安心ですね」

声をかけられて奈津は目を輝かせた。くわしいことは知らされていないが、父が母を助けたのだ、ということはわかった。そのことが嬉《うれ》しく、奈津は頰を上気させた。りくに微笑みかけ、傍らの卯乃にも、

「よかったです」

と弾んだ声で言った。

卯乃も微笑してうなずいた。峯均がはっきりと言う以上、さえは清十郎と離縁できるのだろう、と思った。そうなったら、峯均はどうするのだろうか。

奈津の母であるさえとの復縁を考えはしないだろうか。さえも時がたてば、そのことを望むのではないか。そんなことを考えると、胸が苦しくせつなくなった。

(なぜだろう。奈津さんが幸せになるのなら、嬉しいはずなのに)

卯乃は戸惑いを覚えた。

卯乃が生の松原での出来事を作兵衛から聞いたのは、翌朝のことである。

作兵衛はいつものように朝稽古《あさげいこ》に来ていたが、峯均が登城するのを見送った後、

「昨日の先生のお働きはまことに見事でございました」

と、誇らしげに言った。早く話したくてたまらないようだった。

「作兵衛殿も参られたとか」

卯乃は問いかけた。

「朝から行って、待っておりました。もし藤森殿が尋常に立ち合うのではなく、助太刀する者がいれば、わたしも飛び出すつもりでいました。ところが、思いがけないことになったのです」

生の松原に着いて程なく、陣笠《じんがさ》をかぶり、羽織、馬乗り袴《ばかま》姿の武士が白馬を駆って現れた。騎馬が三騎、さらに徒士《かち》が十数人、付き従っている。

白馬に乗っているのが、世子の吉之であることは遠目にも見て取れ、作兵衛はあわてて松の陰に身を隠した。

吉之は浜辺で馬を輪乗りして、徒士が追いつくのを待った。やがて、馬を降り、松林に置かれた床几《しょうぎ》に腰かけた。潮風に吹かれ、海の風景を楽しむようだ。供の者たちと機嫌よく話している。

供の中に藤森清十郎がいることに作兵衛は気づいた。一文字笠をかぶり、打裂羽織《ぶっさきばおり》、裁付袴《たっつけばかま》姿で草鞋《わらじ》履きである。清十郎が浜に膝をつき、何事か言上すると吉之は白い歯を見せて笑った。

清十郎は立ち上がると、他の供の者三人と連れだって浜沿いの道に向かった。東の方角を見渡し、誰かを待っている様子だ。

「わたしは、その時になって、藤森殿が何を目論《もくろ》んでいるのかわかりました。御世子様が遠乗りをされているのであれば、近づくことも憚られます。先生が松原に来られれば、藤森殿は咎め立てをして、その場で討ち果たそうと企《たくら》まれたのです。あるいは御世子様もそれをお望みなのかも知れません。だとすると、上意討ちですから、先生は手向かうわけにいかなくなります」

ここまで聞いて、卯乃は緊張した。りくが危惧《きぐ》した通りの謀《はかりごと》があったようだ。峯均はどうやって切り抜けたのだろうか。屋敷に戻った時、峯均が平静でいたことが不思議だった。

作兵衛は話を続けた。

「わたしは松の陰に隠れたまま約束の刻限が来るのを待ちました。先生が来られれば、駆け寄って、藤森殿の企みを告げるつもりでした。しかし、なかなかお見えになりません」

清十郎は苛立《いらだ》たしげにあたりを見まわった。しかし、道筋に人影はなかった。吉之の傍らに控えた供の者たちも不審げに清十郎を見て、ささやきかわしていた。

その時、吉之が沖を指さした。浜辺に白い波頭が打ち寄せ、沖合に一艘《そう》の舟が浮かんでいた。

白い入道雲が湧《わ》き上がり、日差しが照りつける海を舟はするすると浜に近づいた。波打ち際《ぎわ》の少し手前で男がひとり降り立った。水の深さは膝《ひざ》のあたりまであった。

男は五尺の杖《じょう》を持っている。

峯均だった。伊崎の漁師に舟を出させ、生の松原まで海上を来たのだ。

峯均は両刀を舟に残し、五尺杖だけを手に、少し波打ち際に近づいたが、浜に上がろうとはしない。

清十郎は峯均に気づいて浜辺へ走り寄った。先ほどから清十郎とともに見まわっていた三人が続く。

波打ち際で清十郎が怒鳴るように言った。

「立花殿、これはいかなることか」

「来いと言われたゆえ、来たまでてござる」

峯均は落ち着いていた。

「御世子様が遠乗りをされておるのがわからぬのか」

清十郎は峯均を睨《ね》めつけた。

「されば、浜辺へは上がらず、両刀は脱し、杖だけにて御警護いたしております」

刀を持たず、杖だけなら不穏な行いとは言えない。世子の遠乗りの場に近づいたにしても、言い訳の立つことだった。

「なるほど、考えたな」

清十郎はにやりと笑った。

「藤森殿こそ、よく企まれた。それがしも身を守るために知恵をしぼるほかござらん」

「しかし、ここは海辺だ。わしらの話を誰が聞いておるわけでもない。お主を討ち果たした後、口裏を合わせれば、どうとでもできるぞ」

清十郎の目が光った。他の三人の中にもうなずく者や、刀の鯉口《こいぐち》を切る者がいた。

「わたしを討つことができればの話でござろう」

峯均は四人を見まわした。

「討てぬというのか。二天《にてん》流五世などと称しておる増上慢《ぞうじょうまん》を後悔することになるぞ」

清十郎は他の三人と顔を見合わせると、刀を抜いて海に足を踏み入れた。

峯均は五尺杖の先端を海中につけて間合いを測らせない。ゆっくりと横に移動した。四人は走り、峯均を囲んだ。

低空をかもめが舞っている。

二天流の開祖宮本武蔵《みやもとむさし》は巌流島《がんりゅうじま》の決闘において櫂《かい》を削った四尺の木刀を用いたとされる。

武蔵は大力で五尺杖を片手であつかったが、門弟の寺尾《てらお》孫之允《まごのじょう》は小兵《こひょう》だったため、両手であつかう技法を工夫した。その技は、

――コレ皆中段スミノカネヨリ事發《おこ》レリ
という。すなわち中段の構えから技を発するのである。

峯均の手にした五尺の杖が中段に構えられ、すっと動いた。同時に水飛沫《みずしぶき》があがった。

「見ておりましたところ、勝負は瞬《またた》く間につきました。藤森殿たち四人は一斉に斬り

かかりましたが、先生はこれをわずかに体を動かすだけでかわされました。そして、五尺杖でまず藤森殿の足をないだのです。藤森殿は体をひっくり返され、次に三人が腹や顔面を突かれ、首筋を打ちすえられました」

峯均の技の素早さに、浜辺で見ていた吉之や側近たちも息を呑《の》んだ。峯均の動きはゆるやかでさえあった。それでいて、清十郎たちは糸で操られる人形のように倒れていったのである。海辺を舞台にした舞のような鮮やかさだった。

清十郎は刀を杖《つえ》に立ち上がった。わめくように大声をあげると刀を振りかざして、峯均に斬りかかった。白刃が陽光に閃《ひらめ》いた。峯均の五尺杖が風を切った。

「先生は容赦《ようしゃ》されませんでした。藤森殿の刀を弾《はじ》き飛ばしたうえで、左右の肩を続けて一撃されたのです。藤森殿は頽《くずお》れました。おそらく両肩とも砕かれ、今後、剣を振るうことはかないますまい」

清十郎を倒した後、峯均は吉之がいる松林へ向け頭を下げると、舟に乗って浜辺から去った。

吉之は色めきたつ側近たちに騒ぐことをゆるさなかった。海中に倒れた清十郎につめたい視線を向けると、白馬に騎乗した。

苛立たしげに鞭《むち》をいれて、浜辺を走らせた。

熱の籠《こも》った作兵衛の話に卯乃は顔を伏せた。峯均の、清十郎がさえを煩わすことはない、という言葉はこのことを言っていたのか、と思った。

吉之が見ている前で両肩を砕かれた清十郎は、もはや出仕を続けることはできないだろう。酷《むご》いという気もしたが、武士の争いとはこういうものなのかもしれない。

戻った峯均が、卯乃たちに何も話さなかったのは、争闘は誇れることではないと思っているからなのではないか。

(峯均様はひとと争われたことを恥じておられる。しかし、そのことを誰も察しようとはしない)

卯乃は峯均の心中の孤独を感じるのだった。

生の松原での一件について峯均に対し、藩からの咎めはなかった。

峯均が吉之の側近を打ちすえたことを問題にしようとする声もあったが、そのことを言上すると、

「いまさら、なにゆえ、恥の上塗りをすることがあろう」

吉之は不機嫌に吐き捨てたという。

清十郎は吉之の不興を被《こうむ》って、小姓組から郡方《こおりかた》へ役替えとなった。

時を同じくしてさえは離縁され、花房家に戻った。このことが知らされると、奈津は何度か花房家を訪ねた。さえは奈津の訪れを喜び、語り合った。

奈津は伊崎の屋敷に戻ると、涙ながらに、

「母上がやさしいひとだとわかって嬉しいです」

と、卯乃に話した。母と娘の絆《きずな》が再び結ばれることは、卯乃が願っていたことであり、喜びでもあった。さえはいずれ、峯均にも会いに来るだろう。そうなれば、離れ離れになっていた家族がようやくひとつになれる、と卯乃は思った。

しかし、さえが峯均の屋敷を訪れることはなかった。さえは峯均に手紙すら寄越さない。卯乃にはそのことが解《げ》せなかった。ある日、花房の屋敷から戻ってきた奈津にさりげなく訊《たず》ねた。

「さえ様がこちらにお出《い》でになることはないのでしょうか」

奈津は少し考えてから答えた。

「母はこちらには参らぬと思います。父に迷惑をかけたと申し訳なく思っているようですから」

「それだけに峯均様にお会いになりたいでしょうに」

奈津は口をつぐんだ。話すかどうか、迷っている気配があった。卯乃は敏感に察した。


「おっしゃりたいことがおありなのでしょう」

やさしく促すと、奈津はおずおずと口を開いた。

「母は父のもとに戻りたいのだ、と思います。でも、それを言うことができずに、姫《ひめ》百合《ゆり》に思いを託したのではないでしょうか」

「藤森殿の屋敷に植えられていた姫百合ですね」

卯乃が訪れた時、さえから二本の姫百合を託された。姫百合には奈津を思う心が籠《こ》められていると思っていたが、それだけではなかったのだろうか。

「お祖母様《ばあさま》が、姫百合にまつわる和歌を教えてくださいました。母上の気持はそこにあると言われたのです」

奈津は和歌を口にした。


夏の野の繁《しげ》みに咲ける姫百合の知らえぬ恋は苦しきものぞ

坂上郎女《さかのうえのいらつめ》が詠《よ》んだ歌である。

ひとに知られず夏の野の繁みに咲いている姫百合のように相手に知られない、心に秘めた恋は苦しいものだという意味だ。姫百合のヒメは「秘める」に通じる。恋い慕う相手が、こちらの気持を知らないせつなさを歌っている。さえの気持が卯乃の胸を打った。それとともに、

(りく様はさえ様のお気持に気づいておられたのだ)

と思った。だからこそ、峯均がさえを救おうとするのを案じていたのだ。それにしても藤森清十郎と離縁した後、ひっそりと花房の屋敷で暮らすさえの思いは峯均に届いているのだろうか。

(峯均様もまた同じ思いを抱いておられるのかもしれない)

そう思うと、胸に迫るものがあった。

「姫百合の知らえぬ恋は苦しきものぞ——」

卯乃はそっとつぶやいた。自分もまた秘めた思いを抱く姫百合なのだろうか。

2

九月に入って、海からの風が冷たさを増してきた。

峯均《みねひら》のもとを初老の武士が訪れた。書状を届けるためである。羽織袴《はかま》姿で折り目

正しくあいさつして、

「思《おぼ》し召しにござる」

と差し出した。峯均は一礼して受け取り、

「お断りはできぬのでしょうな」

とため息まじりに言った。武士は謹厳な表情を崩さず、首肯《しゅこう》した。

「無論のことにござる」

有無を言わせぬものがあった。武士はすぐさま辞去した。

峯均は手紙を読んだ後、りくのもとに行き、何事かを相談した。そして卯乃《うの》はりくの部屋に呼ばれた。峯均も部屋にいる。

りくはためらいがちに口を開いた。

「泰雲《たいうん》様があなたを召し出すよう仰《おお》せです」

「わたくしをでございますか」

驚く卯乃に峯均はあっさりと告げた。

「去年、浜辺で真鍋権十郎《まなべごんじゅうろう》殿が卯乃殿を連れ去ろうとしたのは、泰雲様の意を受けてのことであったのかもしれぬ。あのころは大殿様のお怒りも解けていなかったが、近ごろは、御勘気もゆるまれた、と聞いておる。此度《こたび》は正面切ってお呼び出しになったということのようだ」

「なぜ、そのようにしてまで……」

父の庄兵衛《しょうべえ》は泰雲をめぐる不穏な動きの中で切腹したと聞いている。そのことと関わりがあるのだろうか、と思いつつも、卯乃には、理由がわからなかった。

りくがつぶやいた。

「わたしはこのようなことにならなければよいがと思っていたのですが」

「やむをえぬことです。避けるわけにも参りますまい」

峯均は吐息をもらした。

「されど、泰雲様のお屋敷は随分と遠いのです。卯乃殿はどのようにして参ったらよいものか」

りくは案じるように言った。

「駕籠《かご》を用意させましょう」

峯均の言葉に卯乃は驚いた。仮にも藩主一族の屋敷である。駕籠を乗りつけるなど非礼ではないだろうか。

「わたくしは、歩いて参ります」

峯均は首を振った。

「卯乃殿が泰雲様の屋敷に入るところを見られてはまずい。駕籠も目立つが、姿さえ見られなければ言い訳はたつのだ」

峯均の言葉には切迫したものがあった。卯乃は泰雲に呼び出されるのが、危ういことなのかと訝《いぶか》った。

三日後——

卯乃の乗った駕籠を彦四郎《ひこしろう》と弥蔵《やぞう》がかつぎ、両脇《りょうわき》に峯均と作兵衛《さくべえ》が付き添って泰雲の屋敷に向かうことになった。駕籠に乗るなど卯乃は初めてだった。

作兵衛は駕籠の横で、

「先生とわたしが両脇を固める以上、いかなることがあっても安心ですぞ」

と力んで言った。

見送りに出たりくも、

「心をたしかに持つのですよ。卯乃殿の帰りを皆で待っていますから」

と励ました。それでも、卯乃の不安は消えなかった。

かつて真鍋権十郎に言われた、父庄兵衛の死の真相を泰雲から聞かされるのではないか、と恐ろしかった。

権十郎に囁《ささや》かれて以来、卯乃は懊悩《おうのう》し、目の光を失った。その後、重根《しげもと》が光之《みつゆき》と泰雲の間を取り持とうと苦心していることを知って、卯乃の疑いは少し解けた。

しかし心の隅で父の死にまつわることにふれてはいけないという気がしていた。りくにも訊《き》けず、峯均に悩みを打ち明けることもできなかった。そのことが峯均の屋敷に来てからの卯乃の淋《さび》しさになっていた。

さえが実家に戻った以上、峯均や奈津《なつ》との絆は、いままでより強いものになるだろう。それに比べて自分は、何のつながりも頼りもない身なのだ、と思うことが時おりあった。目が不自由になって以来の闇《やみ》に、心まで蝕《むしば》まれるような気がした。

駕籠に揺られ、泰雲の屋敷に向かいながら、卯乃はさまざまな思いに心を乱されていた。

峯均の声がした。

「きょうはよく晴れておる。よいことがありそうな日だ」

峯均も卯乃の不安を気遣ってくれている。

そんな峯均の気持をありがたいと卯乃は思った。考えてみれば峯均と外出するなど初めてのことである。

（峯均様がおられるのだから、何も恐れることはない）

卯乃は、何度も自分に言い聞かせるのだった。

泰雲の屋敷は城下の南のはずれにあった。あたりは寂《せき》としてひとの気配が無い。駕籠を降りた卯乃の手を峯均がとった。いままでの峯均にはなかったことだ。それだけに峯均の手の温かさが卯乃を勇気づけた。

駕籠の中で感じていた重苦しさが吹き払われていく気がした。

玄関には迎えの者が出ていて、

「こちらへ」

と案内した。峯均は卯乃の手をとったまま屋敷に上がった。そのことを屋敷の者も不審に思う様子はない。

式台や廊下で家臣たちが跪《ひざまず》いて卯乃を迎えているのがわかった。たとえ、以前は泰雲に仕えていたにしても、自害した家臣の娘に対し、丁重すぎる気がした。

（なぜなのだろう）

と訝しく思いつつも、先導してくれる峯均の頼もしさが心にしみて、不安な思いが消えた。

奥座敷に卯乃はひかえた。しばらくして、家臣のひとりが、

「御出座にございます」

と告げた。卯乃は、手をつかえた。ゆっくりとした足音とともに、衣服に炷《た》きしめられた香の匂《にお》いが漂ってくる。はなやかな香りだ。

泰雲は悠然と座った。

「苦しゅうない。面《おもて》をあげよ」

と、卯乃に気さくな様子で声をかけた。太くよく響く声だ。泰雲と名のるようになってから頭を丸めているということだが、俗世を離れた風はなく、豪快で闊達《かったつ》な気性のようだ。

「卯乃、会いたいと思うておったぞ。目を病んだそうな、不憫《ふびん》なことよ」

泰雲の声は親しげだった。卯乃は身を硬くして深く頭を下げた。泰雲はその様子を見て峯均に言った。

「やはり、卯乃は何も知らぬようだな」

「御意――」

峯均は短く答えた。泰雲は笑った。

「さようにいたせとわしが言いつけたことだからな。卯乃、そなたは村上《むらかみ》庄兵衛の死について詳しくは知るまい。わしが話してやろう」

卯乃は緊張した。

「わしは若い時に父上のお怒りにふれ、蟄居《ちっきょ》を命じられた。その時、わしについておった者が二人、知行没収となったのだ」

泰雲は昔を思い起こすように語り始めた。

素行を咎《とが》められ、泰雲が父光之《みつゆき》から最初に蟄居を命じられたのは、延宝三年（一六七五）三月のことだ。当時、泰雲はまだ二十一歳だった。

同時に泰雲の侍臣小河権兵衛《おごうごんべえ》と岸本又左衛門《きしもとまたざえもん》の二人が責任を問われ、知行没収という処分が下された。

正式に幕府に願い出て廃嫡《はいちゃく》されたのが二年後、延宝五年のことである。

廃嫡の理由は、

――病弱のため

であった。以後、泰雲は幽閉の身となった。この時、小河権兵衛、岸本又左衛門から没収された石高のうち、三千五百石が峯均の父、立花平左衛門重種《たちばなへいざえもんしげたね》に加増された。

「これによって重種は所領万石を超える重臣となった。しかも与えられた所領の中には、立花一族の先祖ゆかりの地が含まれておったから、重種への厚遇は明らかだ」

泰雲の声には怒りがにじんでいた。卯乃は手をつかえて聞くのみであった。

「さらにこのころ、柳河《やながわ》藩との間で婚姻話が持ち上がった。父上の後を継いで藩主となる綱政と、柳河藩主立花鑑虎《あきとら》の養女呂久子《ろくこ》との縁組は、黒田《くろだ》藩で立花一族の勢力を伸ばそうとする重種の陰謀ではないかと謗《そし》る者も多かった。わしが廃嫡されたのも、重種の策略だという者がいた。あのころ、わしもそう思ったし、立花一族を快く思わなかったものだ」

泰雲の辛辣《しんらつ》な言葉にも峯均は動揺していないようだ。静かに端座している様子が卯乃にも伝わってきた。

「しかし、立花一族の中でも重根はわしになにくれとなく気遣い、父上との間を取り持とうとしてくれた。最初、疑っていたが、重根の真情をわしに伝えたのが、村上庄兵衛だ」

卯乃は父の名が出たのではっとした。同時に父が切腹して果てた日のことを思い出した。血に染まった父の姿は、いまも卯乃の脳裏に焼きついている。

切腹する前日まで庄兵衛は普段と変わりなく泰雲に近侍していたという。しかし、そのころ泰雲の身の周りはあわただしかった。

泰雲が家中の者を扇動し、光之亡《な》き後は綱政を隠居させ、自ら藩主の座につこうとしている、という噂《うわさ》が流れたのである。

これを側近から耳にした光之は激怒して、泰雲に近侍していた八人を捕らえさせ、泰雲への監視の目を強めた。庄兵衛が切腹したのは、この時である。

「実はな、あの時、わしは家中の重臣のうち、わしに心寄せる者とひそかに会っておった。綱政の治世に満足できぬ者は多かったからな。父上が存命の間は、身動きがとれぬが、亡くなられた後であれば、藩政の場に出てもよかろうと思っておった。その動きを重根に知られたのだ」

重根は幽閉されている泰雲に何度も面会を求めて、策動を諫《いさ》めた。

しかし、泰雲は、

「わしにこのまま朽ち果てよ、というのか」

と諫言《かんげん》に耳を貸そうとしなかった。その後、しばらくして、泰雲の動きは光之の耳に達し、手足となって動いていた家臣が捕らえられたのである。

光之は泰雲の策動を許さず、再び厳然とした処分を行った。

泰雲は、重根が光之に訴えたものと見て激怒した。怒りの矛先は重根を取り次いできた庄兵衛に向かった。

「重根は許せぬ。かくなるうえは、その方、重根の屋敷に出向き、討ち果たして参れ」

泰雲に命じられて、進退窮《きわ》まった庄兵衛は自害した。庄兵衛は切腹した際、泰雲あての遺書を残していた。

その中で泰雲の策謀を光之に訴えたのは、重根ではなく、自分であるとしていた。泰雲の策動が止《や》まぬことに苦慮したあげく、

――大殿様に訴へ仕《つかまつ》り候《さうらふ》

と書いていたのである。

「父が泰雲様を訴えたのでございますか」

卯乃は思わず顔をあげて訊いた。庄兵衛が泰雲の秘事を上訴したとは夢にも思わないことだった。

「そうだ。このことは、他の者は知らぬ。庄兵衛はわしが策謀の深みにはまって行くことを恐れ、重根に諫止するように頼んだ。それでもわしが思いとどまらなんだゆえ、思い余って、ひそかに上訴したのだ。そして、そのことを詫《わ》びるために腹を切った」

卯乃は庄兵衛の温顔を思い浮かべた。あのやさしくおとなしげだった父がそのように思い切ったことをしたのだ。どれほど、辛《つら》く苦しい胸の内だったろうか、と涙があふれてきた。

「いま思えばむごいことであったが、庄兵衛が腹を切ってもわしの憤《いきどお》りはおさまらなかった。わしを密告したのは重根であると藩内の者たちが思っているのも、そのままにしておいた。しかし、近ごろ、父上の勘気がゆるむにつれ、考え直すようになった。わしがなすべきことは策謀をめぐらし、藩政を混乱させることであるはずがないとな」

泰雲はしみじみと悔いるように言った。父の思いが泰雲に届いたのだ、と卯乃は思った。

「庄兵衛には気の毒なことをいたした」

泰雲はぽつりと言って、身じろぎした。卯乃を見つめている気配があった。

「去年、どうしてもそなたに会って、庄兵衛のことを詫びたくなった。重根に命じても聞かぬことはわかっておったから、無理にでも連れてくるよう家来どもに命じたが、そこな峯均に脅されて舞い戻ってきおった」

泰雲はからからと笑った後、不意に口調を変えた。泰雲の話は思いもしないものだった。

「そなたは村上庄兵衛の娘ということになっておるが、まことはわしの娘だ。手をつけた侍女が、そなたを産んだゆえ、庄兵衛に下げ渡し、庄兵衛の子として育てさせた。

言っておくが薄情ゆえではないぞ、わしは父上に憎まれておる。綱政もわしの血筋の者が生まれるのを警戒しておる。そなたがわしの娘とわかれば命はないと思ったからだ」

泰雲の言葉が雷のように、卯乃の耳を搏《う》った。

突然、実の父親は自分であると言われて卯乃は動揺した。

庄兵衛の自害後、親戚の誰も卯乃を引き取ろうとせず、重根に養育されることになったのも腑《ふ》に落ちた。

(皆、わたしが泰雲様の子であることを知っており、関わり合いになることを恐れたのだ)

もてあまし者だった自分を迎え入れてくれた、重根の思いの深さを卯乃はあらためて知った。そして、そんな重根を疑った自分を愧《は》じた。

泰雲は、卯乃の気持など知らぬげに、

「わしは一日も早く、そなたに会いたかったが、なにせ幽閉の身だ。思うにまかせなんだ。許せ」

と言った。

卯乃は黙って頭を下げた。

父からの言葉だと思って聞くのだが、なぜか胸に響かない。むしろ、死んだ庄兵衛の顔ばかりが懐《なつ》かしく思い出される。

寂寥《せきりょう》とした屋敷の中は、さらに冷え冷えとしていくように感じられた。

「いますぐにというわけにはいかんが、間もなく父上の勘気も解けようほどに、その暁にはそなたをこの屋敷に迎えよう。藩主一族の姫として、ふさわしいあつかいをせねばならんからのう」

泰雲は卯乃の機嫌を取るかのように言った。卯乃は引き取られるということに戸惑いを覚えた。早く、りくや奈津のいる伊崎《いさき》の屋敷に戻りたい。

そのことを言いたかった。しかし、泰雲の関心は別なところにあった。

「ところで、重根がそなたを後添えに望んでいるという話はまことか」

卯乃は言葉に詰まった。自分の娘を、重根が妻にしようとしていることを泰雲が厭《いと》うているのではないかと思った。

卯乃が答えられないでいると、傍らの峯均が静かに言った。

「いかにもさようでござる。兄にとりましては、生涯最後の夢でございましょう」

「生涯最後の夢か――」

泰雲は何事か考える風である。卯乃は息が詰まりそうだった。

泰雲が父だという事実すら、まだ受け入れられず、その実感は湧《わ》いてこない。それよりも重根が泰雲の怒りにふれて、窮地に追い込まれるのではないかと恐れた。

だが、それは杞憂《きゆう》にすぎなかったようだ。泰雲は明るく笑った。

「重根は和歌にすぐれ、茶の道に通じておる。きらびやかな才を持つゆえ、ひとに傲《ごう》慢《まん》ともとられておるが、まことは実直なだけの男だ。実山《じつざん》という号はようもつけたものよ。重根が世に出した南方録《なんぼうろく》を偽書だとことさらに言う者がおるらしいが、あれとて、重根が懸命に調べ集め、考えたことをおのれの手柄とするよりも、南坊なるものの口伝《くでん》としたほうが世間に受け入れられる、と思っただけのことだろう。まことに愚直なことだ」

卯乃はほっとした。ところが、続けて泰雲が言った言葉は意外なものだった。

「その愚直な男の最後の夢がそなたであるそうな。どうだ、その夢、かなえてやらぬか。実の父としてのわしの頼みだ」

ひやりとしたものを卯乃は感じた。泰雲がなぜ、このようなことを言うのか。実の娘が重根の後添えになる話は、誇り高い泰雲にとって喜ぶべきことなのだろうか。

後妻になることを勧める泰雲には、何か別の意図があるような気がした。

伊崎を出る際、りくが、

「心をたしかに持つのですよ。卯乃殿の帰りを皆で待っていますから」

と言ってくれた言葉を、卯乃はしっかり胸に刻んでいた。泰雲の屋敷で卯乃が思い惑うことがある、とりくは察していたのだろう。

(わたしには帰りを待っていてくれるひとたちがいる)

そう思うと、心強くなるのを覚えた。りくが菜園を耕させ、香を聞かせてくれたのも、ゆるがない気持を育てるためだったのかもしれない。

香の匂い、潮風の香りが卯乃の中に満ちてきた。

卯乃は伏せていた顔をあげた。目の前にいるのが父だという思いはなかった。泰雲の衣服に炷きしめた香は贅沢《ぜいたく》ではあっても、虚《うつ》ろなものだった。

「その前に申し上げたいことがございます」

「なんだ」

泰雲が無造作に訊《き》いた。

「死に臨んだ村上庄兵衛の心にあったものは何でしょうか」

「知れたこと、わしの企《たくら》みを上訴したことを詫びる思いじゃ」

「それだけではないと存じます。庄兵衛は自ら死ぬことで一人残されるわたくしが、泰雲様の子であると広く知られるのを怖《おそ》れたのではないかと思います。わたくしは十三の歳《とし》まで庄兵衛に育てられ、温かい思い出ばかりでございます。自害いたした時も、わたくしの先行きを案じていたのではないでしょうか」

「もし、そうだとしても、それがいかがいたしたと言うのだ」

泰雲は不機嫌な口調になった。

「わたくしは実の父の情にはふれずに参りましたが、育ての父の情は知っております。庄兵衛はわたくしを大事にしてくれました。わたくしは自分を大事にせねばならないと思います。重根様は何もかも分かった上で、わたくしを迎えてくれました。重根様もまた、わたくしとのことに他人から口をはさまれたくはなかろうと存じます」

「卯乃、そなた――」

他人という言葉が鋭く胸を刺したのか、泰雲の口ぶりに怒気が含まれている。

卯乃には、泰雲が重根に嫁《か》すよう勧めるのは、重根を巻き込んで、自らの力を増大させようとする企みのように思えてならなかった。

泰雲は庄兵衛の死以降、野望を捨てたかのように言ったが、まだ諦《あきら》めてはいないのではないか。光之の側近である重根に娘を嫁がせることで、結びつきを強め、綱政と対抗するつもりかもしれない。

貴人は情を知らないというが、泰雲もまたそうなのであろうか。卯乃に父親であると告げたのも、娘に会いたいがためではなく、ただ政略に利用しようという考えからではなかったのか。

実の父との間に温かな思いが通じないことが、卯乃には悲しかった。

峯均が口を開いた。

「卯乃様のおっしゃるのは、まことに、ごもっともなことと存じます。ひとの心は、一片の言葉ではなかなか動きませぬ」

「そなた、わしに逆らう所存か」

泰雲の声は苛立《いらだ》った。

「せっかく御対面がかないましたのに、お急ぎなされて心が通わぬことになられては、と案じておるだけでございます」

峯均が答えると、泰雲はさきほどまでとは違うひややかさで言った。

「生《いき》の松原にて吉之《よしゆき》の小姓を打ちすえたそうだが、いささか増長しておるのではないか」

「決して、さようなことはございません。それがしは降りかかる火の粉を振り払ったまでてござる。卯乃様もまた同様でございましょう」

峯均が弾《はじ》き返すように言うと、泰雲は、それ以上何も言わず、険しい表情を見せて座を立った。

「御対面の儀、終わりましてござる」

峯均が隣りの間にひかえた泰雲の家臣に声をかけた。

卯乃はほっとするとともに、言いようのない淋《さび》しさに包まれた。

実父に会えたという喜びより、父だと思ってきた村上庄兵衛が、養父だと知った衝撃の方が大きかった。

（知らされないほうがよかった）

そう思う卯乃の脳裏に、姫百合《ひめゆり》が浮かんだ。

さえが庭に植えていた姫百合である。光を失っても赤い花の可憐《かれん》さを卯乃は覚えている。

その花は奈津をしのぶものだと知ったが、親と離れて暮らすということでは、自分も奈津と同様だった。

（わたしを姫百合と思ってくれる人はいるだろうか）

卯乃の胸に哀《かな》しみが湧いた。

帰途、峯均は駕籠《かご》に付き添いながら、

「卯乃殿も思い切ったことを申される。胆《きも》が冷えましたぞ」

と磊落《らいらく》に言った。

「そうでしょうか」

卯乃は、泰雲が父だという実感はいまもって湧かなかった。それよりも重根の苦しい立場を推し量る気持が強くなった。迷惑をかけると知っても、自分は、重根様のお傍《そば》に行くべきなのだろうか。

しかし、峯均やりくは、卯乃が重根の後添えになることを暗に止めようとしていたように感じられる。それは何より、卯乃の出生の秘密を知っていたからであろう。

「いつぞや、峯均様は重根様がわたくしに言おうとしたことを遮られましたが、あの時、峯均様はわたくしが何者であるかご存知ゆえ、止められたのですか」

卯乃はつぶやいた。峯均は黙っていたが、しばらくして、

「それだけではござらん」

と、きっぱり言った。

「他に理由がある、と言われるのですか」

卯乃は、すがるような思いで訊いた。

「兄上には兄上の夢、わたしには、わたしの思いというものがござる」

峯均の思いとは何なのだろう。自分の思いと重なるものなのだろうか。そうであってほしい。

そんなことを考えていた時、

「しばらく待て」

峯均が、駕籠をかついでいる彦四郎たちに言った。ふたりはゆっくりと駕籠を下ろした。

「何事でございますか」

作兵衛が訊いた。

答えはなかったが、その様子で峯均の緊張を察した作兵衛は、駕籠の外から卯乃にささやいた。

「向こうから武士が来ているのです。背の高い、長い刀を負った旅の兵法者のような男です」

峯均はその男を警戒しているらしい。泰雲の屋敷を出て間もないだけに、どのような相手に襲われるかわからない。

卯乃は耳をすました。しかし、武士の足音は聞こえなかった。気配も感じられない。

それでも作兵衛の息遣いで、武士が近づいてきていることだけはわかった。

(峯均様と同じだ)

かつて重根の供をするため屋敷を出ようとした峯均は、足音も気配も感じさせなかった。あの時と同じなのである。

向かって来ている武士は、峯均に劣らぬ技量を持つ者だろうと卯乃は思った。

駕籠の外を風が通っていく。

武士が立ち止まって、峯均と対峙《たいじ》したようだ。

「花房《はなぶさ》峯均、腕をあげたな」

武士が含み笑いとともに低い声で言った。峯均を花房の姓で呼んだ。顔見知りらしい。

「津田《つだ》殿か、ひさしぶりでござる」

峯均の落ち着いた声が聞こえた。

「二天《にてん》流五世を称しているそうだな」

武士の声には嘲《あざけ》る響きがある。

「いまだ修行中の身でござる」

「わしとの決着を望んでいるのではないのか」

駕籠の外に殺気が満ちるのを卯乃は感じた。駕籠脇《わき》の作兵衛がそろりと動いて、峯均の背後にまわった。

峯均の声の調子は変わらなかった。

「いや、考えたこともない」

「また、負けるのが恐ろしいか」

「修行いたして、負けることよりも勝つことの方が恐ろしいと知り申した」

「二天流は口弁達者なことよ。巌流《がんりゅう》にはさような口舌の技はないぞ」

武士の声がすっと遠ざかった。間合いを開いたのだろう。

峯均が鯉口《こいぐち》を切る音がした。

武士は駕籠のまわりをゆっくりと動いているようだ。それに応じて峯均が動く。

不意に声がした。

「いずれ立ち合うことになろう」

「いかにも」

峯均が応《こた》えると、武士は音も無く立ち去った。

駕籠のまわりの緊張がとけた。

「先生、いまの男は」

作兵衛の声がした。

「昔、大殿の御前でわたしが敗れた巌流の使い手、津田天馬《てんま》だ」

「やはり、そうでございましたか」

「あの男、なぜかようなところにいるのか」

峯均は疑念を持ったようだ。

泰雲の屋敷の近くで、津田天馬に出会ったことに奇異なものを感じたのだろうか。

「総髪を梳《くしけず》らず、垢《あか》に汚れ、旅塵《りょじん》にまみれておりました」

いま見た男が峯均の宿敵だと聞いて、作兵衛は興奮した口調で言った。

「小倉《こくら》藩を追放された後、流浪《るろう》の剣客にでもなったのであろうな」

「津田天馬が、またわが藩の領内に現れたのは、先生が二天流を継承されたと聞き、勝負を挑むつもりなのではありますまいか。なにせ、あの男は巌流でございます」

「さてどうであろうか」

峯均は何事もなかったかのように、駕籠を進めさせた。

卯乃は、峯均の気配がいささかも乱れず、水が流れるが如《ごと》く自然であることに頼もしさを感じた。

3

卯乃《うの》が伊崎《いさき》の屋敷に戻ったのは、すでに夕刻だった。

駕籠を降りると、迎えに出たつねがそっと告げた。

「さえ様がお見えです」

卯乃ははっとした。

藤森清十郎《ふじもりせいじゅうろう》と離縁した後、さえは峯均《みねひら》のもとを訪れることはなかった。なぜ、さえは来ないのだろう、と奈津《なつ》に訊いたことがある。奈津は、姫百合の和歌に寄せて、さえの思いがいまも峯均にあるのではないか、と言った。

そのさえが屋敷を訪ねてきたのは、何か心に期するものがあってのことではないのか。卯乃は傍らの峯均が気になった。峯均はさえが来たことをどう思うのだろう。

峯均は、何も言わずに式台にあがった。

「さえ様は、奥のお座敷で奈津様と話しておられます」

つねは、あわてて言った。

「そうか」

峯均はつぶやくと奥に向かった。廊下に、かすかに花の香りが漂っている。すぐに、

——金木犀《きんもくせい》だ
と気づいた。金木犀は、江戸時代初期に中国南部の桂林《けいりん》地方から渡来した。中国名は「丹桂」、一般には「桂花《けいか》」の名で呼ばれ、月から地上に伝わった仙木だといわれる。

重根《しげもと》の屋敷の庭にも金木犀はあった。

卯乃は、金木犀の橙色《だいだいいろ》の小さな花を思い浮かべながら、峯均の後に続いた。

「お帰りなさいませ。お出迎えもいたしませず、申し訳ございません」

さえの涼やかな声がした。奥座敷にいるのは、さえと奈津だけのようだ。

「息災か」

峯均が言うと、さえは、

「お陰さまをもちまして」

と答えながら立ち上がった。

「お召し替えを」

さえは、峯均が着替えるのを、さりげなく手伝おうとした。

「いや、つねにさせる」

峯均はそれだけ言い、自分の居室に向かった。廊下にいたつねが戸惑いながら、その後をついていく。

卯乃は怪訝《けげん》に思った。日頃、峯均はひとりで身仕舞する。つねに手伝わせるのは、いつにないことだった。

かつての妻だとはいえ、離縁したさえに頼むのを避けたのだ。そのことでさえを傷つけたくないという優しさから、つねにさせると峯均は言ったのだろう。

卯乃はそう思いながらも、胸が波立った。

お召し替えを、と言ったさえの言葉には、別れていた年月を感じさせぬ自然さがあった。さえには峯均と共に過ごし、子をなした女の自信のようなものが窺《うかが》えた。

泰雲《たいうん》の屋敷を訪れたおり、峯均は卯乃の手をとって導いてくれた。卯乃の手には、今も峯均の手の温かさがそのままある。しかし、さえにはそれ以上のぬくもりが、歳月を越えて残っているのだ。だからこそ、藤森清十郎が離縁を拒んだ時、峯均に助けを求め、峯均もまたさえのために危険を冒したのだろう。

卯乃が座敷の襖《ふすま》の傍に座ると、奈津が嬉《うれ》しげに口を開いた。

「卯乃さん、ごらんください。母上が活《い》けてくださいました」

「金木犀でございますね。先ほどからよい香りがしておりました」

奈津は、戸惑ったように、

「申し訳ありません。母上にお花を活けていただいたのが、嬉しかったものですから」

と言った。目の不自由な卯乃に、心無い言葉を口にしたと気づいたのだ。

卯乃は微笑《ほほえ》んで頭を振った。

「香りでも花は愉《たの》しめますから」

そう言いながらも、自分が留守にしている間に、あたりに満ちている香りをもたらしたのは、さえだと思うと、淋しさが湧《わ》いた。

卯乃は、泰雲から実の父親であると告げられて衝撃を受けていた。すぐにでも、りくとそのことについて話をしたかった。りくは、卯乃が泰雲の娘であることを知っていたはずだ。泰雲は重根にわだかまりがある。卯乃を引き取り、重根から遠ざけたのも、りくの思いやりだったのではないか。

奈津とも普段と変わらぬ話がしたかった。動揺した卯乃を支えたのは、伊崎の屋敷に待つりくであり、奈津であったからだ。しかし、さえが奈津や峯均を奪い去るのではないかとの危惧《きぐ》が、卯乃の胸に生じていた。

さえが香りの強い金木犀を活けたのは、そんな意図があるとさえ思えた。さえの存在が大きく感じられる。

卯乃は不意におびえにも似た気持を抱いた。

にわかに、さえが、

「潮風に吹かれてみたくなりました。浜に参りませんか」

と卯乃に向かって言った。何か屋敷では話せないことがある様子だ。奈津も察したのか、一緒に行こうとは言わない。

卯乃は、さえとともに中庭に下りて裏木戸から浜へと向かった。

さえはやさしく卯乃の手をとって歩いた。差しのべられたさえの手を、卯乃は拒むことができなかった。

浜辺へ着くと、さえはしばらく海を眺めている様子だったが、ふと、

「きょうは泰雲様のお屋敷に参られたのでしょうか」

と訊《き》いた。卯乃は返事をためらった。

「駕籠でお出かけになられたとうかがい、そう思いました」

さえの口調は、心なしか丁寧さを増したように聞こえる。

「離縁いたす前、藤森がわたしに卯乃様のことを申しました。立花《たちばな》一族は卯乃様を重根様の後添えにすることで、泰雲様と結びつこうとしているのだと」

「そのように思われているのですか」

卯乃は、重根との縁組が藩内の争いに結び付けられるのが悲しかった。

「卯乃様のお生まれについて、藩内にも薄々察している方はおります。りく様はそのことをご存じゆえ、卯乃様を重根様ではなく、峯均殿の後添えにしたいとお考えなのだと思います」

「峯均様の――」

「ご承知のように、りく様にとって重根様は継子、峯均殿は血を分けた実の御子です。重根様は藩の重臣であり、卯乃様を後添えにすることで、立花家に災いが降りかかると怖《おそ》れているのではないでしょうか。りく様はその災いを避けようと考えられたのです」

さえの言葉は、卯乃の耳にひややかに響いた。

卯乃は膝《ひざ》の力が抜けて、砂の上に座りこんだ。打ち寄せる波の音に、心がかき乱されるような気がする。

さえがかたわらに膝をついた。

「分別のないことを申しました。お許しくださいませ。やはり、わたしは、峯均殿のお屋敷にうかがうべきではなかったのです」

「なぜ、そのようなことをおっしゃるのです。奈津様はあのように喜んでおられます。峯均様はさえ様をいまでも気遣っておられます。姫百合を育てているのも、峯均様を偲《しの》ぶよすがとされたのではありませんか。姫百合の知らえぬ恋は苦しきものぞ、と詠《うた》った古《いにしえ》の和歌に、さえ様のお心が籠《こ》められていると思います」

卯乃は涙があふれそうになった。

さえが手にしているものに比べれば、自分のそれは、あまりに小さく、か細いものだ。

「姫百合――」

とさえはつぶやいて、ため息をついた。

「そうかもしれません。それでも、卯乃様が傍にいてくださることで、奈津は日々を明るく送れているのだと思います。それに峯均殿は――」

さえは立ち上がった。

「お気づきではなかったでしょうが、先ほど、わたしがお召し替えを、と申しました時、峯均殿は一瞬、卯乃様に目を向けられたのです。峯均殿はあの時、卯乃様を気遣われました。わたしは峯均殿の心が、どなたに向けられているかがわかりました。ここはわたしが参る場所ではないようです」

震えるさえの声は淋《さび》しげだった。深まりゆく秋の海辺には落日の気配が漂い、すべてが物悲しくさえあった。

この日、夕餉《ゆうげ》の後、

「香を聞きましょう」

と誘われて卯乃がりくの部屋に行くと、すでに香道具が用意されていた。

りくは、泰雲の屋敷で何があったのか、卯乃に聞くことはなかった。

卯乃もさえの話を聞いた後では、りくに話すことがためらわれた。りくが卯乃をどう思っているのか、峯均の気持はどのようなものなのか。卯乃には、すべてが深い霧の向こうにあるような気がした。

思い惑う卯乃に、りくは茶会での香について語り始めた。

「香を茶席で聞く時には、床の間に花を飾りません。懐石の料理も、匂《にお》いの強いものを避け、酒は慎みます。ですから、茶席での香は懐石の出る前、茶事の初めということになります。香によって心身を清め、一期《いちご》一会《いちえ》の茶事にのぞむのです」

りくは、卯乃の手のひらに香炉をのせた。

香炉の中には香灰が九分ほど入れられている。その灰に炭の粉を固めた香炭《こうた》団《どん》が火

をまわしていけられ、灰の表面に、火筋《こじ》（香炉の灰に箸目《はしめ》をつけるための火箸）で、

――五合十筋

といわれる五十本の筋目をつける。もっともよい香りを引き出すためである。円錐《えんすい》状に固められた灰の天頂から火窓（火気を伝える穴）を通す。火合《ひあい》（火加減）を見た後、火窓の上に、一片の銀葉《ぎんよう》（雲母《うんも》の薄片）を置き、その上に香木の小片を載せる。

香を聞く時は、

――三息五息

で、三息か五息で静かに吸うのである。卯乃はすでに一年余り稽古《けいこ》をして、目が不自由ながらも、所作に滞りはなくなっている。

香の点前《てまえ》をするうちに、卯乃は心が落ち着いてくるのを感じた。

りくは香にまつわる話をした。

「戦国のころ、織田信長公が勅許を得て、正倉院の蘭奢待《らんじゃたい》という名香を切り取られたということですが、切り取った蘭奢待は千利休《せんのりきゅう》、津田宗及《つだそうきゅう》の二人にお与えになりました。利休はこの蘭奢待を、雪の日に訪ねてきた宗及のために惜しげもなく炷《た》いたといいます。茶と香の心は、昔から通い合うもののようです」

ひと呼吸の後、りくは不意に話題を変えた。

「そう言えば、さえ殿が来ていたそうですね。お会いになりましたか」

卯乃はうなずいた。

「浜辺でお話をいたしました」

卯乃を峯均の後添えにすることで、りくは立花家に降りかかる災いを避けようとしているのだ、と言ったさえの言葉が胸にあった。

かつて真鍋権十郎《まなべごんじゅうろう》は、養父村上庄兵衛《むらかみしょうべえ》が切腹したのは重根の策謀によるものだ、と言って卯乃を惑わせ、悲しませた。

りくが立花家を守るために卯乃を峯均に添わせようとしている、と思うことはそれ以上に悲しいことだった。

「さえ殿は何か申されましたか」

りくの問いに、何と答えていいのかわからず、

「さえ様は——」

と言っただけで、卯乃は後の言葉が続かなかった。

泰雲の屋敷から戻って、卯乃の心は何かにとらわれている。

思いがけない出生の秘密を知ったためなのか。自害した養父を思ってのことなのか。

それとも、さえと同じように、叶《かな》わぬ思いを抱いているからなのだろうか。

「無理にはお訊きいたしますまい」

りくの言葉に救われて、卯乃は香を聞こうとした。

その時、何かおかしい、いつもと違うと戸惑いを覚えた。何の香りも感ずることができない。

もともと、香はほのかで玄妙なものである。心を鎮《しず》めなければ、聞くのは難しい。

卯乃は気持を落ち着けてゆっくりと息を吸った。

一息

二息

三息

卯乃は焦《あせ》りを感じた。

(なぜ、香りを聞くことができないのだろう)

いまも屋敷の中に漂っている金木犀の強い香りが、卯乃に香を聞けなくしているのかもしれない。さえはなぜあのように香りの強い花を活けたのだろうか。もしかしたら、さえは卯乃から香りまでも奪おうとしているのではないか。そんな考えが浮かんだ。

(そんなことがあるはずがない)

卯乃は頭を振った。

さえの淋しさを知ったばかりだというのに、一瞬とはいえ、さえを疑った自分が疎《うと》ましかった。しかし一方で、香を聞くことができないのは、無限の闇《やみ》に取り残されることと同じだという焦燥感にかられもする。

(このままわたしは香りを失ってしまうのだろうか)

卯乃は悲しげに香炉を下ろした。

「りく様、何も聞くことができません」

卯乃はりくに香炉を手渡した。顔を近づけて香を聞いた後、りくは静かな声で言った。

「今夜はこれまでにいたしましょう」

「なぜ、聞けないのでしょうか」

光を失った卯乃にとって、香は闇夜の光明だった。

「香は心で聞くものなのです。無心でなければ聞けません。今夜のあなたは心に惑いを抱えています。心が落ち着けばまた聞くことができますから、案じなくてもよいのです」

りくに諭されても、卯乃の心の波立ちは鎮まらない。

「わたくしが泰雲様の子であることを、りく様はご存じだったのですね」

「存じておりました」

「それで、わたくしを重根様から遠ざけようと、この屋敷に引き取られたのでしょうか。重根様の災いのもとになるからと」

「さえ殿がそのように言われたのですか」

卯乃はそうだ、とも言えずに黙った。りくは香炉を置いて、

「さえ殿の見方は間違っておりませんが、ただ、ひとつだけ違うところがあります。わたしがあなたをこの屋敷にお連れしたのは、あなたを守りたかったからなのです」

と言った。

「どういうことでしょうか。わたくしにはよくのみ込めないのですが」

「このことは、峯均殿にも話していないことです」

と、りくは前置きした後、口を開いた。

「わたしの夫重種《しげたね》殿は新参衆でありながら、大殿様のお引き立てにより、一万石を賜りました。夫は剛毅《ごうき》な方でしたから、出世を遂げるまでに藩内で恨みや憎しみを買ったことをわたしは知っております。妬《ねた》み、嫉《そね》みはどれほどあったかわかりません。重種殿はあからさまに憎悪《ぞうお》を受けることはありませんでしたが、それも大殿様の後ろ楯《だて》

があったからこそです」

「では、大殿様が亡《な》くなられるようなことがあれば、重根様が藩内で憎しみをお受けになると言われるのですか」

「長男の重敬《しげたか》殿はおとなしい人柄でもあり、さほどのことはないかと思われますが、永年、大殿様の側近として力を振るわれた重根殿は、そうはいきません」

りくの声には翳《かげ》りがあった。立花家の行く末にかかる暗雲を思ってのことだろう。

「りく様は、わたくしが峯均様の妻になることをお望みなのだ、とさえ様に言われました」

意を決して卯乃は、さえが言った言葉を口にした。

「確かに、初めはそう思っておりました。峯均殿は剣一筋ですし、禄高《ろくだか》も五百石です。小姓組として綱政《つなまさ》様にお仕えしていますから、藩内の憎しみはそれほどではないはずです。しかし、峯均殿の剣が重根殿を守ったことで、御世子吉之《よしゆき》様のご不興を買いました。そのうえ、御世子様側近の藤森清十郎殿を打ちすえてしまったのですから、ただではすみますまい」

卯乃はあっと思った。藤森と峯均が闘うことになったのは、卯乃が藤森の屋敷を訪ねたことがきっかけだったのではないか――。

「申し訳ありません。わたくしが藤森様をお訪ねしたことで、峯均様が争いに巻き込まれてしまったのかもしれません」

　自分が藤森の屋敷に行きさえしなければ、さえの離縁話はもっと穏便なものになったのかもしれない。

「そのことを気に病んでいるのは、あなたよりもさえ殿でしょう。そもそも峯均殿を頼んできたのは、さえ殿ですから。きょう、さえ殿がこの屋敷に来たのは、峯均殿に災いが及ぶ時には、自らもともにと思われたからでしょう。しかし、峯均殿はそれを望まなかったのではありませんか」

　さえが峯均の着替えを手伝おうとして拒まれたことには、そんな意味もあったのだ、と卯乃は思い至った。

「峯均様は、さえ様を気遣われたのだと思います」

「そうですね。峯均殿は思いの深いひとですから。しかし、女子《おなご》にとっては、その思いの深さが酷な時もあります。さえ殿は悲しんだことでしょう」

　りくは慮《おもんぱか》るように言った。

「卯乃殿、わたしはあなたのお生まれを知っておりますが、言葉もあらためず、何事も今まで通りにいたすつもりです。それがあなたのためであり、立花家のためでもあるのです」

「わたくしもそうしていただけると嬉《うれ》しく存じます」

卯乃の落ち着いた様子を見て、りくは銀葉に新たな香木を載せた。卯乃の手のひらに香炉を置く。清々《すがすが》しい香りが立ち昇った。

「美しい月を見るような香りです」

今夜は月が煌々《こうこう》と輝いているのだろう、と卯乃は想像した。

香りが再び、戻ってきたことに安堵《あんど》していた。

峯均が重根の屋敷を訪ねたのは、卯乃が泰雲と会ってから二日後のことである。

居間に峯均を迎えた重根は、

「泰雲様にも困ったものだな」

と言った。峯均はかすかにうなずいた。

「されど、やはり親子の情ということもございましょう。卯乃殿に会わせぬというわけにも参りませんでした」

「そのことはやむを得ぬが、泰雲様が動いたことで妄動する者が出てこような」

「家老の隅田《すみだ》清左衛門《せいざえもん》様は、以前、真鍋権十郎と申す家臣に卯乃殿を泰雲様のもとに連れていかせようとしたことがありましたが」

「隅田は、泰雲様を焚《た》きつけて、大殿と諍《いさか》いを起こさせようという腹だろう。さすればわしにも累《るい》が及ぶ」

重根は苦い顔をした。

清左衛門の狙《ねら》いは、大殿光之《みつゆき》と泰雲を争わせ、泰雲の力を削《そ》ぐことにある、と重根は見ていた。藩主綱政が恐れているのは、泰雲が藩内の輿望《よぼう》を担《にな》って藩政に乗り出してくることだった。それを防ぐために光之を動かしたいのだ。

「ところで、泰雲様のお屋敷近くで、ひさかたぶりに津田天馬《つだてんま》と出会いました」

峯均は平然としていたが、重根の眉《まゆ》があがった。

「津田とは、そなたが大殿の前で立ち合って負かされた男か」

「小倉《こくら》藩を召し放たれたとは聞いておりましたが、流浪《るろう》の兵法者になっているようでございます」

「どのような様子であった」

重根は茶を飲みながら、興味深げに訊《き》いた。

「殺気がございました。ただの通りすがりではありますまい」

「泰雲様がお抱えになったのであろうか。あるいは――」

重根が考え込むと、峯均が冷静な口調で言った。

「泰雲様を狙っておるのかもしれません」

「だとすると、容易ならぬことだ」

重根は腕を組んで、ちらりと峯均を見た。

「どうだ。津田天馬と今一度、立ち合って勝てそうか」

峯均は首をかしげて、天馬の力量を推し量る風だった。

「さて。あの男、やはりなかなかの達者と見ました。まずは五分ではありますまいか」

「五分か——」

重根の目が底光りした。

「猶予《ゆうよ》はなるまい。津田が泰雲様を狙っておるとすれば、急ぎ手を打たねばならぬ」

「天馬を使っておるのは、隅田様でしょうか」

「そうではあるまい。綱政様の側近が大殿の御存命中に泰雲様を狙って、しくじれば命取りになる。さような愚かなことはせぬ」

「それでは、藩内に泰雲様を狙う者が他におりましょうか」

「いるとも」

「どなたですか」

「大殿だ」

峯均は顔をしかめた。

「何と言われます。いかに気が合わぬとしても、父が子を殺させることがありましょうか」

「大名家では、さほど珍しいことではない。大殿はご自分の余命を感じとられて、心に焦りを抱いておられる。ご自分の目の黒いうちに、黒田《くろだ》家の禍根を断とうと思われても不思議ではない。大殿の命で動いておるのは月瀬十郎兵衛《つきがせじゅうろべえ》殿であろうな」

「しかし、そうだとすると、兄上が卯乃殿を後添えに迎えれば、大殿がどう思《おぼ》し召すか」

峯均は重根の顔を見た。

「卯乃のことはともかく、主君にひとの道を誤らせぬのも臣下の務めだ。わしは家臣としての道を貫くまでのこと」

重根は微笑を浮かべた。

同じころ、大濠《おおほり》近くの月瀬十郎兵衛の屋敷では、十郎兵衛と津田天馬が向い合っていた。十郎兵衛は四十を過ぎた落ち着いた物腰の男だ。

髪を梳《くしけず》らず、垢《あか》じみた衣服で、野人の風貌《ふうぼう》がある天馬に嫌悪を感じながらも、穏やかに対していた。

「して、いかがかな、泰雲様のご様子は――」

「なかなか警戒厳重でござるな。他出はなさらぬし、訪ねてくる者も限られておる様子。夜中に忍びこんで、屋敷におる者を皆殺しにいたすつもりでやるしかござるまい」

六尺を超す長身の天馬は、色黒で額が狭く、鷲鼻《わしばな》で頬骨が突き出た顔をしている。

十郎兵衛は、

(凶相だな。この男は叛臣《はんしん》の相貌をしている)

と思いつつ、たしなめるように言った。

「さように乱暴なことはできぬ。なるべくなら、誰にも知られぬよう、泰雲様おひとりを仕留めてもらいたいのだ」

「さて、難儀なことを言われる。それがし、剣は使いますが、忍びではござらんゆえ」

「そうかな、修験道《しゅげんどう》の修行をいたしたと聞いたが」

「ほう——」

天馬は、琥珀色《こはくいろ》の目でじっと十郎兵衛を見つめた。十郎兵衛が修験道のことを口にしたのが、気に入らなかったようだ。

十郎兵衛はぞっとした。

一瞬、脳天から唐竹割りに斬《き》られたような気がした。

(こ奴《やつ》、殺気を放った)

十郎兵衛は恐ろしげに天馬を見た。

天馬を泰雲への刺客としたのは、光之の命によるものだった。

十数年前、小笠原《おがさわら》家の使者として福岡城を訪れた際、峯均ら六人の藩士と立ち合い、ことごとく倒した傲岸不遜《ごうがんふそん》な天馬のことを光之は覚えていたのだ。

天馬はその後、小倉藩から放逐されて豊前《ぶぜん》の山々をめぐる修験者となり、剣の修行をしていた、という。

十郎兵衛は光之の命に従い、天馬を探し出し、福岡に連れてきた。しかし、天馬は昔と変わらず、傲慢な態度で十郎兵衛を手こずらせていた。

(言わば、ひとの皮をかぶった虎《とら》だ。このような男を使ってよいものであろうか)

十郎兵衛は額に汗を浮かべた。

天馬は十郎兵衛を見つめていたが、不意にからっと笑うと話を転じた。

「二日前、栗林《くりばやし》の屋敷近くで花房《はなぶさ》峯均を見かけましたぞ」

「峯均は花房家を追い出され、今は立花姓に戻っておる。あの男が泰雲様の屋敷へ参ったのか」

十郎兵衛は眉をひそめた。小姓組である峯均は、藩政の表舞台に出ることなく剣術の修行にふける〈兵法狂い〉である。泰雲を訪れるようなことは、これまでなかった。

「宮本武蔵《みやもとむさし》の流儀を修行いたしたそうですな。かつて、城中でそれがしと立ち合い、叩《たた》きのめされたことが、よほど悔しかったのでござろう」

天馬は嗤《わら》った。十郎兵衛は天馬の言葉に不快感を持ったが、峯均の腕には興味があった。

「立花は二天《にてん》流五世を称しておる。そなたから見てどれほどの腕だ」

「さあて──」

天馬は気負い立つ風もなく言った。

「まずは、真剣にて立ち合ってみなければわかりませんな。宮本武蔵は、巌流《がんりゅう》の兵法者と船島《ふなしま》で決闘いたして勝ったと言いふらしておったらしゅうござるが、真《まこと》のことなのかどうか。それがしと立花峯均が剣を交えればわかりましょう」

兵法のことだけに、さすがに軽々しいことは言わない。

「そんなものか」

十郎兵衛はなんとなく興が醒《さ》めた。天馬や峯均のような兵法者の考えていることは、並みの者にはわかり難《にく》いようだ。

天馬は十郎兵衛が興味を失ったのを察したのか、

「そう言えば、出会った時、奴は駕籠《かご》の供をしておりましたが、駕籠からなにやらよい匂《にお》いがいたした。どうやら若い女が乗っていたようでござる」

と話を変えた。

「若い女だと――」

十郎兵衛の目が光った。

「さよう。それがし、仰《おお》せの如《ごと》く、永年、山野に伏しておりましたので、獣なみに鼻が利《き》き申す。あれは若い女に間違いござらん」

「そうか――」

峯均の屋敷にいる卯乃が泰雲のもとを訪れたのだ、と十郎兵衛は察した。卯乃が泰雲の子であることは、ひそかに伝わっている。しかも、光之の側近、重根が卯乃を後添えにする意向だということも聞いていた。

(泰雲様が卯乃様に会われたのは、重根殿を引き寄せるために違いない)

重根が卯乃を妻にすれば、泰雲とのつながりは深まる。そうなると、重根は泰雲の暗殺を阻止しようとするだろう。

(これは、急がねばならぬかも知れぬ。この男の言うように、泰雲様の屋敷の者を皆殺しにするのもやむを得ぬか)

十郎兵衛は天馬の凶相を見つめた。

栗林にある泰雲の屋敷で異変が起きたのは、十月のことだった。

深夜、屋敷の庭にいた飼い犬が突然吠《ほ》えだしたかと思うと、鳴き声はすぐに止《や》んだ。龕灯《がんどう》を手に、家士が恐る恐る出てみると、庭には仔牛《こうし》ほどの大きな二頭の猛犬が首を斬られて死んでいた。あたりは犬の血で黒く染まり、生臭かった。このことを聞いた泰雲は、

「用心のため庭に放っておったのが、役に立ったか」

とつぶやいた。そして藩の目付に、

「夜盗が出没し、不用心である」

と伝えた。藩でも放ってはおけず、泰雲の屋敷の警護を増やした。また、泰雲に心

を寄せる藩士の中には、夜毎《よごと》家士に見回らせる者もいた。

犬が斬られて数日後の夜、屋敷のまわりを三人の家士が連れだって歩いていた。真中のひとりが提灯《ちょうちん》を提げている。

その提灯の明かりの先に、突然、黒い大きな影が立った。

「何者だ——」

家士が誰何《すいか》したが、影は何も答えず、近づいてきた。家士たちが刀の鯉口《こいぐち》を切ると、突風が襲った。黒い影が跳躍して、三人の間を駆け抜けた。

刀を抜く間もなく、ばたばたと倒れた三人は、それぞれ腕や足、脇腹《わきばら》を斬られていた。一命は取り留めたが、いずれも重傷だった。屋敷にかつぎこまれ、医師の手当てを受けながら、斬った相手について訊かれると、

「大男だった」

と答えるだけである。相手のあまりの素早い動きに、風体を見る間もなかったのだ。

その中のひとりが、男の目が琥珀色に光って、

「虎の目のようだった」

と言った。それ以来、泰雲の屋敷では夜も篝火《かがりび》を焚《た》き、家士たちは弓、槍《やり》を携えて警戒するようになった。あまりに物々しい警戒に藩の役人が、

「幽閉の身であることをお忘れなきように」

と告げたが、泰雲はせせら笑った。

「武家たる者が敵襲に備えて、何の不都合がある」

泰雲はひそかに牢人《ろうにん》なども雇い入れ、屋敷の備えを固めた。そのことが藩の執政を苛立《いらだ》たせ、藩内に不穏な空気が立ち込め始めたのである。


十一月二十七日――。

月瀬十郎兵衛は光之の隠居所に呼ばれた。

控えの間で待っていたのは、裃《かみしも》姿の重根である。

「何事でございましょうか」

十郎兵衛は眉をひそめて座った。重根は瞑目《めいもく》していたが、不意に目を開けて、まじまじと十郎兵衛を見つめた。十郎兵衛は、かねてから重根が苦手だった。

藩内では重根の父重種の辣腕《らつわん》ぶりが今も伝えられているが、重根には父を上回る凄《すご》みがあるのではないか、と十郎兵衛は思っていた。重根は春風を思わせる、爽《さわ》やかで温厚な人柄だが、いざとなれば非情に徹することができる男だ。

「月瀬殿、そこもと、本日、職を辞されい」

「なんですと」

十郎兵衛は目を剝《む》いた。

「明日より、出仕におよばずということでござる」

「それは大殿様の思し召しでござるか」

「いかにも」

「納得でき申さぬ。それがし、大殿様よりご意向を承って参る」

十郎兵衛が片膝《かたひざ》を立てると、

「ならぬ――」

重根が大喝した。十郎兵衛は思わず膝をついた。

「月瀬殿、そこもとが飼っておられる者が、泰雲様のお屋敷のあたりを徘徊《はいかい》いたしておること、それがしが存ぜぬとお思いか」

重根は泰雲をめぐって緊張が高まるのを捨ておけず、光之に諫言《かんげん》した。そのうえで津田天馬を使っている十郎兵衛を、処分することにしたのである。光之と泰雲の溝をこれ以上広げないため、すべての責任を十郎兵衛に負わせるつもりだった。

「そ、それこそ大殿様のご命令によっていたしたこと」

十郎兵衛は額に汗を浮かべて弁明した。しかし、重根は冷徹な目を向けて、容赦しようとはしなかった。

「黙られい。家臣の務めは、主君に唯々諾々《いいだくだく》と従うことばかりではござるまい。主君に誤りがあれば、諫言いたすのが家臣の道でござる。なぜ、大殿を諫《いさ》めようとはされなんだ」

「されど、泰雲様に謀反《むほん》のお気持があるのは明白でござる」

「ならばと言って、親が子を殺すほどの誤りはござらん。さような闇《やみ》に大殿を踏み迷わせて何となさる」

重根に睨《にら》みつけられて、十郎兵衛の顔はしだいに青ざめ、やがて、がくりと肩を落とした。自分の立場をようやく理解したのだ。

（すべては、わしの独断ということにするつもりか）

重根は立ち上がって控えの間を出ていきかけて振り返り、

「屋敷に飼われている不穏な者は早々に放逐なされい。さもなくば御身のためになりませんぞ」

と厳しい声で言った。十郎兵衛はうなだれたままである。重根は最後まで、日ごろの温容を見せることはなかった。

重根はそのまま奥座敷に向かった。

日当たりのよい広縁で、光之は背を丸めて、すり鉢で餌《え》をすっている。重根が傍らに座ると、光之は、朱塗鳥籠《とりかご》の文鳥に目を向けながら言った。

「もはや言い渡したか」

「仕《つかまつ》りました」

重根は軽く頭を下げた。光之は餌をする手を休めずに、

「十郎兵衛はどうであった。得心いたしたか」

と訊《き》いた。重根は低い声で答えた。

「納得はいたしますまい。なぜ、おのれが責を負わねばならぬのか、と思っておりましょう」

光之は、くっくっ、と笑った。

「十郎兵衛には気の毒をしたな」

「されど、すでに斬られて傷を負った者もおります。さらに泰雲様を殺《あや》めたともなれば、月瀬殿に詰め腹を切ってもらわねばならなくなるのは必定。それよりはましと申すものでござる」

「しかし、これで――」

光之がつぶやくように言うと、重根は眉《まゆ》を曇らせた。

「何かよろしくないことがございましょうか」

「わしが死ねば、綱政は泰雲を殺すぞ。それよりは、わしの手で禍根を断った方がよいと思案して、十郎兵衛に命じたのだ」

「されば、殿にも泰雲様を殺めていただきたくはない、と思っております。それが黒田家の御為《おため》かと存じます」

光之は空を見上げた。抜けるように透き通った青空である。

「そなたの心は綱政には通じぬ。泰雲をかばえば綱政はここぞとばかりに、そなたを始め、わしの側近であった者を除きにかかろう。そうさせぬためには、泰雲をわしの手で始末しておいた方がよかったのだ」

「さような次第になるやもしれませぬが、それがしも家臣としての道を枉《ま》げるわけには参りませぬ」

重根は表情も変えずに言うと、鳥籠の中で飛び跳ねている文鳥に目をやった。

光之は餌をえさ入れにいれた。

文鳥は、なぜか啄《ついば》もうとはせず、光之の顔を不審げに首をかしげてじっと見る。光之は苦笑いした。

「横着者め、食おうともせぬ。さようにしておると、とんだ悲運が待ち受けることになるぞ」

重根に聞かせようとするかのような言葉だった。重根は思いの深い目で、光之の横顔を見つめた。

「悲運もまた、運のうちでござる」

屋敷に戻った十郎兵衛は津田天馬を呼んだ。

天馬が、刀を手にのそりと座敷に来た。燭台《しょくだい》の火がゆらめく。屋敷の中でも常に刀を手放さない。三尺三寸（約一メートル）、革巻き柄《づか》で頑丈な拵《こしら》えの野太刀である。

腰を下ろした天馬は、物も言わず灯心に目を据えたままだ。

十郎兵衛は声高に言い渡した。

「泰雲様のこと、手間取りすぎたな。わしはお役御免になった。お主にもこの屋敷から出ていってもらわねばならぬ」

天馬は何度か泰雲を襲おうとしたが、番犬や見まわりの者がいて、しくじったのである。

（こ奴《やつ》が泰雲様を斬《き》っておればよかったのだ）

十郎兵衛は腹立たしげな顔だった。天馬は驚いた様子もなく、傲然《ごうぜん》として言った。

「あの屋敷は近ごろ、警戒が厳しくなったゆえ、何事かと思っておりましたが、さようなことでござったか」

「立花重根が大殿に諫言いたしたのだ」

十郎兵衛は重根の厳しい叱責《しっせき》を思い出して、顔をしかめた。主君の命に従ったあげく罷免《ひめん》されたことが、腹立たしかった。

「さようか、ひさしぶりに仕官が叶《かな》うかと思いましたが、とんだ邪魔が入りましたな」

天馬の目が光った。十郎兵衛は気味が悪くなった。この屋敷に来るまで、天馬が修《しゅ》験者《げんじゃ》として山野を放浪していたことを思い出した。天馬には、まともに人交わりのできない、異様なものがあると感じていた。

(この男、放逐されることを怒って暴れるのではないか)

家士の中から腕の立つ者を控えさせておけばよかった。しかし、天馬が乱暴狼藉《ろうぜき》を働くのであれば、何人いても抑えることはできまい。

屋敷にいる者をすべて殺して出奔することも、天馬ならやりかねない。おびえた十郎兵衛が、金でも渡しておくかと思案していると、天馬はすっと立ち上がった。

十郎兵衛は一瞬、斬られるか、と覚悟した。

しかし、天馬は十郎兵衛を見下ろしているだけだった。あらためて見ると、鴨居《かもい》に頭がつきそうな長身である。十郎兵衛は体が強張《こわば》った。天馬は蔑《さげす》むように見て、

「用済みとあれば、お暇《いとま》仕ろう」

と言った。十郎兵衛はほっとしたが、天馬は部屋を出ていきかけて振り向いた。

「されど、これで立花重根には遺恨が生じました。奴の弟、峯均とは因縁もござる。いずれ決着をつけることになり申そう」

天馬はにやりと笑うと、障子をすっと開けて縁側に出た。

月明かりで白く輝く障子に、天馬の黒い影が映った。その影がゆっくりと動いていくのを、十郎兵衛は額に冷や汗を浮かべて見送った。

天馬が重根に意趣返しを図るだろう、と思ったが、昼間、重根に咎《とが》められたばかりだ。

（わしには関わりのないことだ）

と十郎兵衛は胸の中でつぶやいた。

翌日の夜、重根は下城して、濠端《ほりばた》を通り、屋敷への帰路についていた。

空気が冷たく澄んで、降るように星が出ていた。

供は家士と足軽だけである。

提灯《ちょうちん》を手に先導していた足軽が、不意に立ち止まった。

「いかがいたした」

重根が訊くと、足軽が振り向いた。

「何者かに見られておる気がいたします」

屈強な足軽だが、何かにおびえているようだ。提灯をかざしてあたりを見まわした。

人影はない。

「おかしゅうございます。たしかにひとの気配がしました」

「油断いたすな。狼藉者がおるぞ」

重根が鋭く声を放った。家士が刀の柄に手をかけ身構えた時、濠の縁にふっと男が立った。濠の石垣に身を潜めていたようだ。

「立花重根だな」

確かめるように男は言った。重根は笑った。

「やはり、来たか津田天馬――」

「わしが来るとわかっていたのか」

男は一歩前に踏み出した。提灯の明かりに、ぼんやりと天馬の顔が浮かんだ。長刀を背に負っている。

「そなたを月瀬殿が放逐すれば、わしを逆恨みするに違いない、と申した者がおってな」

重根が声をかけた。

「ほう、そのような気の利《き》いた者が黒田家にもいたのか」

嘲《あざけ》るように言った天馬が振り向いたその先に、黒い影が立っていた。

「峯均、やはりそなたの言った通り、出てまいったぞ」

峯均はゆっくりと近づいて来た。両刀を差し、五尺杖《じょう》を手にしている。落ち着いた様子だった。すでに袴《はかま》の股立《ももだ》ちを取っており、すっと草履を脱いだ。

「なるほど、貴様の入れ知恵か」

天馬が吼《ほ》えるように言うと、峯均は、

「いかにも」

と応じた。

「昔、敗れたことに懲《こ》りず、わしの邪魔立てをしようというのか。また、同じ恥をかくだけだぞ」

天馬は嗤《わら》った。

「兄を守るは、弟として当然のこと」

「ならば、貴様から先に片づけてやろう」

天馬は風を巻いて濠沿いを走り出した。峯均が右手を高く左手を下にして五尺の杖《じょう》を持ち、斜めに構えると、天馬は無言で地を蹴《け》って跳躍した。

白刃が光り、五尺杖が両断された。

峯均は五尺杖を斬られても動じなかった。するすると退《ひ》き、大刀を抜いた。

天馬が刀を振りかざして殺到する。大上段から峯均の鼻先すれすれに撃ち込み、地面につく寸前に斬り上げた。

——虎切刀《こせっとう》
である。かつて峯均はこの技で打ちすえられた。しかし、今、斬り上げた刀は峯均を捕らえはしなかった。

峯均の体は陽炎《かげろう》のようにゆらめいた。ほとんど動いていないように見えながら身をかわしていた。

「やはり、腕をあげたな」

天馬は笑うと、踏み込んで横なぎに斬り返した。

——燕返《つばめがえ》し。

刃が闇を斬り裂いて峯均を襲う。今度は体をそらし、宙に飛んでかわしたが、天馬は次々と技を繰り出し、鋭く斬りつけた。峯均を濠端へと追いつめる。

「死ねっ」

天馬が上段からの一撃を見舞った時、峯均は白刃の下に身をさらすように飛び込んだ。刀を撥《は》ねあげる。青白い火花が散って、凄《すさ》まじい金属音が響いた。

「貴様っ——」

天馬がうめいた。三尺三寸の刀が鍔元《つばもと》で折れていた。

天馬は刀を捨てると脇差《わきざし》を抜き、またもや猛然と駆け寄った。がち、がち、と何度も刃の撃ち合う音が響いた。

天馬は踏み込んで斬りつけ、刃が峯均の袖《そで》を裂き、顔面をかすめた。

さらに、力まかせに横にないだ天馬の脇差が、峯均の首筋に当たった。刃は立っておらず平打ちになったため、峯均は衝撃で転倒した。

「峯均——」

重根が叫んだ。

地面を転がった峯均は素早く起き上がり、袈裟《けさ》がけに斬りつけた。天馬はかわして、つけ入り、脇差をすり上げて鍔迫《ぜ》り合いに持ち込んだ。

刃が嚙《か》みあう不気味な音とともに、ふたりは押し合った。大力の天馬が押すのを峯均はこらえた。天馬は片手の指で峯均の目を突こうとした。

峯均はくるりと体を入れ替え、下段から刀を撥ねあげた。天馬の左腕が、肘《ひじ》のあたりから切断されて空中に飛んだ。

天馬は跳《の》び退くと、脇差を投げ捨てた。素早く袖を引き裂いて傷口を縛り血止めをしながら、闇《やみ》の中に逃げた。

峯均は追おうとしたが、がくりと片膝《かたひざ》をついた。体の何カ所かに手傷を負い、首筋を強打されたことで走る力を奪われていた。

「大丈夫か」

重根が駆け寄った。

「取り逃がしました」

「退けただけで十分だ。あ奴も隻腕《せきわん》となった。もはや剣は振るえまい」

「いえ、手負いの虎《とら》は恐ろしゅうございます。仕留めねば、また狙《ねら》って参ります」

峯均は天馬が逃げ去った闇を見つめた。逃げる間際《まぎわ》の天馬の一瞥《いちべつ》が目に焼きついていた。

(まさに虎の目だった。あの男は必ず、復讐《ふくしゅう》に来る)

重根は屋敷に戻ると、峯均を駕籠《かご》で送らせた。

「それがし、大事ございませんが」

「いや、刺客が津田天馬だけとは限らぬ。お前は吉之様側近にも狙われておるのだ。万一の用心はしておくものだ」

重根は厳しく言うと、家士三人を駕籠の護衛につけた。峯均は窮屈そうに駕籠に乗り込んだが、首筋の痛みにさすがに顔をしかめた。

屋敷では、胸騒ぎを覚えたりくが玄関で待っていた。

駕籠を降りた峯均を見て、

「峯均殿、手負われたか」

と息を呑《の》んだ。

峯均は重根の屋敷で手当てを受けていたが、思わぬところから出血しており、駕籠に揺られる間に顔の半分が血に染まっていた。着物のあちこちが斬り裂かれ、ただ事ではなかった。

「いささか不覚を取りました」

峯均は面目無げに言った。りくは、焼酎《しょうちゅう》と晒《さらし》、油薬を用意するようつねに命じた。

卯乃と奈津があわてて出て来ると、

「医師を呼んでは、騒ぎになりますから、家の者で手当てをいたします」

と言って、峯均を居間に連れて行かせた。

りくは焼酎を口に含んで峯均の傷口に吹きかけた。さらに首筋の打ち身に油薬を塗った。

手早く処置を済ませてから、卯乃に傷口の場所を教え、他の者に、

「後の手当ては卯乃殿にしていただきます。他の者は休みなさい。普段通り、何事もなかったように振る舞うのです」

と言い置き、自室に引き揚げた。

何があったのか峯均に聞こうともしなかった。

居間に残された卯乃は恐る恐る傷口に晒を巻き、さらに他に打ち身はないか、と訊《き》いて油薬を塗った。

「痛みませぬか」

卯乃が気遣う。

「いや、さほどのことはない。もっとも危うく命を落とすところでしたが」

峯均は穏やかに答えた。

「それほどの敵でしたか」

卯乃は思わず口に出してしまった。峯均はあっさりと言った。

「なにしろ、かつて大殿の前でしたたかに打ちのめされた相手ゆえ」

「では、あの――」

津田天馬なのか、という言葉を卯乃は飲み込んだ。そこまで言ってはいけないだろう、と思った。続けて、峯均は、

「あの男は、やはり、強かった。奴《やつ》の片腕を斬り落としはしたが、それだけに恐ろしい敵を作ってしまったのかもしれない」

と重い口調で言った。

「ですが、峯均様はどなたにも負けませぬ」

「勝てばよいというものではないのです。勝つということは敵を増やすことでもある。わたしは剣によって立花家を守りたいと思うが、はたしてどれほどのことができるものやら……」

峯均はため息をついた。

その時、廊下から障子越しに、

——卯乃殿

と、りくの声がした。卯乃がそっと障子を開けると、香炉と香道具を入れた乱れ箱を渡された。

「峯均殿に香を聞かせてあげてください。心が休まりましょう」

りくはそう言うと、そのまま去った。

卯乃はどうしようか、と惑った。このような時に複雑な組香を聞いても、傷を負った峯均は愉《たの》しめないだろう。かと言って、ひとつの香だけを聞かせても味気ないのではないか。

りくは、目の不自由な卯乃が手触りでわかるように香包みに印をつけている。包みに触れて香を確かめた卯乃は、あることを思いついた。

「峯均様、いまから伽羅《きゃら》をお聞かせいたします」

「伽羅ならば、以前に母上から聞かせていただいたことがある」

「その後で十種の香を聞いていただきますが、何番目の香が伽羅なのかを当てていただきたいのです」

卯乃は心が弾むのを感じた。峯均とこのような話をするのは初めてのことだった。

りくは、香をすぐに聞けるよう香炉の火合《ひあい》を見てくれていた。まず伽羅を炷《た》く。

峯均は無骨な作法で香炉を手に取り、鼻に近づけた。

「懐《なつ》かしい香りだ」

嬉《うれ》しげに言う。

聞香の基本となる六国《りっこく》の一つ、伽羅の香りは、

——その様やさしく位ありて、苦を立てるを上品《じゃうぼん》とす。自然たをやかにして優美なり

と言われる。

ひとに例えていうと、

——宮人のごとし

である。

この他、六国の羅国《らこく》について、

——自然と匂《にほ》ひするなり、白檀《びゃくだん》の匂ひありて多くは苦を主どる

として、

——武士のごとし

という。

同じく、真那賀《まなか》は、

──匂ひ軽く艶《えん》なり、早く香のうするを上品とする
さらに、香に曲あり、

──女のうち恨みたるが如《ごと》し
すなわち女人が嫉妬《しっと》したような香りだというのである。

卯乃は、次々に香を聞かせていった。

峯均は香を聞きながら、

「香は不思議だ。昔のことを思い出させる。苦しかったことが、なぜか愛《いと》おしく思えてくる」

とつぶやいた。そして、六番目の香を聞いた後、静かに香炉を置いた。

「伽羅だ」

「よくおわかりになりました」

卯乃は微笑《ほほえ》んだ。

「香にはかつての思い出がこもっている。わたしはいま、初めて伽羅を聞いた時の心を思い出した」

「どのようなお心でしょうか」

「ひとを斬《き》りたくはない、という武士として持ってはならぬ心だ」

「わたくしには、そのお心が大切と思えますが」

「さて、どうであろう」

峯均はしばらく黙ったが、ふと口を開いた。

「わたしは、津田天馬を仕留めることができなかった。あの男はやがて、われらに仇《あだ》をなすだろう。しかし、天馬の息の根を止めたとしても、同じことかもしれぬ。兄上が泰雲様をかばう以上、立花一族には災いが訪れるに違いない」

「それはどういうことでございましょう」

卯乃は新たな香を置こうとして、止《や》めた。

「殿は、泰雲様が藩政に野心を持たれているのを警戒し、憎んでおられる。大殿様が身罷《みまか》られれば、泰雲様は命を狙われるであろう。泰雲様をかばえば、兄上もともに殿の怒りを買うことになる」

「まさか、そのようなことに」

卯乃は頭を振った。そんなことになるとは思いたくなかった。

「ならぬとは言えまい。しかし、わたしが卯乃殿に話しておきたいのは、兄上の気持だ」

「それは大殿の家臣として、道を尽くされるということではございませんか」

「それも無論ある。兄上はそうとしか言われまい。だが、それだけではないとわたしは思っている」

「他にどのような――」

「泰雲様は卯乃殿の実の父上だ」

峯均の言葉に卯乃ははっとした。

「わたくしの父であるがゆえに、重根様はかばってくださると言われるのですか」

「卯乃殿が兄上の屋敷に参られたのは、育ての親村上庄兵衛殿が亡《な》くなられて半年あまりたったころであった。兄上は、卯乃殿にまたもや父を失うという悲しみを味わわせたくないと思っているのです」

卯乃は言葉を失った。重根の深い思いを聞いて、自分の心をどこに持っていけばいいのか、わからなくなった。

不意に涙があふれてきた。

重根の屋敷に初めて行った日のことを思い出していた。

十四の春だった。

門前で佇《たたず》んでいると桜の花びらが落ちてきた。重根は、

「泣くでない。泣かなければ明日は良い日が来るのだ」

と慰め、茶を点《た》てた。卯乃が泣かずに茶を喫すると、

「よう、こらえたな。やがて嬉しい涙を流す日も来よう」

とやさしく言ってくれた。

重根様は初めて会ったわたしに、なぜあのように愛情深く接することができたのだろうか。重根の言葉のひとつひとつが、その後の自分を支えてきたのだ、と思う。

（わたしは何の恩返しもできぬまま、重根様のお屋敷を出て、戻ろうともしない）

わたしのために泰雲様を守り、災いを怖《おそ》れない重根様を、支えるべきではないのか。

（重根様のもとへ戻らなければ――）

その時、峯均がさりげなく言った。

「卯乃殿、まだ聞いていない香があるようだが」

卯乃はあわてて香包みを探った。しかし、手でふれても、どれが峯均に聞かせていない香なのかわからない。

うろたえる卯乃を、峯均は静かに待っていた。

「心を虚《うつ》ろにしては、香を聞くことができませぬ。兄上は覚悟が定まった、たじろがぬおひとです。わたしも、おのれの心を見失ってはならないと思っています」

峯均の言葉に卯乃は心が鎮《しず》まるのを感じた。

落ち着いて香をひとつ選んだ。香炉を取り、銀葉にのせた。馥郁《ふくいく》たる香りが立ち昇る。

——伽羅

である。卯乃は峯均から、次の香をとうながされながらも、最初に聞かせた香を選んだ。初めての香りを忘れたくないと思った。

峯均は伽羅のたおやかで優美な香りを聞いた。

この年、十二月二十三日、光之は綱政宛《あ》ての書状に、

——不和は家来共の不忠

と書いた。綱政と泰雲の間に不穏なものがあることを憂慮した光之は、兄弟の不和は家臣の不忠によってもたらされるから、惑わされるなと訓戒したのだ。

第三章　山　桜

1

年が明けて、宝永四年（一七〇七）三月――。

卯乃《うの》の介抱で峯均《みねひら》の傷も癒《い》えていた。

このころ、伊崎《いさき》の屋敷を訪れた重根《しげもと》は、

「泰雲《たいうん》様にお話しいたさねばならぬことがある。卯乃にも行ってもらいたいのだが」

と言った。

「わたくしもでございますか」

卯乃は表情を曇らせた。

「大殿と泰雲様の間を取り持たねばならんのだ」

蟄居《ちっきょ》謹慎の身である泰雲に、光之《みつゆき》が許しを与えたという。

この年、正月七日、福岡城の隠居所において、八十歳になった光之の傘寿《さんじゅ》の祝いが行われた。藩主綱政《つなまさ》は江戸参府中だったため、黒田源左衛門《くろだげんざえもん》を遣わし、屏風《びょうぶ》を祝いの品として贈った。隠居所では、この屏風を飾り、光之付きの家臣たちが慶賀の和歌を献上し、祝宴が催された。

光之が上機嫌で家臣たちと談笑していると、重根は手にしていた盃《さかずき》を置き、

「めでたき日を迎えられ、大殿様にはお許しを賜りたきことがございます」

と言った。光之は薄く笑った。

「泰雲を許せというのか」

「御意。もはやよろしきころかと存じまする」

「さて——」

光之は盃を口に運びつつ考える風情《ふぜい》だった。

「許さぬわけではない。わしも老い先短い身だ。このまま逝《い》っては後生が悪かろう。しかし、泰雲が野心を捨てぬのであれば、それも致し方あるまい」

と言う言葉の端に、さすがに老いの気弱さが出ていた。

「そのこと、それがしにお任せくださりませ。お許しがいただければ、泰雲様を説くことができましょう」

「できようかの」

光之は重根の顔を探るように見た。

「必ずや」

重根は自信に満ちた返答をしたが、確信があったわけではなかった。

泰雲は二十歳を過ぎたころに廃嫡《はいちゃく》され、以後、三十年に亘《わた》って幽閉同然に生きてきた。

覇気に満ちた時代を、虚《むな》しく過ごさざるをえなかったことへの憤《いきどお》りと怨《うら》みは深いだろう。泰雲にとって、胸に秘めた野心の炎《ほむら》だけが生きる寄る辺だったに違いない。

その泰雲をどう説き伏せるのか。

光之が幽閉中の泰雲に対して、

――差シ許ス
としたのは二月十六日のことだった。屋敷で上使からの言い渡しを慎んで受けた泰雲だったが、光之へのお礼言上の意思は示さず、許しが出た後も、それまでと同様、頑《かたく》なに屋敷に閉じ籠《こも》った。このことを聞いた光之は苦い顔をした。

「やはり許すべきではなかったか」

重根は事態を憂慮した。説得するため、卯乃を伴い、泰雲の屋敷を訪れることを決意したのである。

翌日——。

重根は騎馬、卯乃は前回と同じく駕籠《かご》であり、傷が癒えた峯均が駕籠に付き添った。

峯均が付き添ったのは、左腕を斬《き》り落とされて姿を消した天馬《てんま》が襲ってくることを恐れたためだ。

卯乃は、思い鬱《うっ》するものがあった。卯乃が出生のいきさつを知ってからも、りくと峯均は態度を変えることなく接してくれた。伊崎の屋敷にいる時は自分の出生を忘れていられた。

しかし、このように泰雲と会うことを重ねていけば、しだいに親子の絆《きずな》が深まっていくのではないか。

屋敷に到着して駕籠から降りた時、卯乃はほんのりと優しい花の匂《にお》いを感じた。桜、だろうか。

(重根様に初めてお会いした時も桜が咲いていた)

その時、卯乃の襟足に、ひらりと舞い落ちたものがあった。

「御免——」

さりげなく言うと、峯均が襟足からそれを取って、卯乃に手渡す。

桜の花びらだった。

「このお屋敷は桜が見事でござる。いまが盛りでございます」

峯均は畏《かしこ》まって言うと、卯乃の手を取り屋敷内に導いた。桜の花びらを手にしたままである。峯均は控えの間に、重根は卯乃とともに奥座敷に通された。

「重根、何事じゃ。卯乃まで連れてきおって」

泰雲が大儀そうに言った。泰雲の傍らには侍臣が控えていた。

酒の匂いに、卯乃は眉《まゆ》をひそめた。泰雲は昼間から酒を飲んでいる。

「きょうは花見でございましたか」

落ち着いた声で重根が訊《き》いた。泰雲は盃を口に運びながら、

「昔、かような酒宴をたびたび催したゆえ、父上の不興を買って廃嫡された。めでたくお許しが叶《かな》ったうえは、よかろうかと思ってな」

と言った。翳《かげ》りのある声だった。

「さようでございますか。しかし、大殿へのお礼言上は未《いま》だ、と聞いており申す。お会いになり、ともに桜を賞《め》でられるのもよろしかろうかと存じますが」

重根の言葉に、泰雲はくくっ、と笑った。

「重根、わしが知らぬとでも思うておるのか」

「何をでございましょう」

「父上がわしに刺客を放ったことだ」

「さて、そのようなことがございましたか」

重根は平然としていた。

「とぼけるな。そなたが父上に諫言《かんげん》して、刺客を飼っておった月瀬十郎兵衛《つきがせじゅうろべえ》を罷免《ひめん》したことは聞き及んでおる。その刺客が逆恨みして、そなたを襲い、峯均に退けられたこともな。かようなことは隠しても伝わるものだ」

「恐れ入ります。されど、さようなことがあったにしても、すでに終わったことでございます。お忘れくださいますよう」

重根が頭を下げると、泰雲は声を荒らげた。

「たわけ、実の父から命を狙《ねら》われたことが忘れられるものか。たとえ、お許しが出たにしても、お礼言上などに行けば、その場で手討ちになるかもしれぬではないか」

「大殿はそのようなお心をお持ちではございません」

「ならば、どのような心を持っているというのだ」

「子を思う親の心でございます」

「そのようなものを父上は持ち合わせてはおらぬ」

「さようなことはございません。ご自身のことをお考えくだされば、子を思う親の心がおわかりになろうかと存じます」

「なんだと――」

「お忘れでございますか。杉江《すぎえ》殿が初めて御意を得た日は、きょうのように桜が咲いており申した」

「杉江か――」

泰雲はぽつりと言った。卯乃ははっとした。杉江とは亡《な》くなった卯乃の母の名である。重根は卯乃へ顔を振り向けた。

「卯乃殿もご存じであろう。わたしの母は筑後《ちくご》柳河《やながわ》藩の牢人《ろうにん》の娘であったが、村上庄《むらかみしょう》兵衛《べえ》殿の本家村上三太夫《さんだゆう》殿の養女となって、わが父のもとに嫁いだ。杉江殿は村上一族の遠縁の娘で、わたしが推挙してご奉公することになったのです」

「そうであった」

泰雲は懐《なつ》かしげに遠くを見る目をした。

二十二年前、貞享《じょうきょう》二年（一六八五）である。泰雲と重根はともに三十一歳だった。

杉江は重根に伴われて、屋敷を訪れた。泰雲の前で手をつかえた時、桜の枝が風に揺れて、花びらが座敷の中までひらひらと舞ってきた。

「あっ――」

杉江は思わず花びらに目を向けた。広縁越しの日差しに白く浮かんだ杉江の横顔は、美しかった。泰雲は目を奪われた。杉江は目の前の畳に落ちた花びらを拾うと、そっと袂《たもと》に入れた。泰雲はその様子を見つめていたが、

「その方、まこと、わしの傍に仕えてくれるのか」

と声をかけた。杉江は頭を下げた。

「御意に召せば、ありがたきことにございます」

「わしは父上に疎《うと》んじられ、廃嫡の身となった。行く末、何の望みもない身ぞ」

泰雲の率直な言葉に、杉江は体を硬くした。

「御家にとり、大切な御身と存じます。何より、お心安らかに過ごされますようお仕えせよと申しつけられております」

杉江の言葉を聞いて、泰雲が表情を曇らせた。

「わしがいらざる不満を持たぬよう、その方が人身御供《ひとみごくう》となる、というわけか」

「いえ、決して、そのような」

泰雲は重根に怒気を含んだ声で、

「この者、たしかに召し使いはするが、そなたの思い通りに側妾《そばめ》とはいたさぬ。女子《おなご》をあてがい、わしをなだめようとの魂胆が気に食わぬ」

と吐き捨てるように言うと、座を立った。

杉江は戸惑い、重根へ顔を向けた。しかし、重根は目を閉じて、何も言わなかった。

その後、杉江は侍女として泰雲に仕えたが、寝所に侍《はべ》るようなことはなかった。

五月に入り、雨が降り続くころだった。

奥座敷にひかえた杉江に泰雲は訊いた。

「先日、立花《たちばな》の屋敷に父上が行かれたそうな。聞いておるか」

「いえ、存じませぬ」

「そうか――」

泰雲は皮肉な笑みを浮かべた。

「立花重種《しげたね》はこの春、家老を辞し、嫡男の次郎太夫重敬《じろうだゆうしげたか》が家老職を継いだ。立花家にとっては何よりのことだな。それで、父上を屋敷にて接待したというわけだ。主君が家臣の屋敷に赴いた。これが格別の扱いであることは、そなたもわかるであろう」

杉江は目を伏せた。

「さように存じまする」

「父上を招いた席で、茶を点《た》てたのは重根だそうな。近ごろ、重根は茶の湯に励んでおるそうだが、なかなかの点前《てまえ》であったということだ」

泰雲は淡々と言いはするが、目には暗い光があった。杉江はそんな泰雲をいたわしく思った。泰雲は苛立《いらだ》たしげに、

「重根は父上のお覚えもめでたく傍近くに仕えておる。まして、近ごろは茶人としての評判も高いと聞く。そなたも本音を申せば、わしのような廃《すた》れ者より、重根に仕えたかったのではないか」

と言った。杉江は目を伏せたまま下を向いていたが、しばらくして口を開いた。

「まことのことを申し上げてよろしゅうございましょうか」

「なんなりと申せ」

「仰《おお》せのような気持は、たしかにわたくしの胸にございました」

「やはり、そうであったか」

泰雲はにやりと笑った。杉江は緊張のあまり青ざめていたが、勇気を振り絞るように言った。

「わたくしは茶席などで立花様にお目にかかり、まことにすぐれたお方だと存じまし

た。それゆえ、立花様のお傍近くにお仕えするようなことがあれば、と思っておりました」

「しかし、重根がそなたに望んだのは、まったく違うことだったというわけか」

泰雲の皮肉に、杉江は怯《ひる》まなかった。

「わたくしは軽格の生まれでございます。早く嫁ぐかお城に女中奉公にあがるほか道はございません。そこへ、立花様からお話がございました」

「重根は何と言ったのだ」

「御家への忠義になることゆえこのお屋敷に奉公してはどうか、というお話でした」

「それで、わしの側妾になれ、と言ったのか」

「いえ、そのように仰せではございませんでした。拝謁《はいえつ》を賜わったうえで、無理にお傍にあがらずともよい。その時は必ずお屋敷を下がることができるよう取り計らうとのことでした」

「気に添わねば傍にあがらずともよい、と言ったのか」

泰雲は目を剝《む》いた。

「さようでございます。恐れながら、泰雲様は、ひとの真《まこと》を求めておられる。偽りがあってのご奉公はお嫌いあそばされる、との仰せでございました」

「重根めが小癪《こしゃく》なことを——」

泰雲はそう言うと、広縁に出て庭を眺めた。銀色の糸のように光る五月雨《さみだれ》が桜若葉を濡《ぬ》らしていた。杉江も庭を見つめてつぶやいた。

「お屋敷に上がった日は、桜の花びらが舞っておりました」

「そうであったな」

「花びらを手に取りました時、このお屋敷で泰雲様をお慰めしているのは、桜だけなのかもしれないという気がして、御身の淋《さび》しさが胸にしみるように思われました。花びらを袂に入れると、お傍にお仕えいたそうと心が定まりました。それゆえ、そのように申し上げました。あの時の気持に偽りはございません」

杉江のきっぱりとした言葉に、泰雲は大きく息を吐いて、空を見上げた。かすかな明るさを空に見出《みいだ》して、心が満たされていった。

「わしは杉江を傍に置いた。わしにとって、心豊かな時であった。しかし、それも長くは続かなかった。杉江に子ができたゆえな」

泰雲は静かに言って卯乃に目を向けた。卯乃は心が震えた。母がどのような思いで生きたのか、初めて聞かされたのだ。

(この屋敷の門前で、わたしのうなじに舞い落ちた桜の花びらは母の思いだったのかもしれない)

卯乃は母を恋しく思った。

杉江は、泰雲の屋敷で卯乃を産んだ。

貞享五年(一六八八)暮――。

乳飲み児《ご》を抱え、女中ひとりを供に、杉江は人目を避けるように村上庄兵衛の屋敷に向かった。

風の強い日だった。

朝から霙《みぞれ》が降り、庭の木々がざわめいた。

泰雲は中庭に立ちつくし、見送ることもなかった。ならぬこととはいえ、共に暮らせぬ淋しさがあった。ただ、子が生まれ、その顔を見ることができたのが、せめてもの幸せだ、と思うよりほかなかった。それだけに、

(このまま朽ち果ててなるものか)

という思いは熾烈《しれつ》なものになったのである。

その当時の記憶をよみがえらせるかのように泰雲は言った。

「藩主の座につけば、杉江を取り戻すことも、そなたをわが子として迎えることもできると思ったのだ。その気持に嘘《うそ》はない」

泰雲の言葉に卯乃は涙ぐんだ。乳飲み児を抱いて、母はどのような思いで泰雲のもとを去ったのだろうか。

重根が膝《ひざ》を乗り出した。

「さればでござる。そのおりのお気持はいかようなものでござりましたか」

「杉江と卯乃を哀れと思うたぞ」

泰雲は沈んだ声で言った。

「されど、杉江殿は強いおひとでございました」

「重根もそのように思うたか」

薄幸だった杉江の顔を思い浮かべ、泰雲は目を閉じた。

「それがし、杉江殿が亡くなられる前に、一度お会いいたしました。その時にさように思ったのでございます」

重根もまた、杉江の昔日《せきじつ》の面影を胸に浮かべていた。

元禄《げんろく》六年（一六九三）五月――。

村上本家で法事が行われた時のことである。卯乃は七歳になっていた。

杉江は、江戸詰めだった庄兵衛に代わり末席に連なった。読経《どきょう》が終わり、酒食の膳《ぜん》を待つ間、重根は庭に出た。杉江がひっそりと池のそばに佇《たたず》んでいる。

村上本家では、杉江は身内とはみなされず、席の設《しつら》えを手伝うことはなかった。泰雲の寵《ちょう》を受けた杉江と関わりたくないという親類縁者の思いを承知していて、杉江は目立たないように振る舞った。

池のほとりに、サツキが白い花をつけていた。

「いかがお過ごしか」

重根が声をかけると、杉江は小腰をかがめた。

「息災にいたしております」

微笑を浮かべた杉江を見て、重根はわずかに救われる気がした。

重根は五年前、光之の隠居付頭取として二千百五十石を与えられた。三年前には、茶道の秘伝書〈南方録《なんぼうろく》〉をまとめ、充実した時を過ごしていた。それだけに、いまなお光之の許しが得られず逼塞《ひっそく》する泰雲のことを憂《うれ》え、さらには杉江の身の上も案じていた。

(泰雲様のもとに仕えさせたのは、杉江殿にとって非情なことだったのではないか)

その思いが重根の心を去ることはなかった。

杉江は池に目を移しながら、

「庄兵衛殿はやさしいおひとにて、心安らかに過ごしております。ただ、泰雲様のおさびしい御身が気にかかります」

と言った。杉江の言葉に翳《かげ》りはなかった。池の水面《みなも》に、ゆるやかに流れゆく雲が映し出されていた。

（芯《しん》の強いひとだ）

重根は杉江を見直す思いがした。村上一族から親戚《しんせき》のあつかいをされず、孤立していると聞いていた。しかし、杉江はそのことにくじけず、自らの道を歩んでいるようだ。

「わたしが泰雲様のお傍にと推輓《すいばん》したことは、杉江殿にとってよかったのであろうか」

重根がかねて抱いていた思いを口にすると、杉江はやさしく微笑《ほほえ》んだ。

「わたくしは娘を持つことができました。卯乃はわたくしが生きた証《あかし》にございます。そのことは泰雲様にもわかっていただいていると思います」

「さようか」

杉江は澄んだ空を見上げて言った。

「ひとは会うべきひとには、会えるものだと思っております。たとえ、ともに歩むことができずとも、巡り合えただけで仕合せなのではないでしょうか」

重根は、不意に胸の奥に痛みを感じた。

杉江の人となりを自分もまた愛《いと》おしんでいたことに気づいたのである。泰雲の傍にあげる女人を考えた時、

（このひとなら）

と思い定めた。それは同時に、杉江が重根にとっても好ましい女人だということに他ならなかったのだ。杉江が泰雲の傍にあがることを承知し、泰雲も杉江を受け入れた時、重根の胸の奥に淋しさが去来した。

（自分は心を偽っていたのではないだろうか）

この年四月、重根は妻のたけを病で失った。胸の奥に寂《せき》としたものを感じるだけに、ひとへの思いも深くなっていた。

「杉江殿、わたしには悔いていることがあるやもしれぬ」

思いがけない言葉が口をついて出た。

杉江は深い色を湛《たた》えた目で重根を見つめ、

「そのことは、うかがわないほうが良いように思います。重根様の悔いがわたくしの悔いになってはいけませぬから」

と言葉を残し、会釈《えしゃく》して座敷に戻っていった。

（杉江殿も去っていくひとなのではないか）

ふと、不吉な予感が兆《きざ》して愕然《がくぜん》とした。杉江の後ろ姿を見送りながら、重根はその場に立ちつくした。

杉江はこの年、夏風邪をこじらせて、にわかに世を去ったのである。

「ひとは会うべきひとには会えるものだ、と杉江が申したのか」

泰雲は感慨深げに言った。

「親と子もさようではございますまいか。この世で親となり、子となるのもいわれのあることでございましょう」

重根は、卯乃に顔を向けた。

泰雲はしばらくして、卯乃に言葉をかけた。

「そなたが重根の後添えになると聞いて、わしは喜んだ。父上の側近である重根を取りこむことができると思うたがゆえだ。しかし、それだけではなかったのだぞ。わしは杉江の思いがかなうのではないかと思ったのだ」

卯乃は顔をあげた。訊《き》かずにはいられなかった。

「母の思いとは何でございましょうか」

「そなたの母は、かつて重根に思いを寄せたことがあった、とわしは思うている。重根は妻を失った。わしの傍に仕えねば、重根のもとへ参るという巡り合わせもあったかもしれぬ」

「母はそのことを望みましたでしょうか」

「それはわしにもわからぬことだ。ただ、わしは杉江が幸いであるよう願っていた。そして、同様に、そなたにも仕合せな歳月を送ってほしいと望んでおる」

泰雲の言葉に卯乃は顔を伏せた。涙があふれてくるのを堪《こら》えきれなかった。

泰雲は卯乃に目をやりながら言った。

「そうか、重根。子の仕合せを願わぬ親はおらぬか」

「それが大殿のお心でございます」

重根は静かに応《こた》えた。

二日後――。

隅田《すみだ》清左衛門《せいざえもん》の屋敷の中庭に面した奥座敷で、清左衛門と真鍋権十郎《まなべごんじゅうろう》が話していた。明るい日差しが差し込んでいる。

「そうか、重根め。とうとう泰雲様のもとへ参ったか」

清左衛門が苦々しげに言った。権十郎は膝を乗り出した。

「先ごろ、大殿様は泰雲様をお許しになりました。これも立花様が大殿様を説いた上でのこと。どうやら立花様の狙《ねら》いが見えて参りました」

「どのように見る」

清左衛門はじろりと権十郎を見た。

「されば、大殿様亡《な》き後、御遺命と称して泰雲様を藩政の場にかつぎだす腹づもりかと」

権十郎はしたり顔で言った。

「ふむ、それで」

「大殿様のお許しが出た以上、殿としても憚《はばか》るところがありましょう」

「もともと泰雲様がつくべき藩主の座であったのだからな」

現在の藩主綱政は光之の四男で、支藩の東蓮寺《とうれんじ》藩を継いでいた。ところが、嫡男《ちゃくなん》の綱之《つなゆき》（泰雲）が、突然廃嫡されたため、思いがけず藩主の座につくことになったのである。

「御世子吉之《よしゆき》様がすんなり家督を相続できますかどうか」

「泰雲様はご壮健であられる。もし、殿よりも長生きされるようであれば、どのような挙に出られるかわからんな」

清左衛門は案じるように言った。泰雲が英明であることも藩内に知られていた。

「それゆえ、大殿様が泰雲様をお許しになられたことが悔やまれます」

権十郎は膝を叩《たた》いて無念そうに言った。

「大殿様もお年で気が弱くなられた。そこを重根につけ込まれたということだ」

「されば、立花様はかねて伊崎の屋敷で養っておった女人を、泰雲様の屋敷に伴ったそうでございます」

「重根め、娘を後添えにしたいと泰雲様に願い出て、盟約を交わしたというところであろうな」

清左衛門は、そこに政敵の重根の顔があるかのように険しい表情で宙を見据えた。

権十郎は何度も首を振った。

「さようでございます。それがし、かつてあの女人に立花様に謀《はかりごと》ありと告げ、後添えになることを妨げました」

「そうであったな」

「さらには、泰雲様の家来とともに、泰雲様に会わせようといたしました。婚儀が行われる前に泰雲様と親子の対面を果たせば、立花様も後添えにはできまいと思いましたが、立花様の弟によって邪魔されました」

「散々、骨を折らされたというわけだな」

清左衛門は薄く笑った。

「吉之様の側近も、重根の驕《おご》りを憤《いきどお》って刺客を差し向けたが、峯均に邪魔されたのであったな。吉之様の意を受けた藤森清十郎《ふじもりせいじゅうろう》がひそかに仕組んで峯均を上意討ちにしようとしたが、これもしくじった。まことに立花一族はしぶとい」

「しかし、今度ばかりは今までのようには参りませんぞ。藩の行く末がかかっております」

権十郎は深刻な表情になった。

清左衛門は、あごをなでながら言った。

「そのことだ。殿も腹を決めておられる。大殿様亡き後、立花一族をそのままにしてはおかぬと決意されたご様子だ」

「されば立花様を」

「重根だけではない。立花一族すべてだ。禍根は根から断たねばならん」

清左衛門の言葉にうなずきながら、権十郎は声をひそめた。

「泰雲様を放っておいてはそれもかないませぬ。立花様が泰雲様を使ってどのような手を打ってくるかわかりませんぞ」

「わかっておる。いずれ非常の策をとらねばなるまい」

清左衛門は目を光らせて言った。権十郎は大きくうなずくと、ちらりと広縁に目をやった。

「されば、あの者も使いようがあろうというものでございます」

「そのために飼うことにしたのであろう」

広縁には、薄汚れた小袖《こそで》をまとった男が大きな背中を見せ、庭を眺めながら酒を飲んでいた。

左袖が風に揺れている。

重根を襲って、峯均に左腕を落とされた津田《つだ》天馬だった。傍らに手垢《てあか》で黒光りする樫《かし》の木刀を置いていた。五尺ほどの長さで鉄の筋金が通してある。

清左衛門は天馬の背を見つめ、

「そなたが申すゆえ、使うことにいたしたが、あのように隻腕《せきわん》で物の役に立つのか。

立花峯均は手強《てごわ》いぞ」

と聞えよがしに言った。

清左衛門の言葉を耳にした天馬は、盃《さかずき》を置いて木刀に手を伸ばした。無造作に木刀を取ると、のそりと立ち上がり、素足で庭に降りた。天馬は苔《こけ》むした庭石にゆっくり近づいた。

白猫が庭石の上で寝ている。天馬が近づくと、猫は体を起して身構えた。逃げもせず、天馬をじっと睨《にら》んでいる。

天馬は木刀を振り上げ、ゆるやかに猫の頭に下ろした。

打ったわけではない。頭の寸前で木刀をぴたり、と止めた。天馬の目が鋭く光った。

無言で気合を発した。

天馬が木刀をすっと引くと、猫は何事もなかったかのように天馬を見上げていたが、するりと庭石から降りた。植え込みの方に行こうとした猫の体がびくりと震え、血を吐いて倒れた。

それを見て、天馬はかっと笑った。清左衛門と権十郎は、薄気味悪そうに天馬を見つめた。

天馬からは妖気《ようき》が漂っていた。

間もなく泰雲は、お許しへのお礼言上にまかり出ることを光之に願い出た。それを聞いた光之はしばらく考えた末、願いを斥《しりぞ》けた。

このため光之と泰雲の対面は沙汰《さた》止《や》みとなった。

2

博多の町を福岡城下と隔てる那珂川《なかがわ》沿いに住吉《すみよし》神社はある。筑前《ちくぜん》一の宮であり、黒《くろ》田《だ》長政《ながまさ》が元和《てんな》九年（一六二三）に本殿を再建した。境内には神木の〈一夜の松〉が枝を広げる。

永享《えいきょう》十一年（一四三九）、社殿造営の際に、傾いた松が邪魔になり、伐採しようとしたところ、一夜の内に傾きが直ったといういわれをもつ。

この奇瑞《きずい》は連歌師宗祇《そうぎ》の『筑紫道記《つくしみちのき》』に記され、〈一夜の松〉のことを知った後花《ごはな》園《その》天皇が、『松花和歌集』を奉納したと伝えられる。

重根《しげもと》は元禄《げんろく》六年（一六九三）、住吉神社北側に、別邸として松月庵《しょうげつあん》を建てていた。茶室を設《しつら》え、茶書などを執筆するおりに使っていたが、元禄十二年、隣家の火災により屋敷が類焼した際には、しばらく仮住いしたこともある。

五月に入って、招きに応えた光之《みつゆき》が松月庵を訪れた。光之は隠居料から五百五十石を割き、重根に加増した。重根は、お礼を言上するつもりだった。

この日は、朝から雨が降り続いていた。草庵の屋根は濡《ぬ》れそぼち、庭の松は薄墨色に煙っている。

若い供回り五人を従え、駕籠《かご》で赴いた光之を、重根と峯均《みねひら》が出迎えた。重根に傘をさしかけられながら駕籠を降りた光之は、白髪で腰がやや曲がっていたが、顔色はよく元気そうだった。

「せっかくお出ましいただきながら、雨になりました」

重根が頭を下げると、

「これもまた風情《ふぜい》があるというものだ。雨はそなたの茶にまた別な味わいを添えるであろう」

光之はにこやかに言った。

過日、光之は、

――末期《まつご》の茶を重根の点前《てまえ》で飲みたい

と所望した。

「茶は常に一期一会《いちごいちえ》でございますれば、末期の茶というものはございませぬが、松月庵なればこその茶を、味わっていただけるやも知れませぬ」

と重根は応じた。

階《きざはし》の下に控えていた峯均が、光之に手をそえた。

光之がゆっくりと草庵の階を上がると、勾欄《こうらん》を廻らせた広縁に雨が白くしぶいていた。引き戸の向こうで、鉄錆色《てつさびいろ》の着物を着たりくが手をつかえた。

「おう、りくか。ひさしいの」

光之は、亡くなった重臣立花重種《たちばなしげたね》の妻であるりくを見知っていた。

「お言葉を賜り、恐悦至極《きょうえつしごく》に存じます」

りくは頭を上げた。重根がにこやかに続けた。

「きょうは香を母に頼みましてございます」

「それは懐《なつ》かしいのう。以前にもりくの点前で香を聞いたことがある」

「大殿様にはお忘れなく、ありがたき幸せでございます。二十年以上、前のことになりまする」

重種は貞享二年（一六八五）に家老職を辞すと、隠居料八百石を与えられ平山《へいざん》と号した。光之は重種の隠居所を何度か訪れた。

辣腕《らつわん》で知られた重種だが、隠居してからは政事《まつりごと》向きのことは口にせず、もっぱら風雅の道に日を過ごしていた。光之が訪れると、若いころ稽古《けいこ》した曲舞《くせまい》を披露し、重根が茶を点《た》てた。

「あの重種が、隠居してからは俗世を忘れたように楽しげに過ごしておった。わしもさようにいたしたかったが、なかなかそうはいかなかった」

目を細めた光之に、りくは微笑《ほほえ》みかけた。

「さように思《おぼ》し召しくださり、ありがたくは存じまするが、重種も風雅三昧《ざんまい》に明け暮れたわけではございません。最後まで御家のこと、また立花の家を思い、心を砕いておりました。政事に関わり、ひとの恨みをさまざま買ったことを忘れてはおりませんでしたゆえ」

「それも、わしのためにしたことばかりではあったのだがな」

光之は勾欄越しに庭を見た。

住吉神社境内へ連なる松が、枝を重ねて趣きを増している。松葉が濡れて光っていた。

「思えば、わしも重種もあの松のごとく、雨に打たれて立ちつくすばかりの生涯であったかも知れぬな」

光之が感慨深げに言うと、りくは顔を伏せた。

「まずはこちらへ」

重根が光之を正客の座へ案内した。

光之が着座すると、りくは香炉を前に気息を整えた。香灰に五合十筋をつけ、火合《ひあい》を見て、銀葉《ぎんよう》に香木の小片を置く。香炉を左手に載せ、覆《おお》った右手の親指と人差し指の間から香を聞いた。

「本日は菖蒲香《あやめこう》を聞いていただきとうございます」

光之は首をかしげた。

「菖蒲香とはどのような趣向であったかのう」

りくは、香炉を置いた。

「菖蒲香は源三位頼政《げんざんみよりまさ》の故事にちなんでおります」

源三位頼政とは、源平争乱期の武将源頼政のことである。

朝廷を悩ます妖怪鵺《ぬえ》を、強弓で退治したと伝えられる武人であり、歌人としても優れていた。頼政は、

のぼるべきたよりなき身は木の下《もと》に椎《しゐ》（四位）をひろひて世を渡るかな

と詠《よ》んだ。平家の全盛時代、功に酬《むく》われることが少なく、未《いま》だ正四位の身分で世を渡っていることを嘆いたのである。これを聞いた平清盛《たいらのきよもり》が、「あの老人はまだ四位だったのか」と同情して従《じゅ》三位に昇進させた。源三位の名がある所以《ゆえん》である。以仁王《もちひとおう》とともに平家打倒の兵をあげるも敗死するが、頼政の挙兵は源氏の決起をうながし平家の滅亡につながった。

菖蒲香は頼政の若き日の恋に由来するとされる。

かつて鳥羽院《とばいん》の女房に菖蒲前《あやめのまえ》という美女がいた。頼政は恋い焦《こ》がれて、しばしば手紙を送ったが返事のないまま三年が過ぎた。このことが鳥羽院の耳に入った。鳥羽院は菖蒲前に確かめるのだが、恥じらうだけで気持のほどはわからない。鳥羽院は、

「菖蒲前の姿形の美しさに焦がれておるのではないか。まことに思いを寄せているのかを試したい」

と、召し出した頼政の前に年恰好《かっこう》、容貌《ようぼう》がよく似た三人の女房に同じ着物を着せて並ばせた。菖蒲前を見分けさせようというのである。

頼政は困惑した。

垣間見《かいまみ》ただけの菖蒲前を見分ける自信がなかったのだ。間違えて選んではおかしなことになる。

頼政が躊躇《ちゅうちょ》していると鳥羽院から、

「何をしておる。早《はよ》う選べ」

と重ねての仰《おお》せがあった。頼政はやむなく、
五月雨《さみだれ》に沢辺《さはべ》の真菰《まこも》水こえて何《いづれ》あやめと引きぞわづらふ
と、いずれが菖蒲かを決めかねている心情を詠んだ。

鳥羽院はその当意即妙に感じ入って、菖蒲前を頼政に下げ渡したという。

菖蒲香は、試し香として聞いた菖蒲香を、焚《た》き出した五種の香から聞き当てるものである。五種の香は、先の歌の五句を各々《おのおの》表している。

りくは香炉を捧《ささ》げ持ち、光之の前に置いた。光之はゆっくりと香を聞いた。

「これから他の香も聞いていただきますが、その前に格別な趣向を用意いたしてございます」

りくは頭を下げた。

「ほう、どのような趣向じゃ」

「大殿様に源三位頼政の故事にならい、ふたりの女人のうち、ひとりをお選びいただきとうございます」

「わしに菖蒲前を選べというのか」

光之は膝《ひざ》を乗り出した。

「さようにございます。ひとりは大殿様に縁《ゆかり》のある女人でございますれば、お選びいただけるかと存じます」

広縁に控えていた峯均が、

「こちらへ」

と声をかけた。応じて、ふたりが広縁に上がった。

卯乃《うの》と奈津《なつ》である。

雨は小降りになっていた。雲の切れ目から晴れ間が覗《のぞ》いた。広縁に畏《かしこ》まったふたりは日差しに浮かびあがり、輝くように見えた。

「ここからではよく見えぬぞ」

光之は機嫌よく言うと、立ち上がって広縁に近寄った。

卯乃は緊張していた。

最初、光之の御前に出るように、とりくから言われた時はためらいが先に立った。泰雲《たいうん》と二度目の対面を果たし、母杉江《すぎえ》の思いを知った卯乃は、養父村上庄兵衛《むらかみしょうべえ》を亡《な》くした後の心の虚《むな》しさを満たされる思いだった。

しかし、光之の前に出ることには気後れした。

「大殿様はわたくしのことなどご存じないのではございませんか」

卯乃が言うと、りくは微笑した。

「さようですね。されど、あなたがあなたである以上、これは避けられないことではないでしょうか」

「わたくしはかような身でございます。大殿様の御前にまかり出ますのは、恐れ多いことです」

光を失った身であることを考えずにはいられなかった。光之の怒りにふれれば、重根にも迷惑をかけることになる。

「案ずるにはおよびません。大殿様は御家を守らねばならぬというお気持が強くあられるあまり、厳しく振る舞われてこられましたが、まことは心やさしいお方なのです」

りくに言われ、奈津からも、

「わたしもご一緒しますから」

と励まされて、卯乃は松月庵に行く決心をした。しかし、雨の音を聞くうちに心が揺らいできた。

光之は泰雲を許した後も、対面を認めようとはしない。御前に出た自分が泰雲の娘であると気づいた時、光之はどう思うのであろうか。

（お怒りになられるか、あるいは気づかぬ振りをなさるのではあるまいか）

胸の奥は千々に乱れた。

光之の前に出た時、卯乃は震える思いだったのである。

光之は腰をかがめ、ふたりの顔を見比べた。

「いずれ菖蒲か、かきつばたじゃな。ともに美しいのう」

光之はため息をついた。

「重根、この趣向はそなたの知恵か。泰雲の娘がそなたのもとにおることは聞いておる。わしに、泰雲の娘を引き合わせようという魂胆《こんたん》であろう」

「恐れ入ってございます」

このところ重根は、泰雲に拝謁《はいえつ》を許すよう願い出ていたが、

「永年の蟄居《ちっきょ》を解いただけで十分であろう。それ以上のことを望むでない」

と、光之は訴えに耳を貸そうとはしなかった。

重根は窮余の策として卯乃との対面を図ったのである。

光之はふっと笑った。

「わしは源三位頼政のように迷いはせぬ」

「おわかりになられましたか」

重根は真剣な表情で光之の顔を見た。

光之は広縁に片膝をつき、卯乃の手を取った。

「そなたが泰雲の娘じゃな」

卯乃の肩が震えた。

「もったいのうございます」

光之の手には肉親の温かさがあった。卯乃は胸がつまった。

「なんの、そなたの爺《じじ》ではないか」

光之はやさしく言いながらも、卯乃の視線があらぬ方を向いているのに気づいた。

光之の顔が曇った。

「そなた、目はいかがいたした」

「病にて光を失ってございます」

卯乃は身を硬くして頭を下げた。思いがけなく対面かなった光之を、悲しませたのではないかと苦しく思った。

「さようか」

光之は、はらはらと涙をこぼした。

「大殿様——」

重根が声をかけた。光之は立ち上がり、背を向けたまま言った。

「わしは母上が父上に疎《うと》んじられたため、城ではなく別邸で生まれた。そのことは知っておろう」

「聞きおよんでございます」

重根は低頭した。

二代藩主忠之《ただゆき》の長男だった光之は、早良郡橋本村《さわらぐんはしもとむら》の別邸で生まれた。母親が、忠之の不興を買って遠ざけられたためであることは家中に知られていた。

「なぜ、母上が父上の不興を買ったのか存じおるか」

「いえ、存じ上げませぬ」

重根は手をつかえた。

日が陰り、雨がまたしとしとと降り始めた。

光之は雨に霞《かす》む松に目をやり、かすれた声で言った。

「母上が目を病まれ、光を失われたがゆえじゃ。母上は目の病を伏せておられ、身のまわりを世話する者のほか知る者はなかった。父上は病まれた母上を疎んじられ、家老の黒田《くろだ》美作《みまさか》にお預けになった。それゆえ、わしは城ではなく別邸で生まれた」

遠い昔を思い出しながら、光之は話し始めた。

光之は寛永五年(一六二八)に生まれた。

光之の母は本姓坪坂《つぼさか》氏、母方の姓をとって新見《にいみ》氏と称された。光之が生まれた年、忠之の正室(松平甲斐守忠良《まつだいらかいのかみただよし》の息女)が二十三歳の若さで没《ぼっ》した。しかし忠之は、新見氏を正室とすることはなかった。父親に親しく見えることもなく、光之は橋本村から黒田美作守一成《かずしげ》の所領、那珂郡春日村《なかぐんかすがむら》に新見氏とともに移された。忠之は光之を心にかける様子もなく捨て置いたが、

「殿には和子《わこ》様のことをお忘れか」

と、一成がいくたびか諫言《かんげん》したため、忠之もようやく光之を手もとに呼び寄せる気

になった。

寛永八年、光之は江戸屋敷に引き取られることになったが、新見氏について、忠之は、

「そのまま春日村に留めおけ」

と命じた。四歳の光之は母と別れ別れになったのである。光之を不憫《ふびん》に思ったのは忠之の母大涼院《だいりょういん》だった。

「若君の母はいかがいたしておるのか」

と大涼院は問い質《ただ》し、新見氏が春日村にいることを知ると、すぐさま呼び寄せるよう忠之に言った。一成も幕閣に光之の母が国許《くにもと》にいることを伝えており、老中からも新見氏を江戸に上らせることの許しを得ていた。

忠之が不承不承、新見氏を江戸に召し出したのは、翌寛永九年三月のことである。

新見氏は一成の妻に付き添われて江戸へ向かった。

この時、忠之は入れ違いに帰国の途についており、遠州新江で行き逢《あ》ったが、新見氏と対面しようとはしなかった。しかし、寛永十年、大涼院の命によって新見氏を正室とすることが決まった。

寛永十二年、八歳になった光之は江戸城に登り、将軍家光《いえみつ》に拝謁した。

光之には大涼院が付き添っていた。拝謁のおりには、大奥総取締春日局《かすがのつぼね》も同座し、大涼院とともに光之を見守った。

家光は光之の立ち居振る舞いが落ち着いていると褒《ほ》め、

「年の割には、背も高いようだ」

と言葉をかけた。

大涼院は家光の言葉に目を細めていたが、顔色は悪く、座しているのも苦しげだった。大涼院は疱瘡《ほうそう》を患《わずら》っており、病を押して登城していたのだ。

貝原益軒《かいばらえきけん》がまとめた『黒田家譜』によれば、

——病をつとめて登城し給《たま》ふ。御城にても病をくるしみ給ひしとぞ

とある。大涼院がそれほどの病であったにもかかわらず、新見氏は付き添うことを許されなかったのである。

新見氏が没したのは、延宝五年（一六七七）、泰雲が廃嫡《はいちゃく》された年の七月である。享《きょう》年《ねん》七十一。

「父上はついに母上をかえりみられることがなかった。それゆえ母上は淋《さび》しく過ごしておられたが、そなたはいかがいたしおる」

光之に問われて、卯乃は頭を下げた。

「りく様より香を教わり、ひとにはそれぞれ香りがあることを知りました。ひとは香りだと思えば、目が見えずとも、さびしいことはございません」

「そうか。ひとは香りであるか」

光之は目に涙を浮かべて、りくに顔を向けた。

「よう養《やしの》うてくれたのう。ありがたく思うぞ」

りくは手をつかえた。

「過分なお言葉を賜りました。縁あって、卯乃様と暮らしをともにいたしております。その縁を大切にいたしたいと思うばかりでございます」

「江戸には良い目医者がおる。母上も江戸にて治療を受け、随分と良くなられた。そなたのために、わしが江戸より目医者を呼んでやろう」

卯乃は思わず顔を上げた。目の患いは治らないだろうと、諦《あきら》めの気持を抱いていただけに、光之の言葉が嬉《うれ》しかった。

「ありがたき仕合せにございます」

「爺と孫はこの世にともにある時が短い。見えるようになったそなたの目で、わしの顔を覚えておいてもらいたいのだ」

光之は重根を振り向いた。

「泰雲を討とうとしたわしをよう諫《いさ》めてくれた。血脈は断ってはならぬと思い知ったぞ。かように美しき花を咲かせるのだからのう」

「恐れ入ってございます」

重根が頭を下げると、光之は笑った。

「さてもよき趣向であった」

感慨深そうな光之に、

「大殿様、雨あがりの松の風情《ふぜい》もよろしいかと存じます」

と峯均が言上した。

「雨があがったか」

光之は広縁に出た。薄日が差して、松葉が雨滴で白く輝いている。勾欄《こうらん》の向こう、松の根方に人影があった。羽織袴《はかま》姿で濡《ぬ》れた地面に片膝をついて控えている。頭を剃《そ》りあげた精悍《せいかん》な顔立ちの男だった。

「泰雲か――」

光之はうめくように言った。

延宝五年、二十三歳の時に廃嫡されて以来三十年、光之と泰雲の確執は続いてきた。

自分に何の罪があったのだという思いは、今も泰雲の胸中から消えない。家臣を集めて酒宴を張ったという些細《ささい》な振舞いを咎《とが》められた。藩主の座につくことを許されず、幽閉のまま為《な》す所もなく生きねばならぬほどの罪であったのか。

どうにか藩政の場に出たいと思い、自分を慕う家臣と策謀めいたものをめぐらしたが、それとても幽閉の苦しみに耐えかねてのもがきに過ぎない。そのわずかな動きも見逃さず、光之は側近八人を捕らえさせた。

少しの身動きも許されぬ、息が詰まるような暮らしに、

――死んだほうがましだ
と幾度も思った。

「わしをさぞ怨《うら》んだであろうな」

光之は愁《うれ》いを含んだ目差《まなざし》で泰雲を見つめた。泰雲は頭を下げたままである。

「わしの父上は藩祖長政《ながまさ》公より、何度も廃嫡されそうになったおひとであった。そなたは父上によう似ておる。それゆえ……」

泰雲はわずかに顔をあげた。初めて聞く話だった。

「真《まこと》のことなのだ」

光之は感情を圧《お》し殺した声で言った。

黒田長政は忠之よりも三男の長興《ながおき》に期待をかけていたといわれる。忠之は癇癪《かんしゃく》持ちで家臣への狼藉《ろうぜき》が絶えなかった。十二歳の時、小鳥を取ろうとさおに鳥黐《とりもち》をつけさせたが、これに手間取った家来を打擲《ちょうちゃく》し、足蹴《あしげ》にしたあげく切腹を命じた。

十六歳の時には、小姓が長興の履物を先にそろえたことに立腹して、

「弟を先、兄を後にするとは無礼千万」

と咎め、即座に手討ちにした。

江戸表でこのことを知った長政は、ただちに使者を遣わし、

――国家を治むべき所業に非《あら》ず依《よっ》て惣領《そうりゃう》を除き申すべき事
と忠之に対して廃嫡する旨《むね》を告げさせ、そのうえで、次の三カ条からいずれかを選

べと申し渡すよう命じた。

一、二千石の田地を遣はし農人たるべきか
一、銀子一万両の資本を与ふべきに付商人たるべきか
一、一寺を建立し千石の知行を宛行《あてが》ふべきに付僧侶《そうりょ》たるべきか

百姓か商人、僧侶のいずれかになれというのだ。

皮肉なことに、この時忠之をかばったのは、後に〈黒田騒動〉を起こす栗山大膳《くりやまだいぜん》だった。

忠之の護《も》り役だった大膳は、廃嫡に反対して強硬な手段に打って出た。

忠之に切腹願いを出させたうえで、六百石以上の上士の嫡子九十人を博多湾の小島に呼び集め、忠之の廃嫡が取りやめにならない場合、全員切腹するとして長政に嘆願したのである。

さすがに長政も国許の騒ぎを無視することはできず、廃嫡をあきらめた。

しかし、忠之は家督を継いだ後、大膳を疎んじた。大膳が常に監視の目を光らせ、しばしば手厳しい諫言をしたからだ。

忠之と大膳の溝は広がり、やがて大膳は屋敷に閉じ籠《こも》って出仕しなくなった。これに怒った忠之が、大膳を討とうとした。すると大膳は何を思ったか、幕府に、

――忠之に謀反《むほん》の企てあり
と訴え出た。これが〈黒田騒動〉である。大藩の重臣が主君を訴えるという前代未聞《みもん》の事件だった。

大膳は幕府によるお取りつぶしを未然に防ごうとしたとされるが、根底にあったのは主君と家臣の感情的な対立である。

忠之の主君としての未熟さが、原因だった。

〈黒田騒動〉の当時、幼かった光之は長ずるにつれ、忠之と大膳の因縁を知った。

（やはり、長政公のお考えは正しかった）

忠之を廃嫡していれば〈黒田騒動〉は起きず、天下に黒田家の恥をさらすことにはならなかったはずだ。

藩主となった光之は、忠之の時代に傾いた藩政を立て直さねばならなかった。

忠之に気性がよく似た泰雲を廃嫡することは、藩政の立て直しのためだけでなく、騒動を未然に防ぐためにも必要であった。

「わしは心ならずもそなたを廃嫡し、閉門を言い渡した。しかし、そのことはそなた

にとって、酷《むご》いことであった」

光之の声に、父親の情がこもった。

光之の話を聞くうち、泰雲の肩は震えてきた。

これまで光之への恨みに囚《とら》われ、心が晴れることはなかった。

重根に子を思う親の気持を諭《さと》され、思いなおしたものの、胸の奥深く潜む猜疑《さいぎ》が消えたわけではない。

だが、光之は、かつての精気に満ちた峻厳《しゅんげん》な父ではなかった。足腰も頼りなげで涙もろくなった老人だった。

（父上も老いられた）

光之はかくも老いながら、なおも藩の行く末を案じて生きてきたのだ、と泰雲の胸に熱いものが込みあげてきた。

（わしが信じるに足る息子であったなら、父上は老いの日々を安穏に過ごされたはずだ。父上を安心させることができなかったことこそ、わが罪であった）

泰雲は頭をたれた。

松の小枝から雨滴が泰雲の肩にぽつりと落ちた。

「泰雲様をおそばに召されて、ご歓談なされてはいかがでございましょうか」

重根の気遣いに、光之は頭を振った。

「それはなるまい。わしと泰雲が同座したことが伝われば、綱政《つなまさ》の心中が穏やかでなくなる。わしは泰雲にも辛《つら》くあたったが、綱政にも情けをかけてきたわけではない。すべては、わしの不徳じゃ」

「さようなことは決して――」

重根が言いかけるのを光之は遮った。

「無いとは言えまい。母上を疎《うと》んじる父上を見て育ったがゆえ、わしは父上を信じることができず、子も信じられなかったのであろう」

光之は卯乃の前に膝《ひざ》を折った。

「そなたをひと目見て、わが孫じゃと、なぜわかったと思うか」

「わかりませぬ」

卯乃は顔を伏せた。

「わが母にそっくりであったからだ」

「わたくしが曾祖母様《ひいおばあさま》に――」

卯乃は驚きのあまり顔をあげた。

「ひとの血とは不思議なものよ。病を得て苦しんだ者の血を引くそなたが、同じ病となる。しかし、そなたはわが母がかつて得られなかったひとの温かさを知っておる。そなたは母上の生まれ変わりやも知れぬな」

光之は愛《いと》おしげに言うと立ち上がった。りくを振り向いて、

「そなたの香を聞くことができて、心が満たされた。茶はもうよい。これまでにいたそう」

と告げた。

「出過ぎた趣向をいたし、ご無礼をお許しくださいませ」

りくは深々と頭を下げた。

「いや、十分によき香を聞かせてもろうた。わしの胸に昔日《せきじつ》の思いが蘇《よみがえ》ってまいり、この世に思い残すことは無くなったようだ」

光之は峯均に支えられて階《きざはし》をゆっくりと下りた。松の瑞々《みずみず》しい匂《にお》いがあたりに満ちている。

泰雲の傍らに立ち止まり、

「住吉神社の松は一夜にして直に立ったそうだが、そなたには三十年もかけさせた。

辛かったであろうのう。許せ――」

光之は寂《さ》びた声で言うなり、その場を離れた。光之の足音が遠ざかるのを耳にしながら、頭を下げた泰雲の目から涙がこぼれ落ちた。

光之は城に戻ると、間もなく病床に伏した。眠るように没したのは、五月二十日のことである。

3

五月二十二日夜、光之《みつゆき》の遺骸《いがい》を収めた棺《ひつぎ》が、菩提寺《ぼだいじ》の東長寺《とうちょうじ》に移された。この時、隅田清左衛門《すみだせいざえもん》ら重臣三人が先導し、棺の両側には、重根《しげもと》ら光之の近臣が付き従った。

藩士たちは城の博多口門で棺を拝し、見送った。

移送の一行が博多にある東長寺に向かう前、棺の安置された隠居所の仏間で、清左衛門が綱政《つなまさ》へ光之の遺書を捧呈《ほうてい》した。

遺書は数通あり、泰雲《たいうん》宛てには、近年、泰雲が行跡を改め、身を謹んでいることを認《したた》めたうえで、

――死後までの義絶はあまり甚だしければ、勘当ゆるされ候《さうらふ》間、いよいよ敬慎を加へらるべし

とあったと『黒田家譜』は伝えている。

綱政へは藩主の心得を諭し、上を敬い、国政に私なく、四民安堵《あんど》に意を用いるよう説かれていた。しかし、遺書を読んだ綱政の顔色がさっと変わった。

「御遺書に書かれたことを知る者はおるか」

綱政はゆっくりと奉書紙を巻き戻しながら言った。清左衛門は首を振った。

「さような者がおるはずもございません。大殿様のご胸中を知るのは殿おひとりにございます」

光之の遺書に綱政の意に染まぬ内容が書かれている、と察せられた。

「そうか。されば、わしの思い通りにいたしても、父上の御遺志であるということになるな」

綱政は無表情に言った。

「さようにございます。もはや大殿様に御遠慮申し上げる必要はございませぬ。これ

からはご存分になされますよう」

清左衛門は手をつかえた。

「されど、妨げる者が出てくるやもしれぬのう」

「立花《たちばな》重根でありましょうや」

「それに、かの泰雲殿じゃ」

綱政は兄と言わず、名を口にした。

「それにつきまして、申し上げねばならぬことがございます。大殿様は身罷《みまか》る前、泰雲様とひそかにお会いになりました」

「なに――」

綱政の片方の眉《まゆ》があがった。

「立花重根の草庵《そうあん》にて謁《えつ》を賜ったのです」

「父上は重根の草庵に出向かれたのか」

綱政は声を高めた。

「さようでございます。その日は早朝から雨でございましたゆえ、大殿様のお体にも障《さわ》りが出たのではありますまいか」

「無体をしおって」

「表向きは茶事ということでございましたが、まことは泰雲様と大殿様の対面が目的であったと思われます」

「重根め、企《たくら》みおったな」

綱政の表情が険しくなった。

「大殿様は泰雲様をまことにお許しになられたということでございましょう」

「そうか」

綱政は眉根にしわを寄せて考え込んだ。細面でやや目がつりあがった顔である。日ごろ、家来に言葉を荒らげることもなく寛仁大度《かんじんたいど》に振る舞うが、どことなくひとを寄せ付けないひややかさがあった。

「おそらく御遺書にあることと関わりがあろうかと――」

清左衛門はうかがうように綱政の顔へ目を向けた。

綱政はじろりと清左衛門を睨《にら》んだ。

「泰雲殿を兄として遇せよとのことであった」

「それはまた、ご無理なことを」

「なにゆえ無理だと思う。兄であることに間違いは無いぞ」

綱政は皮肉るように言った。

「泰雲様は気性の荒いお方でございます。大殿様亡《な》き後、殿がさよう遇されるのでありますれば、誰も抑える者がなくなります。それこそが、立花重根の狙《ねら》うところでありましょう」

「そうはさせぬ」

綱政は穏やかな態度を一変させた。藩主の座を守ろうとする厳しい気迫が全身に滲《にじ》み出ていた。

「されば、早々に手を打たねばなりませぬな」

清左衛門が膝を進めると、綱政はしばらく黙した後、苦々しげな口調で言った。

「父上が亡くなられたばかりぞ。憚《はばか》らねばならぬ。手をつけるのは喪が明けてからのことじゃ」

清左衛門は口から出かけた言葉を呑《の》み込んだ。

葬儀は二十六日申《さる》の刻（午後四時ごろ）から東長寺で営まれ、光之は江龍院《こうりゅういん》淳山宗真と追号された。

二十九日からは七昼夜の法事が行われ、親戚《しんせき》、藩士一同の焼香があった。綱政は雨が降り続く中、日々、法要を営み、焼香、拝礼した。

卯乃《うの》は伊崎《いさき》の屋敷でりく、奈津《なつ》とともに香を炷《た》き、光之の菩提を弔った。光之からかけられた声がいまも耳に残り、手をとられた時の温かさも甦《よみがえ》る。

「大殿様がこのように早く逝《い》ってしまわれるとは思いも寄りませんでした」

奈津がため息をついた。

（わたしにとって大切なひとがまたひとり逝かれた）

卯乃は養父村上庄兵衛《むらかみしょうべえ》が亡くなった日のことを思い出す。どうして、自分にとってかけがえの無いひとは、このようにはかない縁《えにし》で去ってしまうのだろうか。身も凍るような淋《さび》しさがわいてくる。

光之は、卯乃の目の治療のため江戸から医師を呼ぶと言ってくれた。

「見えるようになったそなたの目で、わしの顔を覚えておいてもらいたい」

という光之の言葉が胸にあった。

（お祖父様《じいさま》のお顔を拝することができなかった）

思うにつれ、ひたすら悲しく、涙があふれた。

りくは香炉を置いた。

「生き死にの別れほど辛いものはありません。されど、亡くなられたひとの魂は、たいせつに思う者の傍にいつも在る、とも申します。ですから、あなたの傍であなたを見守ってくれていますよ」

「さようでございますね」

「だからこそ、香を聞くのです。香で思い出が甦る時、亡き方々の魂はあなたの傍に在るのです」

りくの言葉に卯乃はうなずくばかりだった。

奈津が卯乃の手に香炉を載せた。

立ち昇る香りに、なつかしい庄兵衛の顔が思い起こされ、同時に、やさしげな老人の面影が脳裏に浮かんだ。

（お祖父様――）

やさしく笑いかけ、愛おしげに卯乃を見つめてくれる光之の姿がはっきりと思い描けた。

（りく様のおっしゃる通り、わたしはひとりではない）

しばらく香を聞いた後、りくは中庭に目をやった。

この日も銀色の筋を引いて、雨がしとしとと降っている。

「大殿様が亡くなられて、これからが思いやられます」

「何か気がかりなことでもおありでしょうか」

卯乃はりくの言葉に不安を感じた。光之亡き後の立花一族の行く末を、りくはかねてから危惧《きぐ》していた。

「先代様が亡くなられた後、当代のお殿様が先代に仕えた者たちを退けるのは、大名家ではままあることです」

「それでは重根様も——」

重根の身に何事か起こるのだろうか。立花本家は去年、重根の兄である平左衛門重《へいざえもんしげ》敬《たか》が致仕して、嫡男《ちゃくなん》の次郎太夫重昌《じろうだゆうしげなり》が家督を継ぎ、一万一千石のうち一万五百石を賜った。

重昌は重職にあるが、若いだけに影響力は小さく、その分、藩内での立花一族の力は弱まっている。しかも、光之が亡くなったことで大きな後ろ盾を失った。

「これから、立花一族への風あたりは強くなります」

りくは覚悟を定めたように厳しい口調で言った。

「災いは避けられないのでしょうか」

卯乃は、何の落ち度もない重根に咎《とが》めがあってはならないと思った。

「重根殿は、間もなく隠居願いを出されましょう。認めていただければよいのですが」

「伯父上様はご隠居あそばされるのですか」

奈津が驚いて訊《き》いた。

「随分前からお考えになっていたことです。無事に隠居させていただければありがたいのですが。政事《まつりごと》に関わった者は、退く時を間違えてはなりません」

りくは考え深げに答えた。

(重根様はいま岐路に立っておられる)

卯乃の胸は、きりきりと締めつけられた。


七月一日――。

重根は出家得度する旨《むね》を藩に願い出た。

隠居するうえに剃髪《ていはつ》して僧になるという。武家が隠居とともに頭を丸めるのはさほど珍しくないが、重根は先日まで光之の側近として藩の重責を担《にな》った身である。

執政の間で重根の願いを聞いた隅田清左衛門は、うすく笑って、

「ほう、早々と決められたか」

とつぶやいた。

重根はさりげなく言った。

「大殿が亡くなられたうえは、もはや用無き身でございますれば」

清左衛門は皮肉な目を向けた。

「お手前ほどの方だ。これからも、政事に携わっていただきたいものだが」

「滅相もない。さような器ではございません」

「大殿は立花殿を器であると思われたゆえ、お傍におかれたのだ。遠慮されることはあるまい」

清左衛門がからむように言うのを、重根は素知らぬ顔で聞き流した。

重根の願い出に対して、藩では、「追って沙汰《さた》する」としたが、許しは出ないまま日が過ぎていった。

願いを出してから十日後、峯均《みねひら》が重根の屋敷を訪れた。

「これは、思うたより、厳しいようじゃ」

茶を点《た》てた重根は、翳《かげ》りのある表情でもらした。

夏の盛りである。重根の額に、わずかに汗が浮いていた。重根は懐紙で汗を拭《ふ》きとった。いつにない所作である。

これほど憂《うれ》いのある顔を、重根が見せるのは稀《まれ》であった。

「大殿に泰雲様をお引き合わせしたことが、殿のお耳に達しましたか」

峯均が心配げに言った。

「ひとの口に戸はたてられぬ。お引き合わせしたことにやましさを感じてはおらぬが、痛くもない腹を探られたようだ」

「されど、兄上が出家されれば、隅田様とて手の打ちようはありますまい」

「いや、殿は泰雲様を恐れておられる。ひとは恐れを抱くと、心中に鬼を養ってしまうものだ」

「疑心暗鬼を生ずですか」

峯均が眉を曇らせた。重根は、苦笑いして茶を喫した。


八月になった。

隅田清左衛門邸の一室――。

「立花様の隠居願いはいかがなりましてございますか」

真鍋権十郎《まなべごんじゅうろう》が城から下がってきた清左衛門に訊いた。

清左衛門は含み笑いをした。

「いずれ、お許しは出ようが、しばらくは棚ざらしにされるであろうな」

「では、立花様もやすやすと隠居の身になれませぬか」

「重根の狙いはわかっておる。いったんは隠居して身をかわしながら、ゆるゆると泰雲様を持ち上げてから返り咲こうという腹だ」

「それを許してはなりませんな」

権十郎は色をなした。

「無論のことだ。ただ、殿は大殿の一周忌がすむまで、手をつけぬおつもりだ」

清左衛門はやや困惑した表情で言った。

「されば、その間にても打てる手はございます」

「どんな手だ？」

清左衛門が不審げに訊いた。

「泰雲様と立花様の間を裂くのです」

「そうできるならそれに越したことはないが、どうやる」

「泰雲様と立花様を結ぶ糸を切ればよろしいかと――」

権十郎の目が光った。清左衛門はうなった。

「泰雲様の娘か」

「さようにございます」

権十郎は大きく首を縦に振った。

「なるほど一計ではあるが、泰雲様の娘をどうこうするとなると、かえって藪蛇《やぶへび》になりはせぬか」

清左衛門は、さすがにためらった。

「さような時のために、かの者を飼っておるのでござる。あの男は、立花峯均に片腕を斬《き》り落とされております。その恨みをはらすため、伊崎の屋敷を襲い、居合わせた娘を手にかけたということにいたせばよろしゅうございます」

権十郎はひややかに言った。

離れで寝ていた天馬《てんま》が、権十郎の言葉が聞えたかのように、むくりと起き上がった。傍の木刀を手にして、障子の桟《さん》にのばした。木刀の先端で障子をそろりと開けた。ぎらつく強い日が差し込んだ。

天馬はゆっくりと廊下に出た。足音がしない、影のような動きだ。清左衛門と権十郎が話している座敷に向かいながらつぶやいた。

「あの娘を殺せば、峯均め、さぞ嘆き悲しむであろうな」

天馬は琥珀色《こはくいろ》の目を細めて不気味に笑った。

八月下旬――。

長崎にオランダ船が来ていた。黒田《くろだ》藩では、二代忠之《ただゆき》の時代、長崎警衛を仰《おお》せ付かり、以降、佐賀藩と隔年でその任に当たっている。藩主綱政は長崎にある西泊《にしどまり》、戸町《とまち》の番所視察のため、小姓組の峯均に随従を命じ、雑役のため家士の彦四郎《ひこしろう》も供の一行に加わった。

七月二十八日、綱政は乗船して御座所で一夜を明かし、翌朝荒津《あらつ》から出帆した。

長崎港に着いたのは、八月四日昼である。綱政は両番所を見廻ったほか、長崎奉行所、出島のオランダ商館を訪問した。

二十日には長崎を出港する予定だったが、海が荒れて足留めを食わされ、峯均の帰国が遅れていた。伊崎の屋敷では、親戚の法事にりくと奈津が女中のつね、家僕の弥《や》蔵《ぞう》を連れて行くことになった。

卯乃は、屋敷でひとり留守居をしなければならなくなったのである。

「困りました。卯乃殿をひとりにしてしまいます」

りくは困惑した。

「ご心配なさらなくても大丈夫です。勝手はわかっておりますから」

卯乃は笑って言った。ひとりでいることに不安はなく、不自由も感じない。

「そうですか」

りくは気がかりな様子だったが、できるだけ早く帰るからと言い置いて出かけていった。


そのころ峯均は、福岡に向かう船上にいた。傍らには彦四郎がいる。昨日までの悪天候がようやく回復して船は海上を順調に進んでいた。

黒田家では、忠之が、船首に鳳凰《ほうおう》の舞う姿を彫った六十挺艪《ちょうろ》の鳳凰丸という大船を建造して、〈黒田騒動〉の際に問題となって以来、御座船を華美にするのを慎んでいる。

しかしながら、藩主の御座所には家紋入りの幔幕《まんまく》が張りめぐらされ、櫓《やぐら》に吹き流しと毛《け》槍《やり》を二本高々と立てていた。

「立花峯均、殿がお召しである」

次の間に控えていた峯均を、小姓組頭が呼び出した。峯均が胴の間に伺候《しこう》して片膝《かたひざ》をつくと、海を眺めていた綱政は床几《しょうぎ》に腰かけた。

「峯均、かねて重根より隠居願いが出されておるのは存じておるな」

「承知いたしております」

「しかし、いまだにわしが許さぬわけがわかるか」

「さて、それがしには」

「重根に、異心ありて不忠に亘《わた》る企《たくら》みがあると申す者がおるのじゃ」

思いも寄らぬ綱政の厳しい言葉に、峯均の顔色が変わった。

「滅相もございませぬ。兄に限って、決して――」

「ほう、そうか。ならば聞くが、ご高齢の父上を雨の中、松月庵《しょうげつあん》に迎えて、泰雲殿に引き合わせたのをどう言いわけするのだ」

「江龍院様が泰雲様をお許しになられましたうえは、ご歓談もあってしかるべきではないかと」

峯均が言いかけるのを遮って、綱政は突然、

――黙れ

と声を大きくした。

「父上は深く考えられて、泰雲殿に会わずにおられたのだ。それを家臣の分際で、無理やり間を取り持つとは僭越《せんえつ》至極である」

「恐れ入りましてございます」

峯均は手をつかえて低頭した。

「そのおり、そなたも松月庵におったのだな」

「さようにございます」

「わしに仕える小姓組でありながら、なにゆえじゃ」

綱政の詰問《きつもん》に、峯均は答えることができなかった。

「もうよい。そなたの心底はわかった。重根の隠居を差し許すおりに、そなたにも沙汰いたす。心して待っておれ」

綱政は言い捨てるなり、御座所に戻っていった。峯均はしばらく顔を上げられなかった。

耳目をひく中での叱責《しっせき》は、綱政の怒りの大きさを表していた。重根から聞いてはいたが、光之と泰雲を引き合わせることが、これほど綱政の怒りを買っていたとは思ってもみなかった。

光之が死んで三月、綱政は光之側近を一掃するつもりなのではあるまいか。

(兄上の身はただではすまされまい)

峯均は暗澹《あんたん》たる思いで船縁《ふなべり》に立った。

玄界灘《げんかいなだ》の荒波が峯均の頬に飛沫《しぶき》を散らした。

同じ日、重根は屋敷の茶室で静かに茶を点てていた。隠居願いが未《いま》だ許されぬ身を憚《はばか》り、隠忍して外出を控え、親戚《しんせき》の法事に行くことも遠慮していた。

茶を喫しながら、明くる宝永五年（一七〇八）二月に千利休《せんのりきゅう》の十五回目の法要を営みたいと重根は考えていた。

元禄《げんろく》七年（一六九四）、重根は利休忌を博多の崇福寺《そうふくじ》で行った。

天正十五年（一五八七）、豊臣秀吉《とよとみひでよし》が九州に出陣し、薩摩《さつま》の島津《しまづ》氏を降した後、筑前《ちくぜん》箱崎《はこざき》に凱旋《がいせん》して筥崎宮《はこざきぐう》に陣を構えた。その折り、千利休が箱崎松原《まつばら》で松の枝に鎖をかけて雲龍《うんりゅう》の小釜《こがま》を吊《つ》り、松葉を焚《た》いて茶を点てた。

重根は利休忌の際、この故事にちなんで、崇福寺の古外和尚《こがいおしょう》に碑文を請《こ》い、釜掛けの松の碑を建立《こんりゅう》した。

法要に際しても、趣向を凝らしたいという気持があった。

（来年までには隠居が許されておろう。さすれば、心静かに利休忌を催すこともできるだろう）

重根はその日が来るのを楽しみに待っていた。

光之の傍近くに仕え、藩政に関わってきた歳月には、様々な修羅があった。涙を呑《の》んでひとを処断し、あるいは自らの意に染まぬこともあえてやらねばならなかった。家臣としてなさねばならぬと思って断行してきたつもりだが、おのれの立身出世、一族の繁栄のためであろうと邪推されてきた。

もはや政事《まつりごと》には倦《う》み疲れたという思いが、重根には強くあった。藩政での争いから身を退《ひ》き、風雅を楽しむ暮らしを送りたい。その時、傍らに卯乃がいて欲しいと願っていた。

近ごろ、重根は、

（それも夢であったか）

と感じ始めている。

（自分とは交わらぬ道が、卯乃にはあるのかもしれぬ。それが幸せな道であるならば、それもまたよいではないか）

と重根はおのれに言い聞かせた。

物思いにふけりながら、手にした茶碗《ちゃわん》を何気なく見た。底から縁にかけて罅《ひび》が入っている。

（いつの間にこのような罅が）

不慮の出来事である。

「不吉な」

胸騒ぎを覚えた。自分の身か、それとも立花家の誰かに何事か起きるのではないか。

重根は禍々《まがまが》しい鯖を見つめた。

昼を過ぎて、屋敷内の掃除を済ませた後、卯乃は奥の座敷で片づけものをしようと思い立った。香の道具をひとつずつていねいに拭《ぬぐ》って、乱れ箱に入れていく。

ふと気づくと、潮の香りが変わっている。ほどなく夕刻のようだ。りくたちの帰宅は遅れるのだろうか。

（灯《とも》を点さなければ）

皆が戻った時、灯りがなければもの淋《さび》しい気がするだろう。卯乃は台所に行きかけて立ち止まった。火の用心をしたほうがいい、と思い直し、

「やはり、灯は入れないでおこう」

卯乃は独り言《ご》ちた。

その時、屋敷の中に異様な気配を感じた。誰もいないはずなのに、生き物の息遣いが聞こえたような気がする。

（気のせいだろうか）

卯乃は立ち上がった。奥座敷に戻って襖《ふすま》を開け、玄関につながる部屋に行った。すると、屋敷の中を、みしり、みしり、と何かが動きまわっている音がする。

「どなたかおられるのでしょうか」

つねか弥蔵が先に帰ってきたのかもしれない、と思って声をかけた。

返事はない。

先ほどまで聞こえていた音が消えた。

卯乃はどきりとした。

(おかしい。何かがいたはず)

卯乃は耳をすませた。屋敷の中に何者かがいる。

手探りで障子の桟を伝いながら、ゆっくりと広縁に出た。

ふっと空気が流れる。何かが首筋に触れたように感じた。手を廻《めぐ》らしてさわってみる。

(なぜ、こんなものが)

不思議に思って、なおもさわった。木刀のようだ。

突然、男の低い声がした。

「ひとりで留守居とは不運であったな」

卯乃は息を呑んだ。後ろに男がいる。

声に聞き覚えがあった。

——津田天馬
泰雲の屋敷からの帰途、峯均に殺気を放った武士の声だ。その後、天馬と立ち合った峯均は仕留めることができず、手傷を負わされた。

「何用ですか。訪《おとな》いもいれず屋敷にあがるのは無礼でありましょう」

震えながらも卯乃は懸命に声を振り絞った。

背後の気配が濃密になった。天馬がいることがありありとわかる。気配を絶っていたのだろう。汗の臭《にお》いなのか、獣じみた異臭が漂ってくる。

「わしは野人でな、礼など知らぬ男だ」

天馬はくっくっと笑った。

卯乃が逃れようとすると、木刀をすっと頬につける。

「どこへも逃げられはせぬ。奥へ行ってもらおうか」

卯乃は従うほかなかった。

(何をするつもりなのか)

と思うと、恐怖で体が強張《こわば》る。奥座敷に入った卯乃は、足もとがふらついて畳に膝

をついた。天馬が、

「日が暮れてきたな。そなたの顔がよく見えぬ」

とつぶやいて、木刀の先端を卯乃の額にぴたりとつけた。

（殺される）

卯乃はとっさに傍らの乱れ箱を探った。手にふれた香炉を天馬に向かって投げた。

——戛《かつ》
瞬間、器の割れる音がした。

木刀で香炉を払ったのだ。卯乃は袖《そで》で顔をおおった。灰は、卯乃の手にかかり、煙幕のように座敷に広がった。

「おのれ——」

灰が目つぶしになったのか、天馬は苦しげに足を踏み鳴らした。

卯乃は襖を開け、隣りの部屋に逃げ込んだ。さらに廊下から玄関に出ようとした。

「逃がさぬぞ」

天馬はわめいて後を追ってくるが、なぜか方向違いに進んでいく。むやみに木刀を振りまわし、襖が倒され、障子が破られた。

「どこにおる」

あらぬ方向から聞こえる天馬の怒鳴り声に、

（天馬は、灰で目が見えなくなっているのかもしれない）

と卯乃は察した。

行きつ戻りつする天馬の動きを耳で探りながら、納戸《なんど》に身をひそめた。胸が高鳴り、息遣いが荒くなるのを必死でこらえる。

恐怖で身が縮む思いの中で、懸命に考えた。

屋敷の間取りはわかっている。天馬をやり過ごして奥座敷に戻り、広縁から中庭に出ようと思った。

裏木戸から浜辺へ向かえば、波の音が気配を消してくれる。天馬の目が見えるようになる前に、少しでも遠くに逃れたかった。

天馬は木刀で柱や壁を叩《たた》き、廊下から玄関に向かったようだ。卯乃が潜んでいる納戸から、気配が遠ざかった。

（いまだ――）

卯乃はそっと納戸を出て、廊下伝いに奥座敷に入った。倒れている襖に足をとられそうになり、あわてて近くの柱をつかんだ。

灰が散って畳がすべりやすくなっている。すり足でゆっくりと広縁に向かう。足に硬いものがさわった。腰を屈《かが》めて拾った。

火筋《こじ》だ。香炉の灰に箸目《はしめ》をつけるための火箸《ひばし》である。柄は象牙《ぞうげ》で、先端は赤銅《しゃくどう》ででできている。

卯乃は火筋を懐《ふところ》に忍ばせると、そろりと広縁に出た。そのまま中庭に下りる。

その時、物置の方でカラカラと音がした。はっとして、耳をすませた。

(何の音だろう)

中庭から物置の裏手へまわったところに井戸がある。天馬が釣瓶《つるべ》で水を汲《く》もうとしているのだろうか。

やがて、水を使う音がした。

(目に入った灰を流している——)

天馬は、すぐ近くにいる。

卯乃は音を立てないように裏木戸に向かった。

浜辺への道に出ようとするのだが、天馬が後ろから追ってくるのでは、と気が気でなかった。

恐れつつ裏木戸を開けた。すると、道から、

「お女中、いかがされた」

通りがかった武士なのか、くぐもった声がした。

「屋敷に怪しい者が押し入りましてございます。お助けくださいませ」

と卯乃は必死で訴えた。

「ご安心なされ、身どもがお助け申そう」

武士が卯乃の肩に手をかけた。卯乃は武士の手にすがろうとして、ふと異臭を嗅《か》いだ。おぞましい天馬の臭いだ。

(天馬は塀を乗り越え、外でわたしを待ち受けていた)

卯乃はとっさに懐から火箸を抜き、肩にかけられた手に突き立てた。

天馬がうめいた。

「小癪《こしゃく》な真似《まね》をする」

手に刺さった火箸を咥《くわ》えて引き抜いた。

「わしからは逃げられぬ」

天馬が高笑いする。卯乃は唇を噛《か》んだ。その時、

「曲者《くせもの》、何をいたしておる」

男が大声で叫んだ。

桐山作兵衛《きりやまさくべえ》の声だ。

「卯乃殿、大事ありませんか」

裏木戸を抜け、駆け寄った作兵衛は卯乃を背にして、

「津田天馬、不届きなまねをいたすと、捨ておかぬぞ」

と怒鳴った。

思いも寄らぬ邪魔が入り、天馬は鼻白んだ。

峯均は、光之が亡《な》くなったことで立花一族が危機にさらされると感じていた。藩主に従い長崎に滞在している時に何事か起こるのではないかと案じ、留守中、時おり屋敷を見回るよう作兵衛に命じていた。

作兵衛は胸を張って、

「おまかせください。どのような者が参りましょうとも、わたしが退けて見せます」

と応《こた》えたが、峯均は首を振った。

「いや、津田天馬が襲ってくればそうはいかぬ」

「心外なお言葉でございます。わたしとて修行はいたしております。たとえ津田天馬が相手であろうと後れを取るものではありませぬ」

作兵衛が憤然として言うと、峯均は厳しい顔つきになった。

「いや、天馬はわしに腕を斬《き》り落とされて、魔性の悪鬼と化しておろう。わしとて、

次に立ち合って勝てるかどうかわからぬ」

「されば、どういたせばよろしいのですか」

「天馬が来たら、助けを呼べ」

「助けてもらうのですか？」

作兵衛は不満そうな顔を見せた。

「そうだ。助けを求めたとて恥にはならぬ。魔性は気で退けるほかない。ひとりでも多くの気を集めれば魔性は散ずる」

峯均に諭《さと》されたものの、卯乃が襲われているのを見ては、猛然と戦うしかなかった。

（助けなどいらぬ。死ぬ気でやれば、どのように手強《てごわ》い相手でも倒せぬことはないはずだ）

作兵衛は刀の柄《つか》に手をかけた。

天馬との間は三間（約五・五メートル）ほど、いわゆる九歩の間合いである。長身のうえに五尺の木刀を持つ天馬だ。一跳びで、作兵衛の頭蓋《ずがい》を砕くことができるだろう。天馬は全身に妖気《ようき》を漂わせている。琥珀色《こはくいろ》の目が作兵衛を睨《にら》みつけた。

作兵衛の額にじわりと汗が滲《にじ》む。

天馬がかっと口を開いた。

「おまえは、立花峯均の供をしていた者だな」

「立花先生の一番弟子、桐山作兵衛だ」

作兵衛は刀の柄に手をかけたまま腰を落とし、左足を引いた。胸の中がしんと静まり返り、不思議に気持が落ち着いてきた。

峯均と向かい合った時のことが浮かんだ。稽古《けいこ》をつけている峯均は無造作に五尺の杖《じょう》を構えていたが、全身から放たれる凄《すさ》まじい気に、作兵衛は圧倒されるばかりだった。

いま、天馬も同様な気を放ってくる。

(しかし、この男の気は邪悪だ)

負けるわけにはいかない、と思った。卯乃を助けるためなら、斬り死にしてもよいという覚悟が定まった。

作兵衛はすらりと刀を抜いた。正眼に構える。剣先が天馬にぴたりと向けられた。心に動揺は無い。心気を研ぎ澄ます。

「ほう、少しはできるような」

不気味な笑いを浮かべた天馬は、木刀を手にゆっくりと横に動いた。

作兵衛は、天馬の動きに合わせて体の向きを変えた。地面が乾いている。かすかな足音も大きく耳に響いた。

動きつつ、天馬は間合いを詰めてくる。ゆっくり腰を沈める。

作兵衛は天馬から目を離さない。

すでに陽は落ちている。

時おり、天馬の姿が陽炎《かげろう》のように揺れた。体がぼんやりと薄闇《うすやみ》に溶け、姿を見定め難い。懸命に目を凝らすが、天馬がそこにいるのかどうかさえ覚束《おぼつか》ない。

(なんの、目くらましだ)

さらに腰を沈め、作兵衛は、えいっ、と気合をかける。

天馬の姿が膨れ上がって大きく見えた。同時に木刀がうなりをあげて空気を斬り裂く。

その刹那《せつな》、作兵衛は踏み込んだ。

――ガッ

鈍い音がした。作兵衛が、あっと声をあげる。作兵衛の刀は鍔元《つばもと》から折れていた。

天馬は口を大きく開けて声を出さずに笑った。

折れた刀を投げ捨てた作兵衛は跳び退《しさ》りながら、脇差《わきざし》を抜いて卯乃をかばおうとした。

「作兵衛殿、いかがなさいましたか」

卯乃が気遣う。

「こ奴《やつ》に刀を折られました」

作兵衛の声には口惜《くや》しさがにじんでいる。脇差を天馬に向け、じりっと前に出た。

天馬は目を細めた。

「けなげなことだが、脇差ではおまえの間合いにはなるまい」

言うなり、すっと木刀を水平に構える。作兵衛が脇差で斬りかかっても木刀の餌食《えじき》になるだけだろう。

作兵衛は小声で口早に卯乃に言った。

「わたしが防ぎますから、その間に助けを求めてください。大声で呼べば、誰かの耳に届きましょう」

「作兵衛殿――」

卯乃が言いかけた時には、作兵衛は天馬に向かっていた。がっ、がっ、と斬りつけると天馬は軽く撥《は》ね返した。

作兵衛が斬り込むのを楽しんでいる。あっさりかわした天馬は、隙《すき》を見て、木刀を作兵衛の股《また》の間にさしこみ、すくいあげる。作兵衛は仰向けに倒された。

「おのれ、愚弄《ぐろう》いたすか」

起き上がり、片膝《かたひざ》をついた作兵衛は天馬を見上げたが、射すくめるような目で睨み返された。

「峯均に、よう仕込まれたようじゃな。よい気組みだ」

「なにを聞いた風なことを」

作兵衛は立ち上がった。天馬はゆっくりと大上段に構え、腰を据えた。作兵衛が突きかかれば、一撃で打ち砕く構えだ。

(このままでは作兵衛殿が危ない)

その時、卯乃が駆け出した。裏木戸から手探りで道へ出る。

「どなたかお助けくださいませ。狼藉者《ろうぜきもの》でございます」

卯乃が声高に叫ぶのと、作兵衛が、天馬に向かって突進したのが同時だった。

天馬は木刀で脇差を叩き落とし、長い足で作兵衛を蹴倒《けたお》した。

「うわっ」

作兵衛は再び、地面に転がった。

「どなたかどなたか」

卯乃は必死に叫び続けた。

立花屋敷の近くには御船手方水夫《かこ》の長屋がある。

「何の騒ぎだ」

「泥棒か」

水夫たちの声が聞こえた。気付いてくれたようだ。

卯乃はさらに、

「人殺しです。お助けを——」

と悲鳴をあげた。

「どうされました」

水夫たちが駆け寄ってきた。

天馬は作兵衛を見下ろした。

「わしの雇い主から立花の家の者以外は殺すなと命じられておる。命冥加《いのちみようが》なことだ」

笑うと、天馬は背を向けて屋敷に向かった。玄関から出ていくのだろうか。

声もなく作兵衛は、天馬の後ろ姿を見つめるばかりだった。

全身に汗が噴き出て、手足がしびれていた。一撃されれば、間違いなく死んでいただろう、と思った。

卯乃は水夫たちに伴われて庭に入った。荒い息をしている作兵衛に近寄り腰をかがめた。

「ご無事でしたか」

卯乃が恐る恐る問いかけた。

「なんの、これしき――」

と言いかけたが、作兵衛は、不意にがくりと頭を垂れて気を失った。天馬の凄まじい気迫と戦っていた緊張の糸が切れたのである。

りくと奈津が屋敷に帰りついたのは、それから間もなくのことだった。

「これは――」

りくは屋敷の中が荒らされていることに茫然《ぼうぜん》となった。襖《ふすま》は破れ、壁のあちこちが打ち砕かれている。奥座敷では、香炉が割れ、灰が散乱していた。

「何があったのでしょうか」

奈津が息を呑《の》んだ。つねと弥蔵があわてて片づけようとするが、何から手をつけたらいいのかわからないほどだった。

卯乃は次の間で作兵衛の傷の手当てをしていた。りくが行くと、作兵衛は膝を正して頭を下げた。

「先生から留守の警護を命じられておりましたのに、かようなことになって面目しだいもございません」

卯乃は、手短かに事情を話した。

「そうでしたか。やはり、卯乃殿をひとりにしてはなりませんでした」

りくは悔いるように言った。

不穏な動きには気づいていたが、屋敷を襲撃されるとは、さすがにりくも考えが及ばなかった。

「峯均様にお心遣いいただき、作兵衛殿が駆けつけてくださいました。おかげさまにて、わたくしは無事でした」

卯乃は震えそうになる声を励ましながら言った。

悪鬼羅刹《あっきらせつ》の如《ごと》く、天馬は木刀を振るい屋敷の中を荒れ狂った。思い出すだに、いま自分が無傷でいられるのが不思議だった。

卯乃が作兵衛の戦いぶりを話すと、奈津が感心したように言った。

「そんな恐ろしい相手に作兵衛殿はよく立ち向かわれたものです」

作兵衛は苦笑した。

「あの男にはまったく歯が立ちませんでした。卯乃殿が助けを求めてくれたからこそ、かろうじて命拾いしたようなものです」

近くの水夫たちが駆けつけなければ、天馬は容赦しなかっただろう。命拾いしたというのは、本音だった。

「それでも、命がけで卯乃さんを守ろうとされたのはご立派なことです。わたしは作兵衛殿を見直しました」

奈津の言葉には真情が籠《こ》もっていた。これまで奈津は、作兵衛を剣術好きの乱暴な若者としか思っていなかった。しかし、いまの作兵衛には命を賭《と》して闘った男の持つ清々《すがすが》しさがあった。

「そうですかなあ」

作兵衛は照れ臭そうに頭をかいた。それほどまで言われて、嬉《うれ》しかったのだろう。

「そうですとも」

奈津は上気した顔で微笑《ほほえ》んだ。

峯均が屋敷に戻ったのは、二日後のことである。

天馬が襲ってきたことを知ると、眉《まゆ》を曇らせはしたが、

「そうか。やはり、津田天馬は悪鬼となっていたか」

と洩《も》らしたのみだった。

峯均はりくに顔を向けた。

「ところで母上、長崎からの途次、殿から手厳しくお叱《しか》りを受けました」

「何についてのお叱りですか」

「亡《な》き大殿様に泰雲様をお引き合わせいたしたことが殿の逆鱗《げきりん》にふれたようです」

「そのことでしたか」

りくは予測していたように顔色を変えなかった。

「兄上の隠居願いをお許しになられるおりに、わたしにもなんらかの沙汰《さた》を下すとの仰《おお》せでした」

峯均は落ち着いた声で言った。卯乃は首を傾《かし》げた。

「重根様のご隠居が許されたからには、峯均様にお咎《とが》めがあろうはずがありません。そうではないでしょうか」

りくはため息をついた。

「わたしは、それですめば重畳《ちょうじょう》と思っております。すでに屋敷を襲われるほど立花一族は藩内に敵をつくってしまいました。殿様のお叱りを受けるだけならば、まだしもと申すものです」

「母上はそれだけではすまぬとお思いですか」

「黒田騒動のことを思いなされ。栗山大膳《くりやまだいぜん》殿は当初、あのようなことになるとはお思いにならなかったはずです。ですが、しだいに追いつめられ、藩主忠之様に謀反《むほん》の企てあり、などと幕府に訴えられたのです。それ以外に道が見つからなかったのでしょう」

「さすれば、わたしたちも道を探さねばなりませんな」

峯均の言葉にりくはゆっくりと頭を振った。

「重根殿のご気性を思いますと、栗山大膳殿の轍《てつ》は踏まれますまい。どのような御沙汰が下ろうと甘んじて受けられましょう」

峯均も察しているのであろう、沈鬱《ちんうつ》な表情で腕を組んだ。

卯乃は胸が塞《ふさ》がる思いがした。

立花一族にとって、津田天馬の襲撃よりさらに危険な事態が間もなく訪れようとしているのだろうか。

九月十五日——。

重根は光之付きだった藤井勘右衛門《ふじいかんえもん》、根本金太夫《ねもときんだゆう》とともに隠居を許された。この日の夜、峯均の屋敷に上使が遣わされた。

裃《かみしも》姿でかしこまった峯均に対して、

「五百石の所領を百石に減じ、小姓組から大組に配する」

との沙汰が言い渡された。理由については、

——思《おぼ》し召し

により、とのことである。四百石もの所領没収と閑職である大組への配置換えは明らかな処罰だった。峯均は上使に対して、

「恐れ入り奉《たてまつ》りまする」

と手をつかえ、低頭した。

立花派と目されていた家老鎌田八左衛門《かまたはちざえもん》に閉門の沙汰が下り、さらに御隠居所奥取次役杉原惣右衛門《すぎはらそうえもん》、御鷹匠頭《おたかじょうがしら》桜羽三右衛門《さくらばさんえもん》に御役御免、閉門などの処罰が下された。

立花一族への粛清が始まっていた。

第四章　乱　菊

1

宝永五年（一七〇八）五月二十日――。

黒田光之《くろだみつゆき》の一周忌法要が東長寺《とうちょうじ》で営まれた。

このころ、重根《しげもと》は剃髪《ていはつ》して宗有《そうゆう》と号し、屋敷を出て松月庵《しょうげつあん》に移り住んでいた。家督は長男の太左衛門道矗《たざえもんみちあきら》が継いでいる。

五月晦日《みそか》、峯均《みねひら》とりく、卯乃《うの》が松月庵を訪れた。

重根はこの一年、服喪して身を慎んでいたが、一周忌が済んだのを機に三人に茶を振る舞いたい、と告げてきたのだ。露地は掃き清められ、茶釜《ちゃがま》が松籟《しょうらい》の音を響かせている。

着座すると、りくは笑みを含んだ声で、

「僧侶《そうりょ》姿もすっかり馴染《なじ》まれましたな」

と言った。

「さよう思われますか」

墨染の法衣をまとった重根は、頭に手をやった。

(僧形になられた重根様はどのようなお姿なのだろうか)

卯乃は胸にその姿を思い浮かべた。

それは、重根が卯乃を後添えとすることを断念した証《あかし》であるだけに、心淋《さび》しい思いがした。しかし、藩政から退き入道したのは、俗世の因縁を断ち風雅の道に生きようとする気持からでもあり、重根の清々《すがすが》しく尊い心を表すものではないか。

重根は、すでに一介の茶人の心境でいるのであろう。無駄な動きのない、流れるような所作で濃茶を練った。高麗茶碗《こうらいぢゃわん》を峯均の膝前《ひざまえ》に置く。

「様々な事がありましたが、この一年がつつがなく過ぎて祝着《しゅうちゃく》に存じます」

峯均はゆっくりと茶を喫して言った。

重根は、ははは、と笑った。

「そなたは津田天馬《つだてんま》に屋敷を荒らされ、殿からは知行を削られたのだ。つつがなくとはとうてい言えまい」

「天馬が、わたしの留守中に隙《すき》を突いて襲ってくるとは、不覚でした。されど、あれ以来、妙なことにあの男も鳴りをひそめております」

「天馬を使っておるのは、恐らく隅田清左衛門《すみだせいざえもん》であろう。そなたの禄《ろく》を減らしたことで、気が済んだのであろうか」

「さようなことはございますまいが、立花《たちばな》一族に以前の勢威はございませぬ。それゆえ、隅田殿は手出しを控えておるのかもしれませんな」

峯均は淡々と言葉を返した。

五百石から百石に削られたが、伊崎《いさき》の屋敷に留まることはできた。百石の家では家士や女中は養えず、彦四郎《ひこしろう》とつねは立花本家に移し、家僕の弥蔵《やぞう》のみ残した。

彦四郎とつねは、給金がなくとも留まりたいと願ったが、峯均は、

「いずれ家禄が戻ることもあるやもしれぬ。それまでは忍ばねばならぬ」

と許さなかった。りくに対しても、本家に戻るよう勧めたが、りくは頭を振りながら笑って答えたものだった。

「貧乏所帯のやりくりはわたしでなければできますまい」

実際、りくはむしろ楽しむかのように生き生きとして見え、工夫して日々の暮らし

を宰領した。

「女手はあるのですから」

と、卯乃と奈津《なつ》にこれまで以上に家事を言いつけ、菜園もさらに広げて、家で食す野菜を賄《まかな》えるようにした。

「野菜さえあれば魚は地元の漁師から分けてもらえます。何の不都合もありません」

りくはすでに半年以上、意気軒昂《いきけんこう》に伊崎の屋敷を支えてきた。

そのことを知っている重根は、

「母上は相変わらずお元気なご様子にて、安堵《あんど》いたしました」

とつぶやいた。そして、おもむろに卯乃に顔を向けた。

「卯乃に一服点《た》てよう」

卯乃は戸惑った。峯均とりくに続いて茶碗がまわされると思っていたが、重根は卯乃のために新たに茶を点てるという。

重根はゆるやかに茶筅《ちゃせん》を使い、卯乃の前に置いた。志野《しの》茶碗である。

卯乃は茶碗を戴《いただ》き、馥郁《ふくいく》たる香りをかいだ。喫すると、清らかな味わいに心が満たされる。

「結構なお点前《てまえ》でございます」

卯乃は思わず口にした。

「かように心静かな思いで、卯乃に茶を点てることができてよかった。わしにとって、きょうは何にも替え難い日となろう」

言葉とは裏腹に、重根の顔には愁《うれ》いが浮かんでいる。その言葉に耳を傾けていた峯均が口を開いた。

「兄上、なんぞ覚悟されたことでもおありなのですか」

「茶は一期《いちご》一会《いちえ》の思いで味わうものだ。常に覚悟を持って臨んでおるゆえ、特別なことは何もない」

重根はさりげなく話柄《わへい》を転じた。

「ところで、江龍院《こうりゅういん》様が、卯乃のために江戸の目医者を探してやろうと仰《おお》せになられたのを覚えておろう。人伝《ひとづて》に聞き、訪ねにやっておられたが、ようやく見つかったそうだ」

光之の母を治療した目医者はすでに亡《な》くなっているが、その弟子筋で佐野《さの》道伯《どうはく》なる名医が江戸にいるのだという。

「忙しい医師ゆえ、頼みにはなかなか応じてもらえなかったが、この秋には九州まで来ていただけると聞いた。ようよう卯乃の目を治療してもらえるのだ」

「それはようございました」

りくが明るく言った。

光を失ってからすでに三年になる。再び光を取り戻すことは望むべくもないと卯乃は思っていたが、治療が受けられると聞けば、闇《やみ》の中にかすかな光が見えるような気もする。卯乃の身を案じる重根の思いが真《ま》っ直《す》ぐ心に届いてきた。

「卯乃の目に光が戻った時、わしもそばに居られるとよいのだがな」

重根は微笑《ほほえ》んで言った。その声には悲しみの色があった。

重根から別れの言葉を告げられたように感じて、卯乃は不意に涙が込みあげてきそうになった。

（重根様は何か胸に秘めたことがおありなのではないだろうか）

重根がどこか遠くへ去ってしまう気がして、卯乃はせつなくなった。

「その時は、重根様に居ていただきとうございます」

卯乃が訴えると、重根は渋みのある声で、

「なろうことなら」

と答えて、自分のために茶を点て始めた。颯々《さっさつ》と風が吹き抜けていくような、ためらいのない動きである。その所作を見て、

「秋霜《しゅうそう》のごとき、厳しき茶でございますね」

と、りくは感服したように言った。

峯均は、じっと重根の顔をうかがい見た。やはり、何事かを覚悟している様子だ。思いを明かすことはなかったが、重根から漂ってくるのは戦を前にした武士の気迫だった。


六月三日早朝——。

夜来の雨で湿った道を踏みしめて、藩主の命を伝える上使が松月庵を訪れた。毛利《もうり》長兵衛《ちょうべえ》、野村《のむら》太郎《たろ》兵衛《べえ》、明石《あかし》四郎《しろ》兵衛《べえ》の三人である。使者は、

——立花実山《じつざん》、往年光之公に仕えまつりの趣、綱政《つなまさ》公の御心にかなわず。これより嘉麻郡《かまのこおり》鯰田村《なまずたむら》、野村太郎兵衛祐春《すけはる》が領に謫《たく》せらる
と上意を伝えた。重根が光之に仕えていたことが綱政の気に入らず、配流《はいる》するという。野村太郎兵衛は六千八百石の重臣である。

瞑目《めいもく》して言い渡しを聞いていた重根は、毛利長兵衛の口上が終わると、目を開いて、

落ち着いた声で訊《き》いた。

「上意の趣、承りました。恐れながら、それがしの罪状について聞きもらしましたゆえ、いかなる罪にて配流されますのか、再度おうかがいいたしたく存じます」

長兵衛は顔をしかめて、

「条目は命なし」

と言った。罪状について伝えることは命じられていない、というのである。

「さようか」

重根はうすく笑った。さすがに綱政も、重根を処罰するにあたって罪状を作り上げることはできなかったのであろう。

「罪状は伝えぬとの仰せであれば、是非もありませぬ。上意に従うのみでございます」

重根は重々しく低頭した。

その日のうちに、重根は肩輿《けんよ》に乗せられ配所へと送られた。鯰田村は福岡城下から東へ十里。峠を越えていかねばならない。

この時、重根に対する綱政の強い憎しみがあらためて示された。鯰田村へ向かう重根は、法衣を着ることを禁じられたのである。

僧侶としてではなく、罪人として配流すると思い知らせるためだった。

重根が流されたのは、野村太郎兵衛の家臣村橋《むらはし》弥兵衛《やへえ》の別邸だった。弥兵衛は百石取りの身分で、別邸と言えば聞こえはいいが、板で囲われたごく狭い家だった。

まわりは山に囲まれて物寂しいところだが、浄善寺、晴雲寺などの寺がほど近くにある。

(朝夕、寺の鐘の音を聞くのが慰めになるのであろうか)

宝永三年(一七〇六)十月に、光之の狩の供をしてこのあたりを訪れたことがある。

その時、重根を従えた光之が、寒風をしのぐため立ち寄ったのが、この家だった。座敷牢《ろう》となる六畳の間の南側に一間幅の高窓があり、厠《かわや》が続いている。番士が控える詰所との間に大格子《おおごうし》がはめられていた。

(まさか、ここが配所になるとは)

重根は不思議な因縁を感じた。この家で重根を監視するのは二人の武士と数人の足軽だという。

六十過ぎの笹倉庄右衛門《ささくらしょうえもん》という武士は、重根に対して慇懃《いんぎん》で、言葉遣いも丁寧だった。

「わたしは謡曲を嗜《たしな》みますが、かつて狩にお見えになられた大殿様が、ご自慢の謡曲を謡《うた》われるのを物陰から拝聴したことがございます」

重根にとって懐《なつ》かしい話をした。その後でおずおずと、

「室中の制が定められております」

と切り出した。座敷牢での規則である。不自由は覚悟していたが、筆や硯《すずり》の使用まで禁じられているという。重根は、

(筆を持つことを許されないとは、食を断てというに等しい)

と心中で嘆いた。

この日、夜になって重根は六畳の座敷牢で寝に就いた。

窓は高い位置にあるため外の風景は見えないが、淡々《あわあわ》と月の光が差し込んできた。侘《わ》びしい座敷牢だが、月光に照らされた土壁に風情《ふぜい》が感じられる。

重根は博多の松月庵にちなんで、この座敷牢を、

——招月庵《しょうげつあん》
と名づけようと思った。

(心をしっかり保てば、どこにでも風雅はあるものだ)

重根にとって、生きるための闘いはすでに始まっていたのである。

重根が配流されたという報《しら》せは、時を移さず伊崎の屋敷にも伝えられた。

「もはや、鯰田村へ参られたそうです」

りくは厳しい表情で卯乃と奈津に伝えた。

重根が鯰田村に移されただけでなく、嫡男《ちゃくなん》の道暠は宗像郡村山田村《むなかたぐんむらやまだむら》に配流されたという。

重根に招かれた時、胸に兆《きざ》した哀《かな》しみが何を表しているのかと、卯乃は戸惑った。まさかこのような厳しい運命が待ち受けていようとは思いも寄らなかった。松月庵での茶会が重根との別れになってしまった。

（わたしは重根様に何の御恩返しもできていない）

十四の春、卯乃は重根の屋敷の門前にぽつんとひとり立った。邸内には桜が植えられ、花びらが舞い散っていた。

屋敷にあがった卯乃が心細い思いでいると、重根は茶室で茶を点ててくれた。障子を通してほの明るい春の日差しが感じられる茶室だった。

（重根様だけが心の支えだった）

重根から後添えに望まれた時は嬉《うれ》しかった。重根の人柄を敬し、後添えになることは身に余る幸せだと思った。

光を失ってからも、重根は、

「卯乃を娶《めと》ると決めた以上、失明したからといって手放すのは、本意ではない」

とはっきり口にした。

伊崎の屋敷に重根が訪れた夜のことを思い出すと、卯乃の胸が熱いもので満たされる。重根はりくや峯均の前で自分をありのまま出してくれた。

重根にとって、藩の重臣であることも、茶人としての名声も卯乃に代わるものではなかった。ひとりの男として卯乃をいとおしむ気持を露《あら》わにしたのである。

重根の真情が身にしみながらも、卯乃はともに歩く道を選ばなかった。

光を失ったことだけが理由ではなかった。

養父村上庄兵衛《むらかみしょうべえ》の死について真鍋権十郎《まなべごんじゅうろう》からあらぬことを吹き込まれ、心中に重根への疑念を抱いてしまった。そして伊崎の屋敷に来て峯均を知ると、心のゆらめきを感じた。生まれて初めて、ひとを恋しいと思ったのである。

その想《おも》いが卯乃を重根のもとへ戻らせなかったのだ。

いまは、そのことが悔やまれた。

(わたしは重根様にお仕えすべきだった)

重根は卯乃の気持を知りつつ、温かく見守ってきてくれたのである。その重根がいまは配流の地にいると思うといたたまれなかった。

（重根様が無事でおられますように）

卯乃はひたすら祈るばかりだった。

重根が鯰田村に流されてから三日後、峯均は泰雲《たいうん》の屋敷に呼び出された。

奥座敷で峯均と向かいあった泰雲はいきなり、

「重根のこと聞いたぞ」

と大声で言った。峯均は黙って手をつかえた。

「いかがいたすつもりじゃ」

「いかがと仰せられますと？」

峯均はわずかに顔をあげた。

「重根は、私心なく父上に仕えてきた。その忠臣が罪無くして配流されるとは、無道であると思わぬのか」

泰雲は目を鋭くした。

「されど、主命にございます」

峯均は表情を変えなかった。

「ほう、五百石のうち四百石を取りあげられたそなたまでが、さように申すか。今回のことは綱政の暴政であろう」

「泰雲様、畏《おそ》れながら――」

峯均が言いかける言葉を、泰雲はさえぎった。

「わしが綱政の政事《まつりごと》に口を差し挟むのを亡き父上は望まなかったと言うのであろう。しかし、このまま放っておいてすむのか。近頃、わしはかつての栗山大膳《くりやまだいぜん》の騒動を考えることがある」

峯均は、はっとして顔を泰雲に向けた。

「それはなりませぬ」

「何がいかんというのじゃ」

「栗山大膳殿は藩主忠之《ただゆき》様の行いを諫止《かんし》するため、黒田藩に謀反《むほん》の企てありと上訴されました。思惑通り幕府は動き、いったん領地を召し上げた後、再度与えられる形で決着いたしましたが、再び黒田藩がさようなことを起こせば、今度はそうは参りますまい。幕府はわが藩を取りつぶしにかかりましょう」

峯均は厳しい表情で言った。

「家臣が栗山大膳のごとく企《たくら》めば、さようであろうな。されど、わしは違うぞ。もとは黒田家の嫡男であった身だ。ご老中の中には、わしを覚えておられる方もいる。わしが江戸に出向いて話せば無下にはされぬはずじゃ」

「それでは、やはり大膳殿と同様のことをなさるおつもりですか」

峯均の声が翳《かげ》った。泰雲は嘲笑《あざわら》った。

「何も表だって幕府に訴える必要はあるまい。わしは永年、蟄居《ちっきょ》謹慎の身であったが、身罷《みまか》られる前に父上からお許しをいただいた。父上の一周忌を機に江戸へ参府いたし、ご老中方にごあいさつ申し上げてもよかろう。その際にいまの黒田家について、いささか存じ寄りをお耳に入れるというだけではないか」

「それこそ黒田騒動の二の舞でございます」

「わしがおる限り、そうはさせぬ。綱政を隠居させ、世子の吉之《よしゆき》を廃嫡する。綱政の次男政則《まさのり》を藩主として、わしが後見役となればよいことだ」

泰雲は落ち着きはらって言った。

綱政が立花一族の粛清に乗り出した機をとらえ、藩政に混乱を引き起こし、自らの復権を図ろうというのである。

泰雲は、峯均の顔にひたと目を据えた。

「そこで、そなたに頼みがある。わしはいまも見張られておる。屋敷を出たとしても、無事に藩境を越えられるかどうかわからぬ。そなたに国境までの護衛をいたしてもらいたいのだ」

「さようなことはいたしかねます」

　峯均は頭を振った。

「できぬと申すか。なぜじゃ。わしは閉門中の身ではないのだぞ。藩主の名代として、ご老中のご機嫌うかがいに参るまでのことだ。その出立に不穏なことが起きぬよういたすのは、家臣の務めであろう」

　峯均は、泰雲の自信ありげな顔を見つめて困惑した。

（やはり、兄上でなければ泰雲様の野心を封じ込めることはできぬ）

　重根の流罪によって、藩内の暗闘は激しくなっていくのであろうか。この日、峯均は泰雲の依頼を受けぬまま辞去した。

　翌日、城内二の丸の中庭にある亭《ちん》で、隅田清左衛門は綱政に拝謁《はいえつ》した。

「何事じゃ」

　綱政は床几《しょうぎ》に腰かけ、人払いしたうえで清左衛門に顔を向けた。

「泰雲様に怪しい動きがございます」

「ほう、案の定、動き出したか」

「かねてから泰雲様の屋敷に密偵を入れておりますが、その者が報せて参りました。泰雲様は江戸表に出府する心積もりでおられます」

綱政は眉間《みけん》にしわを寄せた。

「いまさら江戸に行って、何をしようというのだ」

「泰雲様は江龍院様のご葬儀のおり、幕府の弔問使にそれとなく誼《よしみ》を通じられたようでございます」

「なんとな」

「あの御方は油断なりませぬ」

清左衛門は声を低めた。泰雲の企ては秘密裏に進められ、弔問使と一刻《いっとき》（約二時間）あまりも面談していたと分かったのは、光之の葬儀の後であった。

「泰雲め、江戸屋敷に参るなど、勝手なことは許さぬ」

綱政は口を真一文字に引き結んだ。

「いえ、何もわが藩の江戸屋敷に行かれるとは限りませぬ。たとえば筑後《ちくご》柳河《やながわ》藩立花家の江戸屋敷に逗留《とうりゅう》するやも知れませぬ。ご老中方に仔細《しさい》ありげな話を言い立てれば、耳を貸す方もおられましょう」

筑後立花家は、綱政の正室の実家であり、重根ら立花一族の宗家にも当たる。黒田家と縁戚《えんせき》関係にあり、中心になって縁組を進めたのは重根の父重種《しげたね》であった。

綱政の額に汗がじわりと浮いた。

兄の泰雲に対し、幼いころから憚《はばか》るところがあった。光之が泰雲を廃嫡したのも、その器量を恐れたがゆえである。

いまもなお、兄は自分にとって恐るべき敵であり続けているのだ。

「清左衛門、泰雲につき、しかるべくいたすよう、そなたにまかせる」

「いかように仕《つかまつ》りましてもよろしゅうございまするか」

清左衛門は非常の手段を取ることを臭《にお》わせた。

「かまわぬ、よきに計らえ」

綱政はつめたく言い放った。

そのころ峯均は、伊崎の屋敷を発《た》とうとしていた。

笠《かさ》を目深《まぶか》にかぶり、裁付袴《たつつけばかま》に草鞋《わらじ》履きの旅姿である。

「やはり、鯰田村に行かれますか」

見送りに出たりくが、不安げに訊《き》いた。傍らの卯乃も気がかりな様子だ。

「泰雲様をお諫《いさ》めするには兄上の力を借りるほかないと存じます」

「されど、幽閉されている重根殿に会えましょうか。会えたとしてもお咎《とが》めを受けることになりはしませぬか」

りくが案じると、峯均は白い歯を見せて、

「危ういことは承知いたしておりますが、なさねばならぬことですから」

と言って卯乃に顔を向けた。

「卯乃殿、兄上にお伝えすることはありますか」

「ただただ、ご無事をお祈り申しておりますとのみ」

「伝えよう」

峯均はうなずくと、あたりをうかがい見て裏木戸を出た。立花家への監視が厳しくなっているので、人目を避けねばならない。

鯰田村までは十里の道のりである。峯均の足でも着くのは夜中になる。さらに見張りの番士たちを眠らせなければ重根と話はできない。

配所の罪人に会ったと知られれば、重罰に処せられるだろう。

峯均にとって覚悟のいることだった。

懐《ふところ》に頭巾《ずきん》を忍ばせており、鯰田村に入ると同時に面体を覆《おお》うつもりだが、それで正体を隠しおおせるかどうかはわからない。

鱠田村へは山越えがある。用心深く城下を抜けた峯均は、風のように峠を駆け上った。

山道を走る黒い影を月が追った。

夜も更《ふ》けて鱠田村に入った峯均は、重根が幽閉されている家を捜した。半月が山の端《は》にかかって闇《やみ》が濃くなり、足元が覚束《おぼつか》ない。難渋していたところ、幸いなことに提灯《ちょうちん》を手に道を急ぐ足軽に出会った。

「村橋弥兵衛殿の別邸を知らぬか」

突然、頭巾をかぶった武士に声をかけられて、足軽はぎょっとなった。

「わたしは村橋様の別邸にお仕えしております。ちょうど戻るところですが、何のご用でございましょうか」

足軽は恐る恐る言った。

「それはよかった。番士の方に急用があって、福岡より参った者だ。案内《あない》を頼みたい」

足軽はうかがうように峯均を見たが、何も言わず先導した。怪しみはしているものの、逆らえば斬《き》られるかもしれないと恐れているようだ。暗い道を提灯で照らしながら先を歩く足軽の足取りは心許《こころもと》なく、膝《ひざ》が震えている様子だ。

別邸はほど遠からぬところにあった。

「あそこがお屋敷でございます」

闇に黒く沈む屋敷を足軽は提灯で示した。番士の詰所だと思われるあたりから明かりが洩《も》れている。

「わかった。すまぬな」

礼を言うなり、峯均が当て身をくらわすと、足軽は声もあげずに倒れた。峯均は足軽をその場に残して別邸へ向かった。

音もなく進んで塀を乗り越え、中庭に降り立った。小柄《こづか》を使って屋敷の雨戸を外し、廊下にあがる。

足音をしのばせて、灯《と》りが点《と》っている部屋を目指した。部屋の中から、ひそひそと話す声が聞こえる。

峯均は中の男たちの呼吸を測った。鼻から吸って口から吐く。気息を整え、男たちと呼吸が合った瞬間、峯均は障子をすっと開けて飛び込むと、抜き放った刀でふたりの首筋を峯打《みねう》ちにした。

茶碗《ちゃわん》酒を飲みながら話していたふたりは何が起こったのかもわからないまま、畳に倒れる。酒が畳にこぼれた。

ふたりが気絶しているのを確かめると、峯均は燭台《しょくだい》の火を吹き消して次の間にある座敷牢《ろう》に歩を進めた。


その夜、重根は番士の目を盗み、月の光を頼りに座敷牢で文字を書いていた。

筆や硯《すずり》を禁じられているため、楊枝《ようじ》を噛《か》み砕いて筆に代えた。

薬にすると言って番士から墨を手に入れていた。小盥《こだらい》に水を垂らして墨を溶き、風を防ぐため壁穴に詰めてある紙に少しずつ文字を認《したた》めていくのである。

松月庵に閑居していたころ、藩主光之に仕えた日々をまとめようと重根はしていた。しかし、流罪《るざい》に処せられたため、完成しなかった。

重根が思い出すままに書き連ねていると、隣室で、どさり、と音がした。振り向くと、座敷牢を仕切る格子《こうし》の向こうで頭巾をした武士が片膝を突いている。

「兄上、ご相談いたしたきことがあって参りました」

峯均の声だ。

重根は驚いて格子のそばに寄った。

「峯均か、番士はいかがいたした」

「峯打ちにして、眠らせてあります」

「かようなことをいたせば咎めを受けるぞ」

重根は顔をしかめた。

「やむを得ぬ仕儀にて」

頭巾からのぞく峯均の目が笑った。

峯均は格子に顔を寄せた。

「時はあまりございません」

「何事だ」

「泰雲様が江戸表へ出て、ご老中に訴えると仰《おお》せです。殿をご隠居させ申し、自ら藩政の後見役に乗り出すおつもりでございます」

峯均の言葉に、重根の目が光った。

「お止めせねばならぬ。さようなことを企てれば、泰雲様のお命が危ない。無理に江戸へ向かわれても、泰雲様を守る者と討手が争う騒動に必ずやなろう。藩のお取りつぶしの口実を幕府に与えるようなものだ」

「されど、それがしの言葉をお聞き入れには……」

峯均は頭を振った。

「わしが手紙を書こう。しばし、待て」

重根はすぐに楊枝を嚙み潰《つぶ》した筆で、書き始めた。峯均は番士たちの様子を油断なくうかがった。

書き進むうちに墨が薄れてきた。ためらうことなく、重根は指を嚙んで血を垂らし墨の代わりとした。

峯均は胸を突かれた。これほどまでに主家を思う重根が、なぜ牢獄にいなければならないのか。

間もなく書きあげた重根は、格子の間から峯均に手紙を渡した。峯均は受け取り、

「たしかに、泰雲様にお読みいただきます」

と言って身を翻《ひるがえ》そうとした。すると重根が、

――待て

と声をかけた。

「言っておきたいことがある」

「何でございますか」

重根は澄んだ目で峯均を見つめた。

「そなたは卯乃をいとおしく思っているのであろう。されど、わしに気兼ねをして自分の思いを言えずにおるのではないのか」

思いがけない重根の言葉に、峯均は息を呑《の》んだ。

「兄上――」

「わしは出家した身だ。遠慮はいらぬ。松月庵に招いたおり、卯乃には幸せになることが何よりだと伝えたつもりだ。そのことを忘れてはいまい」

重根が言い終わると、峯均は頭を下げた。何と応《こた》えたらいいのかわからなかった。

ひと言、

――ありがたく存ずる
と言い残して、闇の中へ去った。

番士、足軽とも気を失ったままである。夜が明ければ騒ぎになるが、兄は知らぬ存ぜぬで通すだろう。

残された重根は微笑《ほほえ》んだ。

（これでよい）

泰雲への書状で、後顧の憂《うれ》えがなくなるわけではないが、自分の持てる力を尽くしたとの思いはあった。そしていま、卯乃のためにできる最後のことをしたのだ。

重根は重く息を吐いた。

2

重根《しげもと》の手紙を懐に、峯均《みねひら》は帰りの道を急いだ。

峠にさしかかると、梟《ふくろう》の鳴き声が遠くに聞こえた。まわりの森は黒々として、道だけがわずかに白く浮かんでいる。峠の頂近くで、道の横合いから、

「何者だ。いかなる用向きで、夜中に峠を越えるのか」

いきなり龕灯《がんどう》を当てられ、問い質《ただ》された。藩内の山を管轄《かんかつ》する山役人が、山中で出没する追剝《おいは》ぎや逃亡中の罪人、逃散《ちょうさん》百姓などを警戒して見廻っていた。

峯均の前に立ちふさがった見廻りは三人で、いずれも木綿羽織に裁付袴《たっつけばかま》で草鞋履き、六尺棒を手にしている。龕灯の明かりに照らされた峯均は、顔を頭巾で覆ったままだ。

「怪しげなる者。われらと同道いたせ」

頭らしい男が重々しい声で言った。他のふたりが六尺棒を構える。それを見て、峯均は刀の鯉口《こいぐち》に指をかけた。身元を知られるわけにはいかない。力ずくで通るしかな

い、と思った。

　峯均がすっと前に出、三人と並ぶが、見廻りたちは動じない。妙に感じて振り向くと、後ろから提灯を持った別の二人が近づいてくる。身を翻し、前に跳ぶと同時に、峯均はひとりに当て身をくらわす。その瞬間に六尺棒を奪っていた。

「こやつ、手向かうか」

　ひとりが六尺棒で打ちかかった。かわした峯均が相手の鳩尾《みぞおち》を六尺棒で突くと、ぐっとうめき声をあげて膝をついた。

「手強《てごわ》いぞ。一度にかかれ」

　頭が鋭く指図し、そろって峯均を取り囲み、同時に打ちかかる。六尺棒を水車のようにまわしてことごとく弾《はじ》き返すと、峯均は囲みの外へ走り出した。

「追えっ、逃がすな」

　三人が追いすがった。峯均は、ひとりが追いつきそうになるとぴたりと足を止めた。腰を落とすと六尺棒を低く構える。その構えに、追いついてきた三人はぎょっとして立ちすくむ。

　腰を落とした姿勢のまま、峯均は三人の間を走り抜けた。

　六尺棒を飛ばされた三人は、刀の柄に手をかける間もなく、首筋を打たれ、鳩尾を突かれて、地面に倒れた。

「乱暴をした。許せ――」

峯均は低く言い残して、山越えの道を駆けた。


翌日の日暮れ時、峯均は泰雲《たいうん》に重根の書状を届けた。

奥座敷で泰雲がじっと手紙を見つめている。達筆の重根にしては、荒々しい手跡である。筆で書いたものではないと見て取れる。

考え直して、老中への訴えを思い止《とど》まるよう諫《いさ》めている。中に、自分が鯰田村に幽閉されたことについて、

――これも忠義と存じ候《さうらふ》
という一節があった。重根は、座敷牢で苦しみを味わうことも、主家への忠誠と心得ているというのだ。

「愚かなことを。主君の間違いを正さずして、何の忠義だ」

泰雲は苦い顔をして、目の前の峯均に吐き捨てるように言った。

峯均は眉《まゆ》をひそめた。

「恐れながら、その手紙、お見苦しくはございませぬか」

「何となす」

「兄は配所で筆硯を使うことを許されておりませぬ。そのため、楊枝を嚙みつぶして筆といたし、墨が薄くなればおのれの指を嚙み破り、血で認めたのでございます」

最後のあたりの文字は赤黒く滲《にじ》んでいる。

「血書か――」

泰雲はうめいた。

「兄が血で認めた思いとは、かくのごとく赤心《せきしん》に発したものでございます。御家のためとあらば、諫めるのが臣下たる者の道でございましょう。されど、それがおのれの身をかばうためであってはなりませぬ。たとえ御意にかなわぬことでありましょうとも、言上せねばならぬと意を決した以上、どのような処罰でも甘んじて受けるのが武士の道と心得ます。兄はこれまで、家臣としてなすべきことをなして参りました。そのうえで鯰田村へ配流されました。決して後悔はいたしておらぬと存じます」

「座敷牢に入れられても悔いてはおらぬと申すのか」

「兄は、事に当たって悔いぬのが武士と心得ておりましょう」

泰雲はしばらく峯均を睨《にら》みつけていたが、ふっと大きく息をついた。

「さすがに兄弟だな。やかましいところがよう似ておる」

「恐れ入りまする」

峯均は手をつかえた。

「此度《こたび》は了見して、江戸へ行くことは思い止まろう。されど、綱政《つなまさ》にこれ以上の過《あやま》ちがあれば見過ごしはせぬぞ」

言い捨てると、泰雲は荒々しく座を立った。


同じころ、隅田清左衛門《すみだせいざえもん》は城中で山奉行から報告を受けていた。昨夜、山越えして城下に入った武士がいるという。

「見廻りの山役人五人が叩《たた》き伏せられました。ただ者とは思われませぬ」

「よほどの剣術達者と申すか」

「さよう――」

山奉行は言い淀《よど》んだ。

「なんぞあるのなら申せ」

清左衛門にうながされて、山奉行はためらいがちに口を開いた。

「されば、見廻りの中にいささか武芸修行をいたした者がおりまして、その者が申しますには、曲者《くせもの》は六尺棒を中段に構えたそうでございます。その構えが五尺杖《じょう》を用いる二天流《にてん》の構えに似ていたと」

「二天流だと？」

「曲者は頭巾《ずきん》をしており、しかも夜中のことにて顔はわかりませんでしたが、城下で二天流を使う者と申せば限られます」

「一人で五人を退けるほどの者と言えば、立花峯均《たちばな》しかおるまい」

清左衛門は心得顔に、にやりと笑った。峯均が夜中に峠を越えて城下に入ったのなら、鯰田村に行っての帰りだったに違いない。鯰田村には重根が幽閉されている。

「そうか、峯均め、泰雲様の命によって動いたな」

泰雲には不穏の動きがある。その泰雲が重根と打ち合わせるため、峯均を鯰田村に遣わした、と清左衛門は即断した。

「これは、早速に調べねばならぬな」

清左衛門の目が鋭くなった。野村太郎兵衛《のむらたろべえ》に問い合わせれば、昨夜、鯰田村で起きたことがわかるだろう。

この日の夜――。

峯均は屋敷に戻り、その日の経過をりくと卯乃《うの》に話した。

「ともあれ、泰雲様に江戸行きは思い止まっていただきました」

「それはようございました。騒ぎが大きくなっては御家のためになりません」

りくは安堵《あんど》した表情になった。しかし、峯均は憂え顔で腕を組んだ。

「これにて泰雲様がお鎮《しず》まりくだされればよいのですが」

「祈るほかありません。これ以上は案じても詮無《せんな》いことです」

さよう、とうなずいた峯均は卯乃に顔を向けた。

「それはそれとして、卯乃殿に話したいことがある」

「わたくしに？　何でございましょうか」

卯乃は小首を傾《かし》げた。りくが笑みを含んだ声で言った。

「ならば、卯乃殿に香を炷《た》いてもらえばいかがです。わたしは遠慮いたしましょう」

「いえ、それがしは無骨者ゆえ、潮の香り、松籟《しょうらい》を香と茶に代えとう存じます。浜辺にて話をいたしたいが、卯乃殿、それでよろしいか」

峯均の言葉に、卯乃は細波《さざなみ》が立つように胸が揺らめくのを感じた。

りくがすっと座を立った。ほどなく、ふたりは裏木戸から道に出た。

峯均は後に続く卯乃を気遣いつつ、浜辺への道を進んだ。ふたりで歩くのは初めてだ。ゆるやかに頬にあたる風が心地好《よ》い。

いつも峯均が五尺杖を振るっているあたりに、朽ちかけた漁師の船が捨て置かれている。峯均は廃船の船縁《ふなべり》に卯乃を導き、自分の横に座るよううながした。

峯均は黙ったまま遠くを見つめている様子だ。卯乃は息苦しさを覚えた。松の枝を風が吹き渡っていく。松籟が耳について、いっそう卯乃の心をざわめかせる。

峯均が口を開いた。

「卯乃殿がこの屋敷に初めて来た日、わたしはあいさつをしてから、いつも通りここで稽古《けいこ》した。剣の修行は無念無想の境地になるために行うものだが、わたしはあの夜、そうなれなかった」

峯均の声は、胸中を吐露する真情にあふれていた。

「兄上の屋敷に一緒に参ったおり、兄上は卯乃殿への想《おも》いを口にされた。あの時、わたしは話を遮った。兄上が卯乃殿を後添えに迎えることが、泰雲様をめぐる藩内の争いにつながるのを懸念《けねん》したからであったが、それだけではなかったのだ」

目の病を理由に身を退《ひ》こうとした卯乃に、

「卯乃が卯乃であることに変わりはない」

と重根は言ってくれた。卯乃の心は揺れ動いた。その時、峯均はさりげなく話柄《わへい》を転じてくれた。行き惑う卯乃に助け舟を出してくれた峯均の心情を慮《おもんぱか》っては、

（峯均様はわたしをどのように思っていてくださるのだろうか）

と心を乱してきたのだった。

峯均の話は続く。

「離縁したさえが助けを求めて訪ねてきた時、わたしは躊躇《ちゅうちょ》なく力になってやった。さえを助けることに何のやましさもないと思えた。それは、わたしが卯乃殿とともに生きたいと思うようになっていたからなのだ」

「峯均様――」

「わたしは卯乃殿に兄上のところへ行ってほしくなかった。兄上が藩内の争いで難しい立場に立たされ、その苦しみの中で、卯乃殿と暮らしをともにすることを唯《ただ》一つの願いにしていると知りながらだ」

峯均は声を絞り出すようにして言った。

浜辺に打ち寄せる波の音が響く。繰り返す〈波の鼓《つづみ》〉が、峯均と卯乃の思いに応じるように鳴り響いた。

「配所で幽閉中の身でありながら、兄上はわたしと卯乃殿とのことをお気遣いくだされた。自分に遠慮はせずともよい、卯乃殿が幸せになるよう願っていると言われた」

「重根様がそのようなことを――」

いつも優しく心をかけてくれる重根の真情が、卯乃に迫る。重根を裏切ることはできない、と峯均は言おうとしている。重根が幽閉され苦しんでいる時に、ふたりが幸せになることなど許されないと思っているのだ。

峯均が不意に立ち上がり、波打ち際《ぎわ》に数歩進んだ。

卯乃は不安を覚えた。このまま峯均がどこか遠くへ行ってしまうような気がする。

「峯均様――。どこにおられるのですか。わたくしの傍に居てくださいませ」

峯均が振り向いたのがわかった。

（峯均様はどのような表情をしておられるのであろう。お顔を見たい。でもわたしには何も見えない）

卯乃は胸が締めつけられた。

「どこへも行かぬ。わたしはずっと卯乃殿の傍におる。わたしの妻としてともに生きてもらいたい」

峯均がゆっくりと卯乃に近づいてくる。やがて、卯乃は温かく包み込まれた。

〈波の鼓〉がふたりをおおった。

障子を開け、差し込む月明りの中で、りくは静かに香を聞いていた。香炉の銀葉《ぎんよう》が熱せられ、やさしく苦味のある香りが漂う。

卯乃に初めて聞かせた卯花香《うのはなこう》である。卯乃が来てからの歳月を心に甦《よみがえ》らせながら、りくはかつて手ほどきした和歌を口にした。

我が宿の垣根や春をへだつらん夏来にけりと見ゆる卯の花

わが家の垣根にも、白く可憐《かれん》な卯の花は咲いたのだ。しかし、花が咲いたことを喜ぶだけでよいのだろうか。重根が訪れたおり、卯乃への想いを真摯《しんし》に告げたことがあった。あの時、りくの気持は複雑だった。泰雲の娘である卯乃を、重根が後添えに迎えることを危惧《きぐ》し、むしろ峯均の傍に居てもらう方がよいのではないか、と思った。果して、それは重根のことを思ってのことだったのか。

さえと別れ、ひとり娘の奈津《なつ》をそだててきた峯均に卯乃を娶《めと》らせたい、と思ったのは母親としての願いからだった。

(わたしは峯均と奈津のことを思うあまり、重根殿の気持をないがしろにしたのかもしれない)

りくの胸に慙愧《ざんき》の思いがあった。重根にいつか、このことを詫《わ》びねばならないだろう。りくは香炉をおもむろに縁側に置いた。月の光を慕い、たおやかに伽羅《きゃら》の香りが立ち昇る。浜辺のふたりに思いを重ね、幽閉されている重根へ届けたい香だった。

三日後――。

伊崎《いさき》の屋敷に突如、上使が訪れた。峯均が手をつかえると、

「その方、配流《はいる》された立花重根のもとへ立ち寄りしこと、不届き至極である」

上使はいきなり断罪した。

峯均に弁明する暇も与えず、上使は峯均への処分を言い渡した。

福岡の北西十三里の海上、玄界灘《げんかいなだ》に浮かぶ、

――小呂島《おろのしま》

への島流しである。

小呂島はこのころ大蛇島《おろちじま》とも俗称されていた。

貝原益軒《かいばらえきけん》の『筑前国続風土記《ちくぜんふどき》』には、昔、この島に大蛇がいたため、その名が付けられたとある。大蛇の蟠《わだかま》っていた洞穴も残されている、という。益軒自身もここに流されていたことがある。

四囲二十六町（二・八キロ）、南北十一町（一・二キロ）、東西五町十八間（〇・六キ

ロ）という小さな島で、宗像《むなかた》大神の社《やしろ》もあった。
無人だったが、異国の船が飲料水を求めて立ち寄ったため、寛永二十年（一六四二）、黒田《くろだ》藩では番所を置いて、監視した。さらに正保《しょうほう》二年（一六四五）、藩命により、西浦《にしうら》から五人の領民が開拓のため移住した。

その後、流罪の地となり、見張所、流人小屋が建てられた。

言わば絶海の孤島であり、流人となればいつ戻れるかわからない。その間に病を得れば島の土となるのである。

上使から小呂島への配流を言い渡された時、さすがに峯均も愕然《がくぜん》とした。しかし、上意とあれば従うほかない。

小呂島への便船は十日後になるため、それまでは閉門蟄居《ちっきょ》いたすようにとの命である。

上使が去った後、峯均は伝えられた処分と罪状をりくと卯乃、奈津に話した。

「伯父上様に会ったのが父上だとどうしてわかったのですか」

青ざめた表情で奈津が尋ねた。

「おそらく鯰田村から戻る途中、出会った山役人がわたしと気づいたのであろう。斬《き》れば口封じはできたが、罪も無い者の命を奪うわけにはいかなかった」

感情を抑えた声で峯均は言った。

「鯰田村に行かれたのは御家のためを思ってのことです。それをどうしてわかっていただけないのでしょう」

卯乃はうつむいて唇を噛《か》んだ。ようやく心が通じ合ったばかりだというのに、峯均を遠くに奪われてしまう。突然の別れがまた卯乃を襲ったのである。

「とは言え、幽閉中の兄に会いに行ったのは、覚悟の上のことです。咎《とが》めを受けるのは致し方ありません」

峯均が言うと、

「是非もないことです。留守はわたしどもにて守りましょう」

自らを励ますようにりくが言った。

「父上――」

奈津は、重根に続く、立花一族への容赦ない仕打ちが信じられない様子で涙にむせび、言葉を続けられない。

峯均は眉《まゆ》を曇らせた。

「しかし、今回の件で家禄《かろく》は召し上げられましょう。この屋敷で暮らしていくのはまならぬと存じますが」

「なんの、このような時に備えて蓄えておいたものがあります。本家に合力も請《こ》いましょう。峯均殿がお戻りになるまで、この屋敷を立派に守りましょうぞ」

りくは微笑すら浮かべ、こともなげに言う。

「微力ながら、わたくしも……」

声を詰まらせながら、卯乃は手をつかえた。

「苦労をおかけいたします」

峯均は目を閉じて頭を下げた。それから、居住まいを正して懸念をもらした。

「無念でありますのは、島へ流されては兄上をお守りできぬことです」

りくは眉をひそめた。

「配流された重根殿に、この上何が起きると言われますか」

峯均の目が鋭くなった。

「わたしがいなくなれば、泰雲様はじっとしておられまい。動けば、殿のお怒りは泰雲様にだけでなく、われら立花一族に再び向かうでしょう」

卯乃は息を呑《の》んだ。泰雲がこの事態の中でまた策略をめぐらすということなどあるのだろうか。

峯均は話を続ける。

「兄上もおりません。もはや泰雲様を止める者は誰ひとりいなくなりましょう。そのことが気がかりなのです」

「峯均殿が島へ行かれた後、泰雲様をお止めする手段がありましょうか」

りくが案じると、峯均は卯乃に顔を向けた。

「もしあるとすれば、卯乃殿が泰雲様にお会いになることです」

「わたくしが――」

「さよう、卯乃殿が思いを述べられれば考え直されるやもしれぬ」

卯乃は胸を押さえた。実の父であるといっても、泰雲と心が通い合ったと感じたことはなかった。

(それでも、わたしが話せばわかってくださるのだろうか)

自分にできることとは思えなかった。卯乃は自信無げに首を振った。

「泰雲様にも卯乃殿を慈《いつく》しむ気持はおありだと思います。いまなお荒ぶる心をお持ちなのは、胸の内がお淋《さび》しいからではないでしょうか。卯乃殿とお話しする機会があれば、泰雲様も必ずや心を開かれるのではありませんか」

りくの言葉を卯乃はうつむいて聞くばかりだった。

翌日、峯均が島流しされるという報《しら》せは泰雲の耳にも入った。

この日、隅田清左衛門の使いとして泰雲の屋敷を訪れた真鍋権十郎《まなべごんじゅうろう》は、峯均の配流を伝えるとともに、

「泰雲様には、今後、立花一族をお召しにならぬようにとのことでございます」

と口上を述べた。

泰雲は黙って聞いていたが、不意ににやりと笑った。

「それは脅しか」

権十郎の肩がわずかに上がった。語調は穏やかだったが、泰雲の声にはぞくりとする冷たさがあった。

「滅相もございません。泰雲様の御身の上を案じてのことでございます」

「ほう、そうか。ならば、清左衛門に申せ。わしはその方の脅しに屈するほど臆病《おくびょう》ではないし、煽《あお》られて動くほど愚かでもないとな」

泰雲が鋭く権十郎を見据えた。清左衛門がわざわざ権十郎を伝えにやらせたのは、泰雲の怒りを誘って罠《わな》にはめるためだ、と見抜いていた。

（さすがにしたたかな御方だ）

権十郎は舌を巻いた。清左衛門からは、

「峯均のことを聞かされて、泰雲様が何と言われるか、しっかりと聞いてまいれ。少しでも罵詈雑言《ばりぞうごん》があれば、殿へお伝えする。すぐさまお咎めになるであろう」

と言われていた。

泰雲の失言を引き出し、切腹に追い込もうというのが清左衛門の考えだった。しかし、泰雲はその手に乗ってこない。

「さよう申し伝えまする」

権十郎が下がろうとすると、泰雲が声を発した。

「待て、ちょうどよいおりだ。聞いておきたいことがある」

権十郎は顔をあげた。泰雲と目が合い、あわてて平伏する。

「立花一族粛清の功で、近く清左衛門に千五百石加増の沙汰《さた》があるそうだが、まことか」

「さて、そのようなことは存じませぬが」

権十郎の額に汗が浮かんだ。

確かに綱政は、清左衛門に千五百石を加増する内意を伝えている。これにより、清左衛門は六千五百石の身分となる。しかし、このことはまだ公《おおやけ》になっていない。泰雲はどこから探り出したのか。

「もうひとつある。清左衛門は、上げ米を命じる心積もりがあると聞くが、軽格の中には蔵米を大きく減らされる者も出るであろう。それについてはどうじゃ」

上げ米とは扶持《ふち》の一部を返上させることである。実際に行われれば実質的な家禄の切り下げとなる。

これは、清左衛門が窮乏する藩財政を立て直すため側近たちと練っている政策のひとつだった。

（泰雲様はどこまでご存じなのか）

権十郎は空恐ろしさを感じた。

清左衛門のまわりにも泰雲に通じる者がいるのである。幽閉されて過ごしてきた泰雲の目や耳となり、内情を探る者が、まだまだ藩内にはいるということだ。

権十郎がうなだれて答えられずにいると、

「もうよい、下がれ」

厳しい声で言って、泰雲は座を立った。泰雲の遠ざかる足音を耳にしながら、

（やはり、この御方を生かしておくわけにはいかぬ）

権十郎は胸の中でつぶやいた。

峯均が配流される日まで、伊崎の屋敷では淡々と日々を過ごしていた。
卯乃は奈津とともに、一針一針思いを込めつつ峯均の着物を縫った。
互いの想《おも》いを確かめあった矢先に、離れ離れになる淋しさが身にしみていた。その思いは、りくや奈津も同じはず。取り乱してはいけないと思うものの、自分の部屋でひとりになると、思わず涙ぐんだ。
峯均が配所へ発《た》つ前夜、りくは、皆を集め、
——源氏香
を炷《た》いた。
源氏香は五種の香木を順に炷いて、香りの異同を聞き分けるものである。その組み合わせは、
若菜
夕霧
花散里《はなちるさと》
若紫
空蟬《うつせみ》
など源氏物語の巻名にあてはめられている。心を鎮《しず》めて香を聞けば、あでやかな装

束をまとった宮廷人の立てる衣擦《きぬず》れの音が聞こえ、寝殿造りの廂《ひさし》の間《ま》に座しているかのように思えてくる。

りくが組み合わせたのは、〈須磨《すま》〉である。須磨に流された光源氏に峯均の身の上を重ねたのだろうか。光源氏の悲嘆が偲《しの》ばれる。

馥郁《ふくいく》たる香が座敷に満ちる頃、

「近ごろ、手にすることはありませんでしたが」

と言いながら、りくは七弦琴を用意した。遠く平安朝の時代、宮廷では度々七弦琴が奏《かな》でられたという。妙《たえ》なる音色に慕情、悲しみ、愁《うれ》いを籠《こ》めてりくはかき鳴らす。

琴の調べに、奈津は涙した。卯乃は涙ぐみそうになりながら、泣かずにこらえた。

「泣くでない。泣かなければ明日は良い日が来るのだ」

十四の時、重根から、言われた言葉をいつも胸に畳んでいた。重根は、

「やがて嬉《うれ》しい涙を流す日も来よう」

と涙をこらえた卯乃を褒《ほ》めてもくれた。

嬉しい涙を流すため、悲しい時に泣いてはいけないのだ。いまも重根が傍らでそう言っているような気がする。

（どれだけ遠く離れても心の内にある峯均様への想いを阻《はば》むものなどありはしない）

卯乃は峯均に顔を向けた。

「峯均様、お帰りをお待ち申しております」

「待っていてくださるか」

峯均の声がかすかに震えた。

「お待ちいたします。たとえ、何年、何十年でありましょうとも、わたくしの気持は変わりません」

（もう、心が揺らぐことはない）

卯乃は心穏やかに目を閉じた。

琴を弾く手を止めたりくが、口を開いた。

「殿方は攻める戦をいたしますが、女子《おなご》は守る戦をいたすものです。女子は身を守り、家を守り、何より心を守らねばなりません。心を守り抜けば、負けることも失うものもありません」

耳を傾けていた卯乃は胸が詰まった。

「りく様――」

「わたしたちはこれから、この屋敷で心を守る戦をするのです。卯乃殿も奈津も心してください」

りくは毅然《きぜん》として言った。

同じころ、泰雲は、

「峯均が遠島になる。ただちに旅の支度をいたせ」

と近臣に命じていた。

「江戸へ参られるのでございますか」

「そうだ。綱政め、重根と峯均がわしを押し止《とど》めていたとも知らず、足かせをはずしおった。目に物見せてやろう」

哄笑《こうしょう》する泰雲に、近臣は恐る恐る訊《き》いた。

「恐れながら、江戸参府につきまして藩庁に願い出ずともよろしゅうございますするか」

「いらぬ。わしは綱政の兄だ。いまは謹慎の身でもないのだ。誰に憚《はばか》ることがあろう。わしが出立いたした後、届け捨てにすればよい」

泰雲は傲然《ごうぜん》と言い放った。

綱政は峯均を島流しにした後、刺客を放つに違いない。

（城下さえ出てしまえば、わしの行方を捜しようがあるまい）

峯均の配流《はいる》と時を移さず出立するつもりだった。綱政が討手を差し向けるころには、屋敷はもぬけの殻である。

(生涯の大半を屋敷に閉じ込められて過ごしてきた。ようやく解き放たれるのだ)

そう思うと、泰雲の心に伸びやかに浮き立つものがあった。しかし、同時に卯乃のさびしげな顔が脳裏に浮かんだ。

(わしが江戸へ出てしまうと卯乃に累《るい》が及ぶやも知れぬな)

泰雲の出奔を知れば、綱政は怒りの矛先を卯乃に向ける恐れがある。泰雲はしばらく目を閉じて考えた。卯乃を思うと杉江《すぎえ》の面影が偲ばれた。自分は杉江に何もしてやれなかったという悔いはいまも泰雲の胸にある。卯乃を見捨てれば杉江が悲しむだろう。決意が鈍る気がして泰雲はくわっと目を見開いた。頭を振って迷いを断ち切ろうとした。

(わしが、わしであることを誰にも邪魔させぬ)

3

早朝、護送の役人が伊崎《いさき》の屋敷に来た。

帯刀を許されず、無腰で玄関に立った峯均《みねひら》は、卯乃《うの》が寝ずに仕立てた着物に袴《はかま》をつけていた。

家族に言葉をかけず、振り返ることもなく歩み去った。

屋敷を出て見送ることは許されず、りくと卯乃、奈津《なつ》は式台に手をつかえるだけだった。しばらくして奈津が嗚咽《おえつ》の声をもらした。

奈津が泣くのを見守りながら、りくが言った。

「心行くまで涙を流せるのはいまだけです。これからは泣くことも許されぬ日々が待っているのですから」

寂しさがひと際《きわ》増した屋敷に、りくの声は凜然《りんぜん》と響いた。りくの言葉に励まされて、卯乃は悲嘆に暮れそうになる気持を奮い立たせた。

(りく様のおっしゃる通り、この後の暮らしは厳しいものになるだろう。でも、峯均様はいつも心の中にいてくださる)

重根《しげもと》は鯰田村《なまずたむら》に幽閉され、峯均は小呂島《おろのしま》に流された。これからはりくと奈津、女三人で過ごしていかなければならない。その日々は重く、苦しい道のりになる。

(皆がともに暮らせる時が来るに違いない。その日のために力を合わせて懸命に生きるのだ)

浜辺で語り合った峯均の姿がいまも胸に温かく息づいている。峯均の無事を祈りつつ、この屋敷を守り抜こうと卯乃は心に誓った。

七月六日――。

峯均が流されて十日余りが過ぎた。

蒔絵《まきえ》や金銀象嵌《ぞうがん》を施した黒漆塗《くろうるしぬ》りの女駕籠《かご》を従えて、作兵衛《さくべえ》が伊崎の屋敷を訪れた。女駕籠は、卯乃を泰雲《たいうん》の屋敷へ送るために用意されたもので、桐山《きりやま》家の中間《ちゅうげん》ふたりがかついでいた。

小呂島に向かう前、卯乃が泰雲の屋敷を訪ねる際に付き添うよう、峯均から命じられていたのだ。

この日、卯乃は髻《もとどり》を金の平元結《ひらもとゆい》で結び、撫子《なでしこ》、桔梗《ききょう》の模様を散らした絹小袖に、貝合わせを織り込んだ帯を締めている。卯乃の髪を結い、着付けをしたりくが、

「きょうは、泰雲様の姫としてお屋敷に行くのですから」

と言った。

配所に移されたら、泰雲を抑えるのは卯乃しかいない。直接訴えて思い止まっていただく以外ない、と峯均は言い残していた。

泰雲を説得することに自信を持てなかったが、りくから、

「ご養父村上庄兵衛《むらかみしょうべえ》殿は、泰雲様のために諫死《かんし》なさったのです。その志を継がなければ、村上殿の死は報われないのではありませんか」

と諭されて、卯乃は心を決めたのである。

玄関で待ち受ける作兵衛は、常にない羽織袴姿だった。

「お迎えに参上いたした」

声に応じて、りくと奈津に伴われた卯乃が玄関先に出てきた。化粧した卯乃をひと目見て、作兵衛は感嘆の声をあげた。

「おお、これは見事な姫様振りですね」

卯乃が乗りこむと、りくは駕籠に身を寄せて、

「泰雲様に峯均の言葉をしっかりと伝えてください。これは卯乃殿にしかできないことです」

と声を低めて言った。卯乃はうなずいて引き戸を閉めた。

泰雲が波乱を起こせば、重根や峯均にさらなる災いが及ぶことになる。泰雲に身を慎むよう訴えるのは重根と峯均を守るためなのだ、と卯乃は自分に言い聞かせた。

作兵衛が付き添い、卯乃を乗せた駕籠は泰雲の屋敷へと向かった。

駕籠の中では暑さに蒸されて、卯乃は息苦しさを覚えた。

一刻《いっとき》(約二時間)ほどたって城下を抜けたころ、卯乃は突然、背筋につめたいものを感じた。

(なんだろう――)

胸苦しい。駕籠に酔ったのだろうかと卯乃は胸に手をあてたが、そうではないようだ。

何者かの気配を感じる。そばに居るのは作兵衛と中間ふたりだけのはずなのに、ほかにひとがいるような気がするのだ。

(誰かが、わたしを見ている)

視線を感じる。卯乃を刺すように見つめている。この気配には覚えがある。

卯乃はぞっとした。

かつて伊崎の屋敷を襲った津田天馬《つだてんま》から放たれる気だ。

あの時、卯乃は香炉を投げつけ、天馬から逃げようとした。天馬は香炉の灰でしばらく目が見えなくなり、屋敷の壁や柱を木刀で叩《たた》きながら、卯乃を捜しまわった。その獣が再び追って来たのだ。

「作兵衛殿――」

卯乃は駕籠わきの作兵衛に声をかけた。

「何でしょうか」

作兵衛は歩を止めず、身をかがめて返事をした。

「津田天馬がどこかから、わたくしを見ている気がします」

「天馬が――」

作兵衛はすぐに駕籠を止めさせた。屋敷地を離れ、左側に鎮守の森、右側に田畑が広がる道だった。

駕籠から離れず、身構えて刀の鯉口《こいぐち》に指をかけた。あたりをうかがう。遠くの田畑にいる百姓のほかに人影は見当たらない。ひとがひそめそうな場所はあの森ぐらいか。樹木がざわざわと風に揺れている。

「わたくしの勘違いだったのでしょうか」

卯乃が言うと、

「いえ、わたしも感じます。天馬の気がわたしたちに向けられています」

緊張した声が返ってきた。

(天馬は、卯乃殿が泰雲様の屋敷に向かうのを邪魔するつもりなのだろうか。奴《やつ》が本気なら、殺しに来る)

作兵衛は腰を低く構え、

「襲ってくる者があるかも知れぬ。その時はわしが防ぐゆえ、構わず駕籠を泰雲様の屋敷にかつぎこめ」

と小声で口早に言った。中間ふたりは青い顔をしてうなずいた。

道の暑熱をかきまわすゆるやかな風が吹いてくる。

作兵衛の額にべっとりと汗が浮いた。

卯乃は息を詰め、駕籠の外の気配をうかがった。しかし、身を締めつけてくる気配がふっと無くなるのを感じた。

「作兵衛殿――」

卯乃が声をかけた。同時に作兵衛も構えを解いた。先ほどからの殺気が消えている。

作兵衛は額の汗を手でぬぐった。

「奴は立ち去ったようです」

卯乃は気を弛《ゆる》めたが、胸騒ぎはおさまらない。

あっ、と気づいた。

「天馬は泰雲様のお屋敷に向かったのかもしれません」

卯乃の切迫した声に作兵衛は、

「いかにもさようです」

と答えて、中間に先を急がせた。


そのころ、泰雲は屋敷の居室で旅支度を終えていた。

打裂羽織《ぶっさきばおり》に裁付袴《たっつけばかま》である。

屋敷を出てからただちに南へ向かい、筑後《ちくご》柳河《やながわ》藩領内に入るつもりだ。泰雲の出奔を知れば、ただちに藩は博多の湊《みなと》を出る船や筑前《ちくぜん》街道に追手を向かわせるに違いない。

泰雲は柳河の立花《たちばな》家を頼り、柳河藩士を装《よそお》って江戸を目指そうとしていた。

（この屋敷を出て藩境を越えれば、追手の目をくらませよう）

江戸に到着の後は柳河藩の下屋敷に入り、老中に面会できる日を待つのみだ。

使者を送り、立花家に話はつけてある。重根が幽閉されて以来、考えに考え抜いた方策だった。

重根が血書まで認《したた》めて諫止したため、いったんは江戸行きを断念した。しかし、峯均が流罪《るざい》となったいまは誰に憚《はばか》ることもない。

老中に会って悪政を訴えさえすれば、綱政《つなまさ》を藩主の座から追い落とすのはさほど難しいことではないと泰雲は考えていた。

（綱政め、吠《ほ》え面《づら》かかせてやるわ）

これからのことを考えると腹の底から嗤《わら》いが込みあげてきた。江戸へ向かったと聞いて青くなる綱政の顔が目に見えるようだ。

支度を急《せ》かされた小姓が次の間に控えると、広縁に近臣が膝《ひざ》を突いた。

「ご出立の準備が、調いましてございます」

「そうか――」

泰雲は立ち上がり、広縁に出た。玄関に向かう前に庭を眺めた。

廃嫡《はいちゃく》されてから三十年余りをこの屋敷で過ごしてきた。何ひとつ思いのままにならず、焦慮と苦悩に明け暮れた。

わずかに心を慰められたのは、杉江《すぎえ》と過ごした日々だけであっただろうか。蟬《せみ》の声が降ってくる。庭の桜木に目をやった。樹冠が濃い影をつくっている。杉江の面影が浮かぶと同時に卯乃へと思いが移ろう。

きょう、卯乃が参上すると近臣から聞いていた。卯乃の顔を見る前にこの屋敷を発《た》たねばならない。

卯乃が、峯均の意を体し、江戸行きを思い止まるよう伝えに来ると察していた。会ってしまえば決心が鈍るだろう。

（一度は断念したのだ。再び江戸行きを諦《あきら》めては、生きている甲斐《かい》もない）
生きながら死ぬ道を選ぶわけにはいかない。何のために三十年の永きにわたって幽閉の苦しみに耐えてきたのか。
——許せ
胸の中でつぶやき、泰雲は思いを断ち切るように玄関に向かった。

配所の高窓から強い光が射《さ》し込んでいる。この日、重根は座敷牢《ろう》で瞑目《めいもく》し、端座していた。

ふと子供の声を耳にし、目を開いた。牢格子《ごうし》の向こうで、番士の笹倉庄右衛門《ささくらしょうえもん》が幼い男の子を抱きかかえている。

庄右衛門は重根に対して同情を寄せていて、峯均が夜中に侵入した一件の後も態度を変えていない。峯均が罰せられて小呂島に流罪となったことを、ひそかに重根に伝え、

「兄思いの弟御でございますな」

と思い入れ深く言った。

峯均の配流を聞いて暗澹《あんたん》とした気持になったが、重根はすべてを運命にゆだねるし

かないと、いまでは思っていた。

幼子を抱いた庄右衛門に重根は微笑《ほほえ》みながら訊《き》いた。

「その子は？」

「それがしの孫でござる。親が薪《まき》を運ぶのについて参ったのでございます」

「さようか。何歳になる？」

庄右衛門の腕から下りると、恐れる様子も無く牢格子に近づき、男の子は指を三本立てて見せた。

「ほう、三歳か。かしこいのう」

嫡男《ちゃくなん》の道暠《みちあきら》が幼かった頃のことを思い出した重根が、格子の間から指を出すと、男の子はにっこり笑ってその指を握った。

子供の手の温かさが心に沁《し》みる。

庄右衛門がつぶやいた。

「不思議なものでございます。孫が生まれ、その温《ぬく》もりに触れておりますと、この世に生きているものすべてが愛《いと》おしく思えるようになり申した」

重根は首肯した。

「生きている者が、いのちを愛おしむのは当たり前であろうが、ひとというものはなかなかそれができず、いのちを軽んじてしまう。なぜであろうか」

「さて、それがしのように無学な者にはわかりませぬ。立花様は茶の道に通じておられます。いのちの尊さを教えていただきとうございます」

「茶の道はそれを知ることにあると言ってしまえば、それまでだが――」

茶は一期《いちご》一会《いちえ》。いのちの重みをそのつど知るもの。しかし、日常坐臥《ざが》、その気持を忘れずにいることは難しい。

そう言おうとした重根は、泰雲に思いを馳《は》せた。

泰雲は生涯の大半を幽閉の身で過ごしてきた。この世に生を享《う》けた者にとって、自らのいのちを、ただ生きながらえるためだけに使うのは酷なことに思える。

(配所で日を送るようになって泰雲様の気持がわかった。わしは泰雲様を解き放ち、この藩からも飛び立てるようにして差し上げるべきだったのかもしれぬ)

その時、ふと胸騒ぎを覚えた。

峯均まで配流されて、抑える者がいなくなったいま、泰雲がおとなしくしているはずはないのだ。重根は格子の向こうで指を握っている幼子のつぶらな瞳《ひとみ》を見た。

(泰雲様のいのちに万が一のことがなければよいが)

重根は目を閉じて泰雲の無事を祈った。

泰雲が玄関に出ると、旅支度を調えた七人の近臣が控えていた。いずれも武芸達者で江戸までの護衛に選んだ者たちである。

玄関に駕籠《かご》も用意されている。

一瞥《いちべつ》した泰雲は、平然として言いのけた。

「要らぬ」

近臣のひとりが驚いた顔を向けた。

「しかしながら、藩領を出るまで、お姿をひと目にさらさぬ方がよろしいかと存じまするが」

「なんの、恥じることなど何一つない。わしは自分の足で歩いて屋敷を出ていきたいのだ」

そう言うと、泰雲は式台に座り、草鞋《わらじ》をつけさせた。そして門に向かおうと立ち上がった。

三人の近臣が前を守り、四人が後ろについた。泰雲が足を踏み出した時、前の三人が立ち止まった。

「お待ちください」

三人が両手を広げてあわてて制した。番小屋のそばにふたりの門番が倒れているのが見えた。門が開け放たれ、砂塵《さじん》とともに荒く熱い風が吹き込んできた。

津田天馬が立っている。


風が吹き荒れていた。

駕籠の中にまで砂塵が舞い込む。駕籠をかついでいる中間の足が止まった。

「卯乃殿、目を開けていられません。少し休みましょう」

作兵衛は駕籠を道沿いの林に入れさせた。

上空では風音がうなるように不気味に響き渡り、木々がざわめいた。駕籠の中で卯乃は不安を感じていた。

(伊崎を出た時には穏やかだったのに、突然どうして……)

津田天馬の気配が消えたことが気にかかる。何か不吉なことが起きる前触れかもしれない。

重根は鯰田村の座敷牢に幽閉され、峯均も島へ流された。同様に泰雲の身にも災いが降りかかるのではないか、と案じられた。

作兵衛は苛立《いらだ》たしげに駕籠のまわりを歩いて、風が止《や》むのを待っている。突風は収まらず、時おり、つむじ風が起こって、地面の砂を巻き上げた。

作兵衛は空を見上げた。雲が激しく乱れ重なっている。

(雷雨になりそうだ)

突然、風がぴたりと止んだ。先ほどまでの風音が一瞬にして消えた。

いままで風が吹き荒れていたのが嘘《うそ》のように、静まり返った。作兵衛は息を詰めてあたりを見まわした。何かが起こりそうな不穏な気配がある。腋《わき》がじっとりと汗ばんだ。

「作兵衛殿――」

卯乃が声をかけた。作兵衛は我に返り、中間に駕籠をかつがせた。

「急げ――」

林を出て、再び泰雲の屋敷へ向かって道を進んだ。風は止んだままで、静寂が続いているのがかえって訝《いぶか》しい。

卯乃の背筋につめたい汗が流れ落ちた。

(何か悪いことが起きているのではないだろうか)

多くのものを失ってきた。これ以上、大切なひとを奪わないでほしい。卯乃は胸の中で祈った。

泰雲の屋敷の周りでも風は止んでいた。

行く手を阻《はば》むかのように門前に立ちふさがった天馬は、芯《しん》に筋金を通した五尺の木刀をぶらりと手に提げている。黒い着物の片袖《かたそで》がだらりとたれていた。足元には二人の門番が倒れている。

「何奴《なにやつ》だ――」

家臣が誰何《すいか》した。

「この門を出ようとする者の命は無くなる」

低い声で天馬が言った。家臣たちはざわめいた。

「無礼者め」

家臣三人が詰め寄った。天馬は三人には目もくれず、返事を待つかのように泰雲を見つめている。

泰雲は天馬の顔をじっと睨《ね》めつけていたが、しばらくして笑みを浮かべ口を開いた。

「前にも、屋敷の周りをうろついておったな。お前は綱政が放った刺客であろう。されど、誰もわしを止めることはできぬ。止めたければ、わしの命を取るほかない」

傲然《ごうぜん》と言い放ち、泰雲はためらいなく足を踏み出した。

天馬はにやりと笑って木刀を構えた。あたかも獲物を狙《ねら》う虎《とら》のように、琥珀色《こはくいろ》の目が光った。いまにも打ちかかる気配だ。天馬が門の閾《いき》をまたいだ。その刹那《せつな》、

「討ち取れ――」

声を響かせて、三人が刀を抜きざま、斬《き》りつけた。白刃がきらりと光る。木刀が弧を描いて刀を弾《はじ》き返した。

「おのれ――」

三人は天馬の強力に目を瞠《みは》った。天馬は地面すれすれに身を屈《かが》めた。

ひとりが斬りかかるのに、体をかわし、大上段から眼前に打ち込んだ木刀を、地面につく直前に振り上げた。

〈虎切刀《こせつとう》〉である。

相手は胴を打たれて弾かれたように倒れた。さらにふたりが同時に斬りかかると、天馬は踏み込んで横なぎに木刀を左右に振るった。

飛ぶ燕《つばめ》を同時に二羽斬り捨てると言われる〈燕返し〉。木刀は風を巻いて宙を切り裂いた。

ふたりは顔面と首筋を打たれ、うめき声をあげて倒れた。いずれも血を吐いている。

「おのれ――」

泰雲の後ろにひかえた家臣たちが、刀の柄《つか》に手をかけ前に出ようとした。

「待てっ」

泰雲は手で制した。落ち着きはらった様子だ。

「なぜにございますか」

「曲者《くせもの》を成敗いたします」

猛《たけ》り立つ家臣たちに泰雲は、

「その方たちではかなわぬ」

と言った。悠然と木刀を構え直した天馬は魔物のようである。刃向かう者はことごとく倒すつもりではないか。

「なんの、われらが同時にかかれば、こやつひとりなど」

家臣のひとりが歯《は》嚙《が》みして刀を抜き放った。ほかの家臣たちも一斉に刀を抜く。殺気が満ちた。

「許さぬ――」

言うと、泰雲は天馬に向かって歩を進めた。刀を抜こうともしない。あたかも無人の野を行くような振る舞いだ。

「泰雲様、危のうございます」

押し止《とど》めようとする家臣たちを泰雲は振り払った。

「控えておれと申すに」

有無を言わさぬ口ぶりに、家臣たちは従うほかなかった。

泰雲は一歩ずつ、天馬に近づいていく。

この一歩を踏み出すために三十年の鬱屈《うっくつ》があったのだ。何人《なんぴと》もわしを止めることはできない。これは死生を超えた一歩なのだ。

幾多の戦場を駆け巡って来た黒田如水《くろだじょすい》、長政《ながまさ》以来の武門の血が、泰雲の中で叫びをあげていた。もはや、眼中に天馬の姿はない。見えるのは自分が馳駆《ちく》すべき広大な天地だけである。

泰雲とともに、天馬に向かって気迫が寄せてくる。

追い詰められた獣のように、天馬はじりっと下がった。狼狽《ろうばい》に似た気配が漂っている。泰雲の放つ気は、これまで出会ったことのないものだった。

泰雲は腹に響く声で叱咤《しった》した。

「下がれ、下郎。わしの行く手を邪魔するでない」

後退《あとずさ》りした天馬の足が門の閾にかかった。途端に天馬はかっと口を開いて、

「おおっ」

と雄叫《おたけ》びをあげた。木刀を肩にかつぎ足を踏み鳴らして走り出す。家臣たちが泰雲に駆け寄った。

その時、天馬の体がふわりと宙に浮いた。

一瞬、黒いつむじ風が泰雲の頭上を過《よぎ》ったかに見えた。泰雲の背後に下り立った天馬は、家臣たちの間を一目散に駆け抜けた。

「逃げるぞ、追えっ」

家臣たちがあわてて天馬の後を追った。天馬は屋敷の庭へ、さらに土塀に向かって走る。しかし、泰雲は振り向かない。

正面を見据え、そのまま歩いていく。一歩、二歩。

門に近づいた時、ぐらりと泰雲の体が揺れた。

——かっ

泰雲は血を吐いた。緩慢な動きで、どしりと音を立てて地面に倒れた時、泰雲の手は門の閾にかかっていた。

泰雲はわずかに顔をあげて門の外に目をやった。目の前に泰雲が夢見た天地が広がっている。

「卯乃……」

小さく声をもらすと、泰雲は目を閉じた。

雷鳴もなく、雨も降らなかった。風は止んでいる。

泰雲の屋敷に卯乃の乗った駕籠が着いた時、門は閉じられていた。作兵衛が門を叩《たた》いて、

「開門願い申す」

と幾度か声をかけたが、応答はなかった。しばらくして門が開き、騎乗した武士が出てきた。

「何事か起きたのでございますか」

思わず声をかけた作兵衛に、馬上から厳しい表情で、

「泰雲様は急な病である。御面会はかなわぬ。ただちに立ち去るがよい」

と怒鳴るように言った。武士は鞭《むち》を揚げ馬を急がせて往来を駆け去った。すぐに門は閉じられた。瞬間、作兵衛は閾に血が落ちているのを目にした。

「作兵衛殿――」

駕籠から降りて、卯乃は門の前に立った。

「泰雲様は病にて、面会はかなわぬそうです」

作兵衛は無念そうに言った。

卯乃の前で門は閉じられたままである。立ちつくす卯乃の頬を涙が伝った。泰雲の身に何が起きたかを察知していた。

(父上は、この屋敷から出ていきたいとどれほど思われていたことであろうか)

卯乃の胸に泰雲の思いがひしひしと伝わってくる。泰雲のために何もできなかったことが口惜《くや》しかった。

(もう涙を流すことはないと思っていたのに……)

どんなに苦しいことがあっても泣くまいと胸に誓ったはずなのに、とめどもなく涙があふれてくる。血を享《う》けた肉親の情からなのだろうか、孤独な思いがいっそう深まる。

生涯を、ままならぬ思いを抱いて生きなければならなかった泰雲がいたわしい。

母はそのような淋《さび》しく頑《かたくな》な泰雲に心を通わせたのだ。母の想《おも》いを受けて自分は涙を流している、と卯乃は思った。

泰雲の屋敷は寂《せき》として声なく、静まり返ったままだった。

「そうか。亡《な》くなられたか」

城中の御座所で綱政はつぶやいた。泰雲の急死を報告した隅田《すみだ》清左衛門《せいざえもん》は、

「急な病とのことでございます」

と付け加えた。

「病とな――」

綱政は眉《まゆ》をひそめた。綱政にとって、泰雲は恐ろしい兄だった。藩主の座に就いてからも、常に泰雲の存在を忘れたことはなかった。どこに居ても泰雲の目を感じた。隙《すき》を見せれば取って代わられそうな気がしていた。

父光之《みつゆき》は、泰雲を廃嫡《はいちゃく》して家督を継がせたものの、特に自分を信頼しているわけではなかった。藩主としての力量に不安を抱き、隠居してもなお藩政の舵《かじ》を取り続けた。

（わしはただのお飾りであった）

と思う。晩年の光之と綱政との間は冷えきっていた。それゆえ、光之が勘気を解き、綱政に代えて、泰雲を藩主の座に据えるのではないか、との不安が増幅されていった。

幽閉同然の身でありながら気力を失わなかった泰雲は、気脈を通ずる家臣を藩内に持ち続けた。逼塞《ひっそく》しつつ、藩主の座を狙《ねら》って野心を捨てず、目配りを怠らなかった。

その兄がようやく死んだのだ。安堵《あんど》の気持が生じていいはずである。だが、なぜか寂寥《せきりょう》の思いが押し寄せてくる。

（血を分けた兄を死なせた後悔なのだろうか）

綱政は、控えた清左衛門に目を遣《や》った。清左衛門には、泰雲の死を喜ぶ気色がある。その顔を見て、怒りが湧《わ》いた。

「もうよい。下がれ――」

唐突に綱政は言った。清左衛門は驚いて顔をあげた。綱政の不機嫌の理由がわからなかった。

「しかしながら、配流《はいる》した立花重根をいかがいたせば……」

清左衛門が言いかけると、綱政は苛立たしげに手を振った。

「いまはよい。兄上が死んだばかりぞ。口を慎め」

清左衛門を睨《にら》みつけた。綱政が泰雲を兄と呼んだのは久しく無かったことである。


重根は、鯰田村の配所でなすこともなく沈思していた。

朝夕、台所から炊煙が座敷牢《ろう》の中にまで流れてきて、重根を息苦しくさせていた。

重根は痩《や》せ、頬が削《そ》がれてきている。

端座して瞑目《めいもく》していた重根はふと目を開けた。

かすかに、ひとの気配を感じたのである。

近ごろ、見張りの番士は夜の警戒こそゆるめないものの、昼間は狭い屋内に詰めるのを厭《いと》って、外にいることが多い。番士が気まぐれに戻ってきたのか、と思ったが違った。

身なりのよい壮年の武家が、格子《こうし》の向こうに立っている。

薄暗くて顔はよくわからないが、贅沢《ぜいたく》な羽織を着て、白柄《しらつか》の脇差《わきざし》を差しているのが見える。

「どなたであろうか」

重根は声をかけた。

相手は答えない。静かに佇《たたず》んでいる。

不意に懐《なつ》かしい香りが漂ってきた。何種類もの香木を組み合わせて聞く匂香《においか》だ。

(どこで聞いたのか)

重根は思いをめぐらせた。光之を松月庵《しょうげつあん》に招いた時、りくが炷《た》いた菖蒲香《あやめこう》に思い当った。

光之はあの時、泰雲と永の別れをしたのだ。松月庵の庭で松の下に控えた泰雲に、光之は初めて真情を吐露した。それに思い至った時、重根は格子の向こうにいるのが誰であるかわかった。

「泰雲様……、ご他界遊ばされましたか」

重根は息をひそめて再び目を閉じた。

人影がゆらりと動いたように感じられた。笑ったのであろうか。温かいものが重根を包んだ。

(泰雲様はお別れに来てくださったのだ)

重根が目を開けた時、格子の向こうには誰もいなかった。

4

小呂島《おろのしま》に秋の気配が漂い始めた。

峯均《みねひら》は五尺杖《じょう》を手に岩場に立っている。

冷たい北寄りの風が海辺に吹きつける。島の東側は玄武岩が切り立つ崖《がけ》になっており、岩場が海へと続く。

緑に覆《おお》われているが、島に平地は少ない。『筑前《ちくぜん》国続風土記《ふどき》附録』には、

――此嶋《このしま》は岩多くして砂土すくなし、纔《わづか》に圃《ほ》三町二畝《せ》余あれども菜蔬《さいそ》も培養し難し、故《ゆゑ》に浦民漁猟をもて産業とす

と記されている。島民は男女を問わず漁に出るが、延宝八年（一六八〇）から六年間は鯨組が置かれ、鯨漁も行われていたという。島民の漁を手伝い、魚を分けてもらうことで峯均は口過ぎをしていたが、米や野菜などは便船で送られてくるものに頼るしかなかった。飲み水も乏しく、日照り、悪天候が続けば、飢餓に直面する。島での暮らしは厳しいが、峯均にとっては修行の場でもあった。

早朝から岩場に出て五尺杖を振るってきた。急な病で泰雲《たいうん》が亡くなったと、りくの手紙には書かれてあったが、泰雲は何者かの手に掛けられたのだ、と峯均は直感した。厳重な警備を破って、泰雲を殺《あや》めることができるほどの者と言えば、津田天馬《つだてんま》のほかにはいまい。いずれ、天馬と戦わねばならないだろう。その日のために、峯均は日々修行に励んでいた。

左腕を斬《き》り落としはしたが、油断できない相手だ。隻腕《せきわん》となってから、天馬は鉄筋を入れた木刀を用いて、さらに魔物めいた技を遣うようになったという。瞑目して、天馬の殺気立つ太刀筋を思い描いた。若き日に城内で立ち合い、無惨《むざん》に打ち負かされた。峯均にその後の人生を変えさせた出来事であった。

剣術修行に明け暮れ、二天《にてん》流五世を継承した。剣の道を究めようとする間に、天馬への復讐心《ふくしゅうしん》は薄れ、やがて消えうせた。

ところが、再び天馬は峯均の前に現れた。重根《しげもと》を襲った天馬を退けたものの、その後も因縁を断てなかった。

（あの時、逃がさずにとどめを刺していれば、泰雲様はいのちを永らえることができたのではないだろうか）

峯均は目を開けた。同時に、天馬と雌雄を決する時はかならず来るに違いない、と確信した。

玄界灘《げんかいなだ》の荒波が岩場に打ち寄せてくる。

岩に波がかかる度、峯均は跳び上がって飛沫《しぶき》を避けた。突進する天馬の木刀をかわす呼吸を会得《えとく》しようと、繰り返し宙に跳んだ。

ひときわ大きな波が襲った。飛沫が高くあがり、宙に止まった後、塊となって落ちて来る。瞬間、峯均は天馬の幻影を見た。髪を振り乱し、隻腕の獣が鋭い琥珀色《こはくいろ》の目で峯均を見据えている。

峯均は波の下をかいくぐり、近くの岩に跳び移った。着物はどこも濡《ぬ》れていない。五尺杖が、波の幕を切り裂いていた。呼吸をととのえる。

突如、海上を風が走った。

白い波頭を砕き、断崖《だんがい》に叩きつける。迫りくる天馬の気を思わせるかのような風だ。

峯均は岩の上で構えを崩さなかった。

強風にさらされながら、

(卯乃《うの》たちに悪いことが起こらねばよいが)

と伊崎《いさき》の屋敷に思いを馳《は》せた。凶事を暗示する風に、峯均は不安を覚えていた。

卯乃は変わることのない日々を過ごしていた。

りくと奈津《なつ》、それに家僕の弥蔵《やぞう》だけの淋《さび》しい日常である。暮らし向きを切り詰め、食事もしだいに質素になっていった。りくは野菜作りに一層、精を出した。

「島では野菜があまり穫《と》れぬそうです。峯均殿の口に入るほどはないでしょう」

そう言って、卯乃や奈津に手伝わせて、菜園を広げた。月に二度の便船で峯均に届けてもらうためである。

早朝にりくが畑仕事をするのは、これまでと変わりないが、卯乃や奈津も野菜の世話をするのに加わるようになった。峯均のいのちをつなぐためだと思えば、鍬《くわ》を振るい土を耕すことも苦にならなかった。

九月に入って菜園の隅に植えていた菊が花開いた。菊の香りをりくは好み、葉を食《しょく》膳《ぜん》に上せたりもした。

この日もりくは卯乃とともに菜園に出て鍬を振るった。

朝からよく晴れた日だった。菊の香が漂って、気持を和ませる。

水を遣りながら、卯乃はふと泰雲のことを思い浮かべた。泰雲の死が、今でも信じられない。どこかに泰雲がいる。そんな気がして顔を空に向けた。

泰雲は、卯乃にとって遠いひとだった。母と自分への思いがどのようなものだったか推し測り難かった。

しかし、近ごろ卯乃は、父の心が伝わってくるような気がしていた。苛《か》酷《こく》な境遇をわしは懸命に生きてきた、と語りかける泰雲の声が心に響いて、

(父上は父上らしく生きられたのだ)

と思えるようになっていた。

鍬を振るって汗をかき、卯乃はひと息入れようと、手を休めた。りくも休んでいるのか、畑を耕す鍬の音がしない。

その時、ひとが倒れるような音がした。

「どうかなさいましたか」

卯乃が声をかけても、返事はない。

(――何かあったのだろうか)

卯乃は不安になった。二、三歩、りくがいると思われる方向に歩を進めた。

なおも歩むと、足に何か柔らかいものが触れた。膝《ひざ》を折ってさわってみると、りくが倒れている。

「りく様、りく様――」

声をかけるが、りくはぐったりと横たわったままである。荒い呼吸をしている。

突然のことに、卯乃は困惑した。自分ひとりでは、りくを動かせない。

「奈津さん、弥蔵――」

卯乃は声を限りに叫んだ。

「どうかなさいましたか」

屋敷の裏で薪割《まきわ》りをしていた弥蔵が駆け付けた。

「卯乃さん、何か――」

朝餉《あさげ》の支度をしていた奈津が、台所の戸口から出て声をかけた。

「りく様が倒れられたのです」

卯乃が大きな声で言うと、奈津もあわてて駆け寄った。三人でりくを屋敷に運び込んで、部屋に寝かせた。

弥蔵が走って医者を呼びにいった。一刻《いっとき》（約二時間）ほどして、やってきた初老の医者はりくを見て、

「中風ですな」

と言った。脳卒中のことである。

「中風は突然発症するものですが、立ちくらみや頭痛、耳鳴り、肩の凝りなどが兆候として現われます。肋《あばら》のあたりに張りを感じ、胸や腋《わき》の下にしこりが出ます。さようなことは申されておりませんでしたか」

医者の問いに、卯乃は首を振った。

「辛抱強いお方ですから、苦しいことや辛《つら》いことは何もおっしゃいません」

答えながら、卯乃は胸が詰まった。峯均が家禄《かろく》を百石に減らされた時も、さらに島流しにされようとも、りくは愚痴ひとつ言わず、この家を支えてきたのである。

（そのお疲れで病になられたのだ）

卯乃は申し訳ない気持で胸がいっぱいになった。

夕刻になって、りくは意識を取り戻した。そのころ、報《しら》せを聞いて、立花《たちばな》本家から用人が訪れた。

りくは言葉が出難《でにく》いため、卯乃と奈津が見舞いを受けた。四十過ぎの痩《や》せた用人は、

「容体は承りました。りく様には御本家に戻られるがよかろうと存じまするが」

と遠慮勝ちに口を開いた。

「それは――」

卯乃は戸惑った。りくが本家に戻るかどうかは、自分たちで決められることではない。

奈津が口をはさんだ。

「お祖母様《ばあさま》は、いま少しお元気になられるまで家移りされるのは無理かと思います。容体が落ち着きましたら、お祖母様のお考えをうかがいたいと存じます」

その言葉に、用人はほっとした様子で帰っていった。

「奈津さん、よく言ってくださいました」

卯乃が言うと、奈津は明るい声で応じた。

「だって、お祖母様がお元気でしたら、必ずそう言われるはずです。お祖母様が一番、望んでいるのはこの屋敷で父上の帰りを待つことでしょうから」

「そうですね。皆で力を合わせてこの屋敷を守っていかねばなりませんね」

女子《おなご》は守る戦をするものです、と言ったりくの言葉を、卯乃は思い起こしていた。

しかし、目の不自由な自分と若い奈津で病のりくを抱えながら、はたして屋敷を守っていけるであろうか。胸を不安がよぎる。

三日が過ぎると、りくは床に起き上がれるようになった。左半身が不自由になってはいたが、幸い話すことは今までと変わりなくできた。医者はりくの容体を診て、

「これからはできるだけ手足を動かすよう努めることです。そうしなければ体が固まってしまいます。長丁場になりましょうが、お励みになれば、かなり良くなられるのではないかと存じます」

と言った。

りくの病が良くなるのだと安堵《あんど》しながらも、薬のかかりがかさむだけに、卯乃は行く末の厳しさを思いやって気を引き締めた。りくに滋養のある物を食べさせ、島にいる峯均のもとに暮らしに必要な物を送り届けなければならない。

卯乃と奈津はふたりで菜園の世話をするようになった。ふたりの手は、土にまみれ、水仕事で荒れていった。りくや峯均のために十分なこ

とが出来ているのだろうかと思い悩みつつ、懸命に働いて日々を過ごすほかなかった。

りくは、卯乃の介護をこだわりなく素直に受け入れた。卯乃に支えられながら歩くのも日課となっていった。

昼過ぎにはりくのために薬湯を煎《せん》じて持っていった。ある時、りくは穏やかな口調で語った。

「これからはより困難な暮らしが待っておりましょうが、わたしはそのことを喜んでいるのですよ」

「喜びとは思いがけないお言葉です」

卯乃は微笑して首をかしげた。病に倒れても、決してくじけないのは、いかにもりくらしい。

「重根殿も峯均殿も流罪《るざい》の憂《う》き目に遭い、日々、辛さと闘っていることでしょう。わたしども女子が、安穏と過ごすわけには参りません」

「りく様は強いお方でございますね」

ため息をつく思いで卯乃は言った。

「いいえ、わたしは強くはありません。大切なものを守ろうとする女子が、皆強いのです。殿方はご自分が女子を守るものと思っておられるでしょうが、女子が殿方を守っているのだ、と思いますよ」

言い切ったりくの力強い言葉が、卯乃に母の杉江《すぎえ》のことを思い出させた。母は泰雲を守るために屋敷を出たのかもしれない。そして、卯乃の養父となった村《むら》上庄兵衛《かみしょうべえ》をも守っていたのではないだろうか。

「わたくしも、そのように強くなれましょうか」

卯乃が訊《き》くと、りくはゆっくりと薬湯を飲んでから応《こた》えた。

「なれますとも。いえ、あなたは、すでに強くおなりです。ただ、そのことに気づいていないだけなのです」

「いいえ、わたくしは、まだ、とても……」

「あなたは、大切に思うものを持っているではありませんか。それだけを心の中で信じていれば、どのようなことにも負けはいたしません」

りくの励ましが卯乃の胸に沁《し》みた。峯均を信じて待つように諭しているのだ。りくが託そうとするものを受け止めて生きていかねば、と卯乃は思った。

さらに十日が過ぎたころ、伊崎の屋敷を訪れた女がいた。訪《おとな》いをいれる声に聞き覚えがあった。玄関に出た卯乃は胸が騒いだ。

記憶にある香りが漂ってくる。

「りく様がご病気とうかがい、お見舞いに参上いたしました」

すずやかな声でさえは言った。

座敷に通しながら、卯乃は心に波立つものを感じた。さえが屋敷を訪れたのは久方ぶりのことである。

(さえ様は、ただ見舞いに参られただけではないのでは……)

さえと知って奈津も座敷に出てきた。さえは見舞いの品を差し出して、

「りく様にお目にかかれますか」

と訊《たず》ねた。

「何かお話がおありでございましょうか」

卯乃は思い切って訊いた。

病んだりくの姿をさえに見せたくない、という思いがあった。それを察することができないさえではないはずだ。りくに会いたいというからには理由があるに違いない。

しばらく黙った後、さえが口を開く。

「わたしを、このお屋敷に置いていただけないかとお願いに参ったのです」

「ここにさえ様が来ると言われるのですか？」

卯乃は息を呑《の》んだ。

「はい。近ごろ弟の七十郎《しちじゅうろう》は健やかになりまして、お役につくこともかないました。暮らしに入り用な物は十分に届けると申しております。りく様のお世話をさせていただきたいと思って参りました」

さえは真剣な口調で言った。

「さえ様がこの屋敷に……」

さえの言葉に、卯乃は困惑した。

「父から命じられ、わたしは何も言えずに、奈津を手放し、峯均殿と離縁しました。そのことをいまも悔いております。りく様をお世話し、奈津とともに暮らしたいとかねてからわたしは願っておりました」

峯均が島流しになったいまこそ、その願いを叶《かな》えたい、というさえの気持が声音に滲《にじ》み出ている。拒むことはできない、と卯乃は思った。

困窮しているりくたちを助けたい、という言葉はさえの真情から出たものなのだ。奈津もさえと暮らせるのは嬉《うれ》しいはず。

そう思いながらも、卯乃の胸には戸惑いがあった。さえがくれば、すべてはさえに委《ゆだ》ねられることになるのではないか。さえがこの屋敷を守り、峯均の帰りを待つこと

になる。自分の居場所は無くなるだろう。だが、

（皆の幸せを考えれば、その方がいいのだ）

と自分に言い聞かせた。さえの気持はありがたい、と言おうとした時、奈津が口を開いた。

「母上がお越しになるのはいかがかと思います」

さえはわずかに身じろぎした。

「わたしが参らぬ方がいいと言うのですか」

「母上がお祖母様を世話することを、父上は望まれるでしょうか」

奈津の胸は波立っていた。さえが同居を申し出てくれたのは嬉しかったが、そのことを素直に喜べない。此《こ》の期《ご》に及んでなぜ、という思いが湧《わ》いてくる。さえが屋敷に入ることで失われるものがあるような気がしてならない。

さえはしばらく黙っていたが、ふと口調を変えた。

「奈津もおとなになりましたね」

「出過ぎたことを申しました。申し訳ございません」

奈津はうつむいて言った。自分の言葉が、さえを傷つけたのだと察していた。

「あなたはひとの思いを察することのできる娘になった、とわたしは嬉しく思ってい

るのです」

淋《さび》しさのこもった声で、さえは感慨深げに言った。手塩にかけられなかった娘の成長を知るのは、嬉しいと同時にせつなくもある。

「母上を悲しませるつもりはなかったのです」

言わなければよかった。奈津は母を傷つけようなどとは微塵《みじん》も思っていなかった。それでも口にしてしまったのは母への甘えがあったからかもしれない。

卯乃は奈津の心遣いが心に沁みた。奈津にしてみれば、さえと暮らすことはかねがね望んでいたことであった。しかし、卯乃を思い遣《や》る気持から奈津はさえを拒むかのような言葉を発したのだろう。卯乃がこの屋敷に来てからの日々は、ふたりの間に肉親以上の情愛を育《はぐく》んでいたのだ。

「奈津が言うのももっともですが、りく様におうかがいを立てていただけないでしょうか」

さえが膝を進めて声を強めた。さえは引き下がるつもりなどない様子だ。自分の気持を押し通そうとする執念にも似たものを感じる。ここまで頼まれては、りくに伝えないわけにはいかない。

「少しお待ちください」

卯乃は言い置いて奥に向かった。広縁には潮の香りがかすかに漂っていた。時おり、風向きによって浜辺から運ばれてくる。卯乃は、小呂島にいる峯均に思いを馳《は》せた。

（峯均様はどうしておられるだろうか）

三人の女が暮らすこの屋敷を一人の女が訪れた。母、娘、想《おも》い人、元の妻、四人の女が抱く峯均への思いはそれぞれ別のものである。女たちの思いは孤島の峯均に届いているのだろうか。胸をつまらせながら、卯乃はりくの部屋の前で膝《ひざ》をついた。

「さえ様がお見えですが……」

声をかけると、りくが身を起こす気配がした。

「何用で参られたのですか」

落ち着いた声だった。

「りく様のお世話をなさりたいとのことです。ですが、奈津さんが峯均様はそれを望まれないのでは、と言われました」

りくは思案しているのか返答がない。しばらくして、

「あなたは、どうすればよいと思われますか」

と訊いた。

「わたくしは……」

卯乃は言葉に詰まった。正直に自分の胸に問えば、さえに来て欲しくない気持がある。それは身勝手だと思う。どう言えばいいのだろう。言葉が見つからない。

卯乃の気持を察したのか、りくは言葉を続けた。

「さえ殿と奈津をここへお呼びなさい。四人で香を聞きましょう。心を鎮《しず》めて考えれば、よき思案も浮かびましょう」

卯乃は戸惑った。

「香の支度はどのように――」

「あなたが考えてください」

りくは考え深げに言った。

「承知いたしました」

今まで香元を任されたことはなかった。卯乃は頭を下げて、さえの待つ座敷に戻った。

「四人で香を聞き、心を鎮めて考えましょうとりく様は仰《おお》せです」

「ありがとう存じます。それでは、わたしが香の支度をいたしましょう」

さえが落ち着いて言った。その声には自信めいた響きすら感じられる。

「いえ、わたくしにと仰せでしたので」

卯乃はさりげなく返しながら、

（まるで、わたしはさえ様と心の戦をしているような）

と思った。


秋の日が傾いている。

卯乃は香道具を用意した。奈津が手を添え火合《ひあい》をみる。

香炉からかすかに香りが立ち昇った。


秋風のふき上げに立てる白菊は花かあらぬか波のよするか

卯乃は和歌を誦《しょう》した。

――菊合香《きくあわせこう》
は、『古今和歌集』にある菅原道真《すがわらのみちざね》の歌の世界を表現する。

吹上の浜で秋風に揺れる白菊は、花なのか、それとも波が寄せているのか見紛《みまが》うほどだ、という意味である。

菊合香では、秋の浜辺に咲く白菊を思い浮かべつつ、〈秋風〉と〈白菊〉の香を聞き分ける。

座にため息がもれた。

浜辺の白菊、打ち寄せる白波。いずれも小呂島に流された峯均へつながるものだった。峯均へ寄せる四人の思いが、〈秋風〉と〈白菊〉の香に託されていた。

香炉はまず、りくの膝前に置かれた。りくが聞き終わると、続いてさえが手にした。

さえがこの屋敷で香を聞くのは初めてである。

さえが香を聞く所作には、ためらいがなく凜乎《りんこ》とした気配が感じられた。

さえには女として欠けるところがない。この屋敷を支えることのできるひとだ、と卯乃はあらためて思った。

奈津が、さえに続いて香を聞いた。卯乃が次の香に移ろうとした時、りくは口を開いた。

「九月九日の重陽《ちょうよう》は、菊の節句でもあります。宮中では古来、重陽に菊をひたした菊酒を召すそうです。菊は長寿に薬効があると言われていますが、卯乃殿が菊合香を選んでくださったのは、わたしの平癒《へいゆ》を願われてのことでしょうね」

「まことに、卯乃様のおやさしい心遣いと存じます」

さえはりくに頭を下げながら言った。りくはさえに顔を向けた。

「峯均が花房《はなぶさ》の家を出た時、あなたと立花家の縁は切れたものと思っておりましたが
……」

やわらかな口調に厳しさが滲む。

さえは動じなかった。

「わたしもさように思っておりました。峯均殿のお助けで藤森《ふじもり》と離縁いたすまでは
……」

「藤森の家を出られてから、気持が変わったとおっしゃいますか」

さえの白い頰がほんのり紅潮した。

「はい。わたしは峯均殿とともに花房の家を出てこちらへ参るべきでした。あの時、できなかったことをいまさせていただきたいのです」

「そのために、この家に来たいと言われるのですか。わたしどもが窮地にあるゆえ、助けたいと」

「いいえ、助けるなどとおこがましいことを思っているわけではございません。ただ、艱難《かんなん》をともにいたすことをお許しいただけないかと――」

さえは手をつかえた。りくが口を開こうとした時、卯乃は二番目の香を置いた。

りくはゆっくりと香炉を手にして香を聞いた。そして、そっとつぶやいた。

「よい香ですね。ひとをいとおしむ気持が込められた香は心を晴れやかにします」

りくの言葉に、奈津が袖《そで》を目に当てた。

りくは微笑《ほほえ》んだ。

「どうしました。近ごろ、奈津は涙を催すことが多いようですが」

奈津は声を詰まらせた。

「卯乃さんがこの屋敷に参られてからのあれこれを思い出しますと、つい涙ぐんでしまうのです。いろいろなことがありましたから」

「そうですね。大殿様は亡《な》くなられ、重根殿や峯均殿は流罪《るざい》となってしまいました。泰雲様まで亡くなられ、わたしどもだけが取り残されたような気がいたしますね」

りくは淡々と言って、香炉をさえの前に置いた。

「さえ殿に来ていただくかどうかは、峯均殿からこの屋敷を託されたひとが決めるべきでありましょう」

「どういうことでございましょうか?」

眉《まゆ》をひそめてさえが訊《き》いた。りくは構わず、卯乃に顔を向け、

「卯乃殿、あなたのことです。あなたがさえ殿にどうしていただくかお決めなさい」

と言った。

「わたくしに決めよとおっしゃるのですか」

卯乃は息詰まる思いがした。

りくは卯乃を峯均の妻として遇すると言っているのだ。しかし、自分にすべてを背負うことなどできるのだろうか。

さえは、りくの言葉が聞こえなかったかのように香炉を手に取り、香を聞いた。

「確かに心が晴れる思いがいたします。かような香を峯均殿とともに聞けるのであれば、何よりの幸せと申すもの。峯均殿が島から戻られる日が待ち遠しゅうございます」

そう言うと、さえは卯乃に目を遣った。

「卯乃様、なさりたいと思っても、ままならぬことが多々ございましょう」

さえの言葉が卯乃の胸に突き刺さった。

卯乃は手をつかえ、さえに向かって頭を低く下げた。

「その通りでございます。わたくしにはできぬことが多うございます。それでも成し遂げたいと思う気持は持っております。どうか、わたくしの望みを果たさせてくださいませ。お願いいたします」

頭を下げたまま、さえの返答を待った。

胸にこみあげるものはあったが、涙を見せなかった。

「それが思い通りにならぬ険しい道だとわかっていても、進むと言われるのですね」

さえはひややかに訊いた。

「いのちを懸ける気になれば、成らぬことはないと存じます」

卯乃がきっぱり応《こた》えると、

「ああ、やはり――」

と言ってさえは目を閉じた。

「わたしにはわかっていたのです。卯乃様には及ばないと」

秋の日差しが部屋の奥まで伸びて、さえの顔を白く照らした。さえの頰を一筋の涙が伝い落ちた。


さえが辞去してほどなく、卯乃が煎《せん》じた薬湯を飲みながら、りくは、

「さえ殿は哀《かな》しいひとです」

とぽつりとつぶやいた。卯乃は首をかしげた。

「やはり、来ていただいた方がよかったのでしょうか」

「いいえ、そうはならないと、さえ殿にはわかっていたはずです。さえ殿はあなたの

覚悟を確かめに来たのでしょう」

「わたくしの覚悟を――」

「そうです。何かを守ろうとする者は、そのために捨てねばならぬものも多いのです。ひとからの誹《そし》りも甘んじて受ける覚悟がなければ、大切なものを守り通すことはできません。あなたにそれがあるかどうかを、さえ殿は知りたかったのだ、と思いますよ」

「さようでございましたか」

卯乃はうつむいた。さえには、峯均と奈津への思いがあった。さえにその思いを捨てさせたのは、他ならぬ自分であった。さえに辛《つら》い思いをさせてしまった。

「卯乃殿、花の美しさはどこにあると思いますか」

りくが突然訊《たず》ねた。思いがけない問いに、

「花の美しさは色にありましょうか」

と答えると、りくは頭を振った。

「いいえ。花の美しさは生き抜こうとする健気《けなげ》さにあるのです」

「健気なものは美しいのですね」

「それがいのちの美しさですから。あなたには秋霜《しゅうそう》に咲く白菊のように強く生き抜いてほしいと願っています」

りくの言葉には慈《いつく》しみがあふれている。

卯乃は、胸の中に白い花が咲くのを感じた。

第五章　花《はな》橘《たちばな》

1

思いがけない客が伊崎《いさき》の屋敷を訪れたのは、十月半ばのことである。

寒さが増し、空気が澄明《ちょうめい》な季節になっていた。浜辺から聞こえる潮騒《しおさい》も物淋《ものさび》しい。

主《あるじ》のいない屋敷は閑寂としている。

この日、奈津《なつ》は家僕の弥蔵《やぞう》を供にして、立花《たちばな》本家の法事に出向いていた。屋敷には卯乃《うの》とりくだけがいた。

訪《おとな》いの声がして玄関に出た卯乃は、式台に膝《ひざ》をついた。

「どなた様でしょうか」

声が返ってくるまで少し間があった。

「卯乃殿。真鍋権十郎《まなべごんじゅうろう》でござる」

卯乃は思わず眉《まゆ》をひそめた。嫌な思いをさせられただけに、会いたい相手ではなかった。

「いささか話しておきたいことがあって参った。奥に通していただきたい」

ふてぶてしい物言いだ。卯乃が泰雲《たいうん》の娘であることを知らぬはずはないが、権十郎の物腰には丁重なものが感じられない。

「家の者が他出いたしております。お通しするわけには参りません」

卯乃はきっぱりと応じた。女ふたりだけの屋敷に権十郎を上げることはできない。

「これはご挨拶《あいさつ》だな。村上庄兵衛《むらかみしょうべえ》殿の友として、そなたのことをずっと気にかけてきたわしに玄関先で話せと言われるか」

権十郎は言い募るが、卯乃は言葉を返さなかった。これ以上、話す気はない。

「ここでお話をうかがえないのでしたら、お引き取りください」

卯乃が腰を浮かすと、権十郎はあわてた。

「待たれい。そなたの今後について、わが主、隅田清左衛門《すみだせいざえもん》様が案じておられる。そのことを伝えに参ったのだ」

「どのようなことでございましょうか」

卯乃は膝を正した。重根《しげもと》と峯均《みねひら》が配流《はいる》されたのは清左衛門のたくらみに違いないと思われる。これ以上、何をくわだてようというのだろう。

「夏に泰雲様は急な病で亡《な》くなられた。そこで、そなたの行く末を考えねばならぬと隅田様は仰《おお》せである」

含みのある言い方に、卯乃は表情を硬くして押し黙ったままである。権十郎はかぶせるように口早に言った。

「そなたが泰雲様のお血筋であることを、藩内の者たちは薄々知っておった。それゆえ、行くあてのないそなたを立花重根が引き取ったのだ。あげく、立花一族は泰雲様とのつながりを疑われ、厳しい処分を受けるに至った。そのことをどう思っておられる」

「重根様や峯均様が配流されたのは、わたくしのせいだと言われますか」

訊《き》き返す卯乃に、

「違いますかな」

と権十郎は嘯《うそぶ》いた。

「真鍋殿がどう思われましょうと勝手でございますが、わたくしはそうは思っておりません」

毅然《きぜん》として、卯乃は言い切った。権十郎は言葉を続けられない。

以前の卯乃は、はかなげな娘に過ぎなかった。自分の言うことに異を唱えるとは、思いも寄らなかった。

あらためて、まじまじと卯乃を見た。美しさとともに品格も備わった姿に目を瞠《みは》らされた。

（やはり、血は争えぬ）

泰雲と同じ気迫を卯乃に感じて、権十郎は気圧《けお》された。

「いや、それがしは卯乃殿の思いを尋ねたに過ぎぬ。ただ、峯均殿が島流しとなったいま、暮らしも立ち行かないのではと案じておるだけじゃ」

「さようなご斟酌《しんしゃく》は無用にございます」

「そうは言っても、これからのことは気がかりであろう。それで、隅田様を頼られてはいかがかと思ってな」

権十郎はやんわりと言った。

「隅田様を頼るとは――」

卯乃は訝《いぶか》しげに訊いた。

「されば、どこぞにお屋敷を賜り、時おり、隅田様が卯乃殿を慰めにお訪ねになるということだ」

「わたくしに側妾《そばめ》になれと……」

何ということを言うのだろう。卯乃は呆《あき》れて口を閉ざした。取り乱した権十郎が、

「いや、これはそなたのことを案じて思い立ったことでな。隅田様のお側《そば》に上がるのが嫌であれば、ほかに考えようもある。たとえば、それがしがそなたの世話をさせていただくとか……」

と上ずった声で言いながら、視線を体にまとわりつかせる。

その気配に、卯乃はぞっとした。

「お帰りください。二度とここに来ていただきとうはございません」

あからさまに言うと、権十郎は声を荒らげた。

「わしはそなたのことを思えばこそ言っておるのだぞ。ありがたいとは思わぬのか」

居直ったのか、威圧するように卯乃に目を据える。

(実の父を亡くし、峯均様とも離れ離れになって、このような男にも侮《あなど》りを受けるのか)

口惜《くや》しさに、卯乃は無言で立ち上がり奥へ向かおうとした。

「お待ちなされ」

権十郎がなおも声高に呼びかけた。

その時、表から、

「お頼み申す」

と男の声がした。卯乃が振り向くと、

「桐山作兵衛《きりやまさくべえ》でござる」

と名乗りながら、羽織袴《はおりはかま》姿の作兵衛がゆっくりと玄関に入ってきた。権十郎は顔をしかめた。

「これは桐山様――」

作兵衛はじろりと権十郎の顔を見た。

「隅田様のご家来が何用ですかな」

「いや、ただいま暇《いとま》をいたすところでござった」

「さようか。ならば、早々に立ち去られるがよい」

作兵衛はひややかに言った。

「いかにも、辞去いたしまするが、桐山様はかような流罪人の屋敷に、何用で参られたのでございますかな」

うかがうような目をして、権十郎は作兵衛に訊き返した。

作兵衛は黒田《くろだ》二十四騎のひとり桐山丹波《たんば》の一族であり、父が早世したため叔父の六《ろく》兵衛利貞《べえとしさだ》が家禄《かろく》をついでいるが、いずれ家督を譲られ、千三百石の身分になることが決まっている。黒田家中では重臣の家柄だけに、権十郎も侮れない。

「師の屋敷をお訪ねして、何か不都合でもございますかな」

「このことが殿のお耳に入れば、桐山様のためになりませんぞ」

「言いたくば言えばよいが、隅田様は、わが桐山一族まで敵にまわすおつもりか」

作兵衛がひと睨《にら》みすると、権十郎は目を宙に泳がせた。

「いえ、決してそのような……」

権十郎は頭を下げた。作兵衛は刀の鯉口《こいぐち》に指をかけ、鞘《さや》を斜めにした。作兵衛の鞘が、権十郎の鞘に当たった。

「な、何をなさる。無礼でありましょう」

権十郎は作兵衛を睨みつけた。しかし、作兵衛は平気な様子で、

「何をするとはこちらが言いたいことだ。何の遺恨があって、わしに鞘当てをしたのだ。喧嘩《けんか》を売る気なら買ってもよいが」

身構えた作兵衛の目に一瞬、殺気が走った。

権十郎は身をすくませ、蒼白《そうはく》になった。

「いずれ、思い知ることになりましょうぞ」

言い捨てて、ほうほうの体で玄関から去ると、作兵衛は、

「腰ぬけめ」

と愉快そうに笑った。

「作兵衛殿、そのように乱暴をされては」

卯乃が少し困ったように言った。作兵衛が自分のために権十郎をこらしめてくれたのだとは思ったが、桐山家に災厄がおよぶのは困る。

「大丈夫です。あれぐらいやっておいた方がよいのです。家中には立花一族に同情し、ご家老のやり方に不満を覚えている者も多いのですから」

そう言って、作兵衛は話柄《わへい》を転じた。

「きょうは、お客を案内して参ったのです」

「どなた様でございますか」

作兵衛にうながされ、ひとりの男が入ってきた。年は三十半ば、ほっそりとし、総髪で胸紐《むねひも》のある黒い十徳《じっとく》を着て、裁付袴《たっつけばかま》、草鞋《わらじ》履き姿である。

「佐野道伯《さのどうはく》殿と申されます。亡き大殿様が、卯乃殿のために探しておられた江戸の目医者殿です」

そう言えば重根が、腕のいい医師が秋には九州に来る、と話していた。

（お祖父様《じいさま》が、わたしの目を案じて探してくださったのだ）

と胸が熱くなった。

「佐野でござる」

道伯は頭を下げて、あいさつしつつ、さりげなく卯乃の目の動きを観《み》ていた。

ともかく、りくに会ってもらおうと卯乃は奥座敷にふたりを案内した。

左の手足が不自由ながら卯乃に支えられて座敷に来たりくは、道伯に向かって、

「よくお出《い》でくださいました」

と膝を正して深く辞儀をした。

卯乃は茶の支度をして参りますと言って座を外し、やがて茶碗《ちゃわん》を捧《ささ》げて戻って来た。

道伯は茶を喫して、

「いま少し早く来るつもりでしたが、遅くなり申し訳ございませぬ。さっそく、卯乃様の目のお具合を診せていただきとう存じますが、よろしゅうございましょうか」

と言った。

「それはもう、一刻も早い方が」

りくはうなずいた。卯乃は気後れしたが、そのまま道伯の診察を受けることになった。

わが国では、眼科医は早くから専門化していたと伝えられる。平安時代の〈病草紙《やまいのそうし》〉には、目の手術を行う医師が描かれている。南北朝時代になると、尾張《おわり》国馬島《まじま》村《むら》の清眼大僧都《せいがんだいそうず》により馬島流眼科が創始され、以後、多数の流派が広がった。

道伯は卯乃の眼をたんねんに診ていった。蠟燭《ろうそく》を点《とも》して眼の前にかざし、ゆっくりと左右に動かした。さらに、縁側で外光にあてるなどして瞳孔《どうこう》をのぞきこんだ。やがて、道伯は深く息を吐いて言った。

「内障《そこひ》でございますな」

「治りましょうか」

りくが心配げに訊《き》いた。

道伯は振り向いて首をかしげた後、ややためらいがちに言った。

「白い濁りが出ておるようです。これを鍼《はり》にて治療いたせば光を取り戻せるやもしれません」

りくの顔が明るくなった。卯乃は信じられない思いだった。

「それなら、さっそくにお願いいいたします」

りくが頭を下げると、押し止《とど》めるように道伯は手をあげた。

「いや、その前にお考えいただかなければならぬことがございます」

そう言うと、卯乃に顔を向けた。

「目を病んだのは、何事かお悩みになったころからだとうかがいましたが、さようでございますか」

三年前の正月だった。

権十郎と初めて会った時、養父村上庄兵衛が自害したのは重根のせいだ、と囁《ささや》かれて卯乃は心を乱し懊悩《おうのう》した。

そして雪の朝、庭を見ようとした卯乃の目は、白い靄《もや》がかかったように何も見えなくなっていたのだ。権十郎の言葉にひそんでいた毒が自分の体を蝕《むしば》んだのかもしれない、と思ってきた。

卯乃がそのことを話すと、道伯はしばらく考え込んだ。作兵衛は、卯乃が光を失った経緯《いきさつ》を初めて聞かされて、

「あの男を、先ほど痛めつけてやればよかったですな」

と憤慨した。卯乃は頭を振って、

「真鍋殿の妄言《ぼうげん》のためだけとは限りません。ただの病かもしれないのですから」

光之《みつゆき》の母親である新見《にいみ》氏も目を病んでいた。そのため、新見氏は忠之《ただゆき》に疎《うと》んじられ

たと光之は語ったが、あるいは、疎んじられたがゆえに光を失うという次第であったのかもしれない。

「心の病にて光を失うことはままあることです。その場合、心の傷が癒《い》えれば光を取り戻すこともありましょう。鍼にて目を傷つければ、二度と光は戻らないかもしれません。治療をいたしてよいものかどうか迷うところです」

と道伯は慎重な口ぶりで言った。

そうであるならば自然に治るのを待ってみてもいいのではないだろうか、とりくの気持は揺れた。

「いかがいたしますか」

道伯は卯乃に顔を向けた。りくと作兵衛は何も言えずに黙した。

卯乃のほかに決められる者はいない。しかし、卯乃はためらわなかった。手をつかえ、

「治療をしていただきたく存じます」

意を決した声で言い、頭を下げた。

「それでよろしいのですな。手荒な治療ですぞ」

道伯は念を押した。

「りく様と奈津さんをお守りしたいと思っているのです。そのためなら、わたくしは命をかけることも厭《いと》いません。それゆえ、目の治療も恐ろしくはございません」

卯乃は笑みを浮かべて言った。

卯乃が目の治療を受けることになったと、りくが報《しら》せてきた。

（そうか、道伯殿が来てくれたのだな）

手紙を読み終えて重根は喜んだ。

佐野道伯は、卯乃の目を診た後、長崎に行く予定がある。卯乃が治療に耐えられるだけの体力をつけるには、どのような物を食したらよいかを道伯は書き置いて、いったん福岡を離れた。

十一月に入ってから、道伯は福岡に戻って治療を行うと書かれていた。

「久方振りに明るい気持になることができた」

重根は手紙を巻きながらつぶやいた。

今年、立花一族には不運が相次いだ。重根と峯均の配流《はいる》に続き、六月には重根の兄で立花本家の主《あるじ》、平左衛門重敬《へいざえもんしげたか》が他界した。さらに九月四日には、綱政《つなまさ》の正室呂久子《ろくこ》も亡《な》くなった。法名は心空院。

黒田家へ嫁いできた呂久子は柳河《やながわ》藩主立花鑑虎《あきとら》の養女であった。筑後《ちくご》柳河立花家は、立花一族にとって言わば宗家にあたる。呂久子の輿入《こしい》れを熱心に進めたのは、重根の父重種《しげたね》である。呂久子は、一族の隠れた後ろ盾でもあった。九月の末になって、笹倉庄右衛門《ささくらしょうえもん》が呂久子の死を格子《こうし》越しに教えてくれた。

「心空院様さえ御存命でおわすならば、われらにもいずれ救いの手を差し伸べていただけると思っていたが、それも虚《むな》しくなったか」

重根は悲嘆した。庄右衛門が見かねて、

「お嘆きなさいますな。いずれよいこともございましょう」

と慰めた。庄右衛門がよいことと言ったのは、卯乃が目の治療を受けられるということかもしれない、と重根は自らの気持をなだめつつ日を送った。

重根のもとに、松月庵《しょうげつあん》で使っていた鏡、剃刀《かみそり》、鋏《はさみ》、毛抜き、砥石《といし》など身のまわりの品がようやく届けられた。重根を預かっている村橋弥兵衛《むらはしやへえ》を通じて藩に願い出ていたが、長いあいだ聞き届けられず不自由を強いられていたのだ。

高窓から差し込む小春日和《びより》の光を受けて、重根は久々に鏡に向かって髭《ひげ》を剃《そ》った。かすかに痛みが走った。頬を傷つけたのか血が滲《にじ》んだ。剃刀で傷つけてしまうなど、かつてなかった。

（――どうしたことだろう）

嫌な気がした重根は、あらためて鏡を見ずに剃り直した。すると、うまく剃れた。

（鏡があるがゆえ却《かえ》って傷つけてしまうのか）

鏡を見て剃ると、映った姿にとらわれる。おのれにとらわれてはならない、と教えられたような気がして、重根は静かに剃刀を置いた。

幽閉されてから重根は、光之の思い出や流罪になってからの日常などを書き溜《た》めていた。その中には日々の記録だけでなく、自作の和歌、漢詩なども含まれていた。

当初、筆硯《ひっけん》が与えられなかったため、楊枝《ようじ》を嚙《か》んで筆代わりにした。

その文字が梵字《ぼんじ》に似ていることから、

――梵字艸《そう》
と題し、番士との交流も記した。番士は笹倉庄右衛門、林新兵衛《はやししんべえ》のふたりで、庄右衛門とはすでに親しく言葉を交わしている。新兵衛は寡黙《かもく》だが、重根に対して好意的だった。

このほか三人の番卒が、交代で重根の監視にあたっていた。いずれも年寄りで、日頃は田を作り、川で漁をしたりしている者たちである。

重根から聞く、茶や和歌などさまざまな話を楽しみにしていた。また、村橋弥兵衛も重根に親切で、手作りの団扇《うちわ》や菊の花、こねり柿《がき》などを差し入れてくれた。六畳しかない座敷牢《ろう》に閉じ込められての暮らしは苦痛ではあったが、番士、番卒たちとは温かい交流を持てて不快な思いをすることはなかった。

十月下旬になって、ある日の夕方、突然弥兵衛がやってきた。眉間《みけん》にしわを寄せて深刻な顔をしている。

牢格子のそばで膝《ひざ》をついた弥兵衛が、

「立花様、お伝えせねばならぬことがございます」

と告げた。重根が顔を向けると、

「このたび、ご家老様より指示がございました。これまで食事は朝昼が米二合、夜食一合と定められておりましたが、今後は朝昼一合にて、夜食はなしとのことです」

と小声で、気の毒そうに言う。藩は重根に対して、苛酷《かこく》な取り扱いを命じてきたのである。

重根は首肯した。

「それがしは、すでに得度いたしております。修行僧は一日二度、一合の飯だと聞き及んでおります」

常と変わらぬ重根の様子を見て、弥兵衛はほっとしたようだった。弥兵衛が帰った

後、話を聞いていた番卒が、すぐに牢格子の傍に寄って、

「心配なさることはありません。わしらが畑でとれたものを持って参ります。米でなければ、お咎《とが》めは受けませんから」

と囁いた。

「それはありがたいことだ」

と重根は素直に喜ぶ様子を見せたが、胸の中では、米が減らされた理由について、考えをめぐらせていた。

（目ざわりならば、わしに切腹を命じればすむことだ。それも許されず、ただ飢え死にせよとの仰《おお》せなのか）

綱政がそれほど自分を憎んでいるのか、と哀《かな》しみがこみあげてきた。黒田家に仕えて懸命に過ごした日々は何だったのか。そこまで考えて、重根はふと、

（殿は何かに怯《おび》えておられるのではないか）

と思い至った。何かを恐れるがゆえ、重根に対しても非情に当たろうとしているのではないのか。

そのころ綱政は、城中本丸の中庭にのぞむ広間で酒を飲んでいた。

間もなく参勤交代で出府しなければならない。

傍らには小姓が控えるだけだ。初冬の冴《さ》えた月の下、中庭の木々は葉を落とし、寒々としていた。

朱塗りの盃《さかずき》を口に運んだ綱政の表情には、愁《うれ》いが浮かんでいた。呂久子の四十九日法要が執り行われたばかりだった。大名家の常で、必ずしも心から親しんだわけではないが、亡くなってしまえば寂寥《せきりょう》の思いが胸に迫ってくる。

昨年、光之が、今年九月には呂久子が相次いで他界し、黒田家には死の影が漂っているような気がする。何より、七月には兄の泰雲が急死した。その死が何を意味するかは綱政が誰よりもよく知っている。泰雲は尋常な最期《さいご》を迎えたわけではなかった。

(兄上が亡くなられたのは、黒田家百年のため、やむを得ないことだった)

綱政は幾度も胸の中で言い聞かせてきた。しかし、ともすると、後ろめたさが湧《わ》いてくる。

(惰弱なことを考えてはならぬ)

おのれを叱咤《しった》すればするほど、泰雲の持っていた剛毅《ごうき》さを思い浮かべずにはいられない。その荒々しさが黒田家の将来を危うくするとして、光之は泰雲を廃嫡《はいちゃく》した。だが、泰雲は三十年におよぶ幽閉にすら耐え切った。

その間、家中の一部の者と常に気脈を通じ、綱政に取って代わろうという野心を捨てることはなかった。光之が長命しなければ、泰雲は御家騒動の嵐《あらし》を巻き起こしていたに違いない。

そうなった時、泰雲を抑え込むことができたかどうか、綱政には自信が無かった。家中がふたつに割れて争う事態を前に呆然《ぼうぜん》としていただけかもしれない。

さまざまな思いにとらわれながら、綱政は盃をあおった。

酔いがしだいにまわってくる。庭に目を遣《や》ると、薄闇《うすやみ》の中に石灯籠《いしどうろう》がぼんやりと浮かんでいた。

綱政の酔った目には、石灯籠がひとの姿のように見えた。

白い人影が庭先に佇《たたず》んでいる。

「——何者だ」

綱政は怯えた声で言った。大刀を捧《ささ》げ持っている小姓が、何か命じられたものと勘違いをして顔を向けた。綱政は無造作に刀を取り、そのまま足袋跣《たびはだし》で庭に下りる。

「殿、いかがなされました」

小姓があわてて訊《たず》ねた。

綱政はその声が耳に入らぬかのように石灯籠に近づいていく。

影が揺れる。笑っているのか。綱政が近寄るにしたがって、目の前の影が大きくなる。

——はは、はは、は

泰雲が大きな口を開けて笑っていた。

つめたい憎悪《ぞうお》のこもった嘲笑《ちょうしょう》。

綱政よ、その怯えようはどうした。それが黒田家の当主のざまか。戦国の世の大名なら、たとえ肉親であろうと、おのれのために死なせて悔いるところはないはずだ。

お前は大名の器ではない。

もはや、藩主の座から降りるべき時だぞ。代わりはいくらでもおる。お前は、わしを廃嫡するために藩主の座に据えられた人形に過ぎんのだからな。

綱政の耳に嗤《わら》う声が響いた。

「おのれ——」

綱政は刀を抜き放つと、鞘《さや》を捨て白い人影に斬《き》りつけた。がきっと鈍い音がして、綱政は、はっとわれに返った。目の前にあるのは石灯籠だけだ。

刀は大きく刃こぼれしている。綱政は、無惨《むざん》に欠けた刃をじっと見つめた。

（わしは何を恐れているのだ）

泰雲は死んだ。

この世にいない者のことを恐れる必要はない。いや、未《いま》だ生きて自分を見つめている者がいる。

綱政を嘲笑しているのは、立花重根か。

綱政が藩主となってからも、光之は藩の実権を手放さなかった。光之の側近として力を振るう重根を憚《はばか》らねばならないことが度々あった。

光之亡き後も、泰雲の影に怯え続ける綱政を重根がどのような目で見ているのか。

「重根め、わしを嗤っておるな」

重根を始末しなければ安心して眠ることはできないだろう、と思った。

刀を手に夜空を見上げ、庭に立ちつくす綱政を、小姓は気味悪そうに見ている。

翌日御座所に、隅田清左衛門は召し出された。頭を下げて、綱政の傍近くで言葉を聞いていた清左衛門の顔がしだいに青ざめてきた。

綱政が命じたことは、かねてから清左衛門が言上していたことだった。

(殿もようやく腹を決められたか)

と思う一方、いざ仰せ付かると、空恐ろしく荷が重いことだと気がついた。綱政の命に従えば、藩内の反発は清左衛門に向かってくるだろう。あるいは、綱政はそのことを承知の上かも知れない。その証拠に綱政は、

「わしは間もなく江戸へ参る。在府の間にしてのけよ」

とつめたい表情で言ったではないか。

(つまるところ、すべてはわしがしたことで、殿には関わりがないようにしろ、ということか)

胸の中で清左衛門はうなった。

そうなっては、たまらない。なんとか手段を考えなければならない。

「仰せのごとく仕《つかまつ》ります」

と言上して清左衛門は下城した。

(いま一度、あの化け物を使おう)

すべては権十郎が企《たくら》んでしたことにして、詰め腹を切らせるというのがいい思案だ。とっさに清左衛門が考えたのは、そういう筋書だった。

すぐに真鍋権十郎を呼んだ。

主人のために家臣が泥をかぶるのは当然ではないか。清左衛門自身、綱政から押しつけられているのだ。

やがて、権十郎が清左衛門の部屋にやって来た。

「ようやく件《くだん》のことを、殿から命じられたぞ」

さりげなく清左衛門が言うと、権十郎は喜色を浮かべた。

「さようでございますか。これで、禍根を断つことができるというものでございます。立花一族に思い知らせてやりましょう」

伊崎の屋敷で卯乃から追い返され、作兵衛に侮《あなど》られたことを思い出していた。意趣返しができる、と権十郎はほくそ笑んだ。

清左衛門はおもむろに権十郎を見つめた。

「しくじらぬようにいたせよ。なにせ、これはそなたが策したことだからな。わしは、それを殿に伝えただけゆえ、殿からの恩賞はすべてそなたに与えるつもりでおるぞ」

権十郎は感激した様子で手をつかえ、

「ありがたき仰せにございます」

と頭を下げた。清左衛門はにこやかにうなずいた。

(馬鹿《ばか》め。この件を指嗾《しそう》した者を殿が生かしておくはずもない。そなたにはすべてを背負ってあの世へ行ってもらわねばならぬ)

清左衛門の思惑にも気づかず、権十郎は頭を下げ続けていた。

十一月に入り、佐野道伯は予定通り長崎から戻ってきた。伊崎の屋敷で道伯はあらためて、卯乃の目の具合を診て、

「治療をお受けになるご決心は変わっておられませぬか」

と訊《き》いた。卯乃は落ち着いて答えた。

「はい。なにやら治療を受けると決めてから、すがすがしい心持ちがいたしております。迷いはございません」

「それでは三日後から治療を行いましょう」

と道伯は告げた。

おりから、霙《みぞれ》の降る寒さが厳しい日だった。

2

十一月十日――。

朝から厚い雲が垂れこめ、底冷えがする日だった。

佐野道伯《さのどうはく》は、気温と日差しを確かめるため、伊崎《いさき》の屋敷の庭に出てしばらく天を仰

いでいた。

やがて座敷に戻ると、火桶《ひおけ》と燭台《しょくだい》を用意するよう奈津《なつ》に頼んだ。治療する間、冷えないように火桶で部屋を暖め、障子を締めきると昼間でも薄暗くなる部屋に燭台を点《とも》した。道伯は、白い上着を羽織ると布で口をおおった。手水盥《ちょうずだらい》で洗った手を拭《ふ》き、卯乃《うの》に向き直った。道伯の傍には奈津が付き添うだけである。

作兵衛《さくべえ》もこの日、屋敷を訪れていた。治療の場に立ち会うことは許されず、縁側に腰を掛けて待った。

作兵衛は、時おり庭に下りては空をいらいらと眺めた。卯乃の治療の日がなぜ晴天ではないのだろうか、こちらの気持まで塞《ふさ》いでくる。

峯均《みねひら》にとって卯乃は格別なひとだ。自分は師の代わりに、卯乃の治療を見守るつもりで来たのだ。しかし、何ができるというわけでもない。

（治療が無事に終わって欲しい）

と思うばかりだった。

作兵衛には、待つ間が天馬《てんま》と対決した時よりも辛《つら》く感じられた。

道伯は手術用の鍼《はり》に注意深く手を伸ばした。

内障《そこひ》という病は、目の中の水晶体に濁りが生じて発する。濁った水晶体を鍼によって目の下部に落とせば、ふたたび光を取り戻せる。〈墜下法《ついか》〉と呼ばれる治療法である。ただし、従来のやり方では瞳孔《どうこう》を傷つけてしまう恐れがあった。このため、道伯は目の横から鍼を入れることで危険を避けようとした。

それでも、何かのはずみで瞳孔を傷つけることはあり得るだけに、慎重を期すべき治療であることは間違いない。

道伯は白い布を手に取り、まず卯乃の額の汗をぬぐった。手足が痺《しび》れるほどの寒気だったが、目に鍼が入ると思えば自然に卯乃の肌は汗ばむ。

汗をぬぐった布を渡された奈津は、そっと手水盥に浸した。治療中に出血するかもしれないので、それに備えるためであった。

道伯は、卯乃に声をかけた。

「痛みがありますが、鍼が入っている間は目を閉じませぬよう」

卯乃はかすかにうなずいた。

道伯の手もとが乱れるようなことがあれば、卯乃に光が戻ることは永遠に無くなる。

そう思うと恐《こわ》くはあったが、奈津の目は鍼を持つ道伯の手の動きを追った。

奈津にとって、卯乃は時に姉のようであり、別れて暮らした母の面影をしのばせるひとでもあった。ともに暮らすうちに喜びや悲しみを分かち合い、心が通った。いまでは離れがたいひとになっている。

（治療を妨げるような事が起きませぬよう）

奈津は緊張して治療を見守り続けた。

居室で、りくは数珠《じゅず》を手にしてひたすら祈っていた。

膝前《ひざまえ》に置いた香炉から香が立ち昇る。りくの脳裏には初めて伊崎の屋敷に来た時の卯乃の姿があった。

突然光を失い、生きる寄る辺を無くした娘だった。

その姿にりくは憐憫《れんびん》の情を覚えた。だからこそ、目が不自由でも卯乃に菜園で鍬《くわ》を振るわせ、香の道を教えた。

たとえどのような境遇にあろうとも、ひとは精一杯強く生きなければならない、とりくは思ってきた。しかし、これまでの卯乃の人生はあまりにも苛酷《かこく》なものだった。次々と身近なひとと死に別れ、運命に翻弄《ほんろう》され続けた。

それでも卯乃は可憐な白い花だった。

その卯乃がいままでは、りくや奈津を支えて生き抜こうと危険な治療を受けている。
(あなたは強くなられた。必ずや御仏《みほとけ》のご加護があるはずです)
りくはわが娘を思い遣る気持で卯乃を見てきた。
(卯乃殿が光を取り戻せますように)
母の思いをこめてりくは願っていた。

牢《ろう》の壁に突き当たると、重根《しげもと》は踵《きびす》を返した。
歩数を千六百歩と決めている。
これは重根が元禄《げんろく》九年(一六九六)に博多に創建した東林寺《とうりんじ》と松月庵《しょうげつあん》の間を六町(約六百五十メートル)としての歩数である。重根は松月庵から東林寺へと参拝する心持で、狭い牢内を一歩ずつ踏みしめながら、
——千五百九十七
——千五百九十八
胸の中で数える。
卯乃の治療がうまくいくようにとの願いを込めて歩いていた。座敷牢での歩行は、仏への帰依《きえ》を示す修行であり、卯乃に幸せをもたらしたいという祈りでもあった。

——千五百九十九
卯乃の顔とともに、杉江《すぎえ》の面影も重根の脳裏に浮かんでいた。

泰雲《たいうん》の側に推挙した杉江への思いは、永年重根の胸中に埋み火の如《ごと》く消えずにあった。卯乃を初めて見た時、その思いがはっきりと甦《よみがえ》った。

（わしは煩悩《ぼんのう》の徒であったのだろうか）

とは言え、杉江と卯乃は、自分にとっていのちの輝きのもとであったという気がする。

ふたりがいたから、重根の生涯に仄明《ほのあか》りが灯《とも》ったのではなかったか。それは、政事《まつりごと》や茶の道で得ることのできない人間らしい温かみのある彩《いろど》りとなった。

だからこそ、卯乃の幸せを祈らずにはいられない。

——千六百
重根は足を止め、高窓から差す薄日に合掌した。

しばらくして、牢格子《ごうし》の向こうに番士の笹倉庄《ささくらしょう》右衛《え》門《もん》がやってきた。膝をつき、牢の入口にかけられた鉄の錠をしきりにいじっている。

重根は首を傾《かし》げた。

「何をしておられる」

庄右衛門はなおも黙って錠をさわっていたが、やがて鈍い金属音がしたかと思うと、格子に体を寄せて、

「立花《たちばな》様、錠がいつでも開くようにいたしました。手を触れますれば落ちましょう。頃合いを見てお逃げくだされ」

とささやいた。重根は驚いた。

「何を言われる。わしが逃げては、村橋弥兵衛《むらはしやへえ》殿やそこもとたちが咎《とが》めを受けるではないか」

「これは村橋様とも図ってのことでございます。立花様への藩のあつかいを見ておりますと、このままではお命が危のうございます」

「迷惑をかけると知りながら、逃げるわけにはいかぬ」

重根は声を低めた。

庄右衛門たちの好意はありがたいが、これ以上、自分のことで罪人を増やしたくはない。しかし、庄右衛門はなおも熱心に言う。

「二日ほど前に、この近くで旅の托鉢《たくはつ》僧が盗賊に襲われ、身ぐるみはがれて殺されました。身元もわからぬ願人坊主《がんにんぼうず》でしたので、村の者が寺のそばに葬《ほうむ》ったのでございま

す。立花様と年恰好《としかっこう》がよく似ております」

「亡《な》くなった坊主の遺骸《いがい》をわしのものと偽るとでもいうのか」

重根は目を瞠《みは》った。

「さようです。藩では、立花様が不慮の事故にて亡くなられてもお構いなしで咎《とが》め立てはしない、と村橋様に通達してきたそうです。何が起こっても放っておけということでございます。されば、立花様が病にて亡くなられたと申し出、ひそかに埋葬したと届け出てもご検分はございますまい」

庄右衛門はあたりをうかがいながら言った。重根はしばらく考えた後、ゆっくりと頭を振った。

「なぜでございますか。このままでは、いずれお命が……」

庄右衛門は必死の面持ちで格子に手をかけた。

「志のほどはまことにありがたい。さようにすべきか、とも思うが、ひとはおのれの道を作りつつ生きるものだ、とわしは心に定めてきた」

「それゆえ、牢を出られるがよろしいと申し上げております」

「いや、わしの生きてきた道がこの牢へと通じていた。狭く行き場のない場所だが、ここは紛れもなくわしが生きてたどり着いたところだ。逃れては、道を見失うことになろう」

重根は光之《みつゆき》に仕えた日々を思い出していた。

常に力を尽くし、忠誠を捧《ささ》げてきたという自負があった。あげくに幽閉され、さらには理不尽な死を与えられようとも矜持《きょうじ》を失いたくない。

「わしはわしのままでいようと思う」

重根がきっぱりと言うと、庄右衛門はがくりと肩を落とし、

「されば、錠はいつでもはずれるようにいたしておきます。お気持が変わりましたら、いつなりと牢から出てください。後はうまく取り計らいますゆえ」

と言い残して立ち去った。

重根は庄右衛門の後ろ姿に深々と頭を下げ、しばらく瞑目《めいもく》した。


伊崎の屋敷では、道伯が真剣な眼差しをして鍼を使っていた。

部屋の中は静まり返って物音ひとつしない。ただ、道伯の身動きするわずかな音と手伝う奈津の息遣いがかすかに聞こえるばかりだった。

卯乃は、りくや奈津を支える身となれるようひたすら念じていた。

卯乃は、もはや自分のためだけでなく、養父村上庄兵衛《むらかみしょうべえ》や泰雲の思いを果たすため

に生きようとしていた。

ひとは誰しも思い通りに生きることはできない。何のためにこの世に生を享《う》けたのか。思い惑うことばかりだった。

だが、生きなければならない。念ずれば必ず通ず。

卯乃はそのことだけを願い、痛みの中で必死に自らを保とうとした。脳裏に母杉江の面影が浮かんだ。

幼いころに見た母のやさしい顔である。

——卯乃
母の声が聞こえる。

(母上、いらしてくださいましたか)

卯乃の目に涙が滲《にじ》みそうになった。それに気づいた道伯が、

「涙はいましばらくご辛抱ください」

と声をかけた。すると、重根が最初に会った日にかけてくれた言葉が聞こえた。

——泣くでない。泣かなければ明日は良い日が来るのだ
涙が止まった。

重根が微笑《ほほえ》んでいる。

──よう、こらえたな。やがて嬉《うれ》しい涙を流す日も来よう
重根の声が遠ざかる。
卯乃の意識が薄らいだ。闇《やみ》の中に落ちていく。あたたかなものに体が包まれた。峯均の腕の中にいる気がする。峯均の声がした。
──どこへも行かぬ。わたしはずっと卯乃殿の傍におる
遠く潮騒《しおさい》が響いている。

十一月に入ってからの梵字艸《ぼんじそう》の記述には、一日が曇りで時々、時雨《しぐれ》があったとある。

二日、三日と同じ曇り空だった。

四日は夕方から曇って一晩中雷が鳴って稲光がした。

五日には村橋弥兵衛の婿《むこ》である三郎の妻の訃《ふ》を伝えられた、と記されている。

重根は以前、弥兵衛から三郎の妻が病がちだと聞いて、所持していた薬の奇応丸を五粒与えたことがあった。

薬効があったのか元気になったと聞いていたが、容体が急変した。

この日、重根は、

──今夜ちかきあたりの山に葬り侍《はべ》り

と記すのみで、後は何も書いていない。その後は○印をひとつ記しているだけである。

なぜ円を書いたのか、重根自身にもわからなかった。ただ、なんとなく筆がひとりでに動いたのである。

重根は円を書いた後、しばらく見つめ、それ以降は筆を取ってこなかった。

十日の夕刻、ようやく何かを記そうという気になった。格子に背を向け、文机《ふづくえ》に向かった重根は、ふと異様な気配を感じて顔を上げた。

どさり、と何かが倒れる音がした。

牢の中の空気がゆっくりと動いている。

以前、峯均が来た時と似たものを感じた。峯均は番士を気絶させて座敷牢まで来た。同じ様に何者かが忍びこんでいるのではないか。

みしり、と板敷を歩く音がした。

何者かが近づいていた。殺気が迫るのを感じる。

重根は目を閉じた。

文机に向かったまま振り向こうとはしない。

やがて、格子の向こうに何者かが立った。それまでひそめられていた息遣いが聞こえ、獣じみた異臭が漂ってきた。

「――津田《つだ》天馬か」

重根はおもむろに言った。

低い笑い声が聞こえてくる。

「わしだとよくわかったな」

津田天馬は格子に近づいた。目を細くして牢の奥にいる重根を見据え、手にした五尺の木刀で軽く錠にふれる。錠はごとりと板敷に落ちた。

天馬はにやりと笑った。

「錠を破るのに手間取るかと思うたが、外れておるとは好都合だ」

戸を引くと、ぎしりと音を立てた。

重根は振り向かない。文机に向かい端座したままである。天馬はのそりと中に入った。異臭が牢に満ちた。

「なぜ、背を向けている」

威嚇《いかく》する響きがあった。重根が振り向けば、一撃で頭を打ち砕こうとする殺気が込められた声だ。

姿勢を崩さずに重根は言った。

「道は前のみにある。振り向くことはない」

数珠《じゅず》を手に瞑目する姿には、ゆるぎない威厳があった。あたりはしんとして底冷えがする。木枯らしが吹き、山鳴りが聞こえてくる。

天馬は重根の背に冷酷な目を向けた。食い殺す前に獲物をもてあそぶ虎《とら》のように、すぐに手にかけようとはしない。無慈悲な笑みを浮かべ、言い放った。

「何をしに来たのかはわかっているようだな」

重根は淡々と応じた。

「わしはここを招月庵《しょうげつあん》と名づけておる。招くのは月だけだ」

「ふふ。もてなしてもらうつもりはないわ。お主の命をもらい受けにきた」

天馬の体がゆらりと揺れた。木刀を重根の首筋に向ける。

「恐ろしいか」

追い詰めた獲物をどう始末してやろうか、と舌舐《したな》めずりするように天馬は嘯《うそぶ》いた。

憐《あわ》れむように重根は言う。

「怯《おび》えておるのはお前の方だろう」

天馬は琥珀色《こはくいろ》の目を瞠《みは》った。

「臆《おく》する所などない」

殺気が漲《みなぎ》った。筋金を通した木刀の先端が小刻みに震えている。

「虚勢を張っているだけだろう。自分の恐れを見抜かれないために」

「利《き》いた風なことを――」

天馬の口元がゆがんだ。高窓から差し込む月の光に、悪鬼の形相が浮かぶ。すっと天馬は前に出る。自分の間合いになった。

天馬の体から発する魔物のような殺気が、重根をおおった。その目は重根の後頭部に吸い寄せられている。ひと打ちで、この男の息の根を止めることができるだろう。しかし、それでは面白くない。

「牢番《ろうばん》は貴様を逃がそうと錠をはずしておいたのであろう。なぜ、逃げなかった。さすれば追いかけてやったものを」

重根が外に逃げていれば、山野を追いかけまわして狩ができた。あげく、追い込んでなぶるという楽しみがあったのに、それを奪われた。

「わしはおのれの道を行くだけだ」

天馬はかっと笑った。

「牢に無理やり入れられたのであろう。押し破るのが武士というものではないか」

依然として天馬は木刀を振るわない。重根は背中で天馬と戦っていた。怯えた方が負けだ。

重根はおもむろに口を開いた。

「お前は、望んでこの世に生まれてきたのか」

不意を衝《つ》かれ、天馬は一瞬たじろいだ。

重根が言い返してくるとは思いも寄らなかった。天馬にとって、すべてを決するものは剣である。剣で決着をつけられない者はただの卑怯者《ひきょうもの》だと思っている。だが、いま重根から発せられた声に怖気《おじけ》は感じられない。

重根は続けた。

「むろんそうではあるまい。気づいた時にはこうして生きていたのだ。牢を破ったとしても、この世から逃げられはしない。できることは、ただおのれの道を進むことのみだ。それがわしの誇りだ」

天馬は高窓を見上げて、嘲笑《あざわら》った。何を言おうと、死んでいく者の言葉は虚《むな》しい。

(この男の命運はわしがにぎっているのだ)

峯均に片腕を斬《き》り落とされた後、天馬は山に籠《こも》って修行した。

獣のように山野を駆け、滝に打たれた。ひたすら技を磨き、気を鍛えた。峯均への復讐心《ふくしゅうしん》が天馬を駆り立てた。

ひとの心を忘れ、生死の境さえ越えてきた。ひととして生きているなどという気持はすでにない。

ただ復讐するために、峯均にまつわる者たちを死に至らしめんがために生きてきた。次は峯均の番だ。のたうちまわるほどの苦しみを与えてから、あの世に送ってやる。

(お主の言葉など剣には遠く及ばない)

しかし、胸にひっかかるものがあった。

同じ言葉を以前にも耳にしたような気がする。

いや、その男は口にしたわけではない。ただ、全身から発する気でそのことを伝えたのだ。

天馬の口からつぶやきがもれた。

「あの男も同じことを考えていたのかもしれぬな」

重根は目を開いた。

「泰雲様か?」

天馬はしばらく黙した。

その時も強い風が吹いていた。行く手を阻《はば》むかのように屋敷の門前に立ちふさがった天馬を、泰雲は睨《ね》めつけた。風がぴたりと止《や》んだ。

騒《ざわ》めきが消え、静寂が戻った時、その先にあるものが死であるにもかかわらず、泰雲はためらわず足を踏み出した。その気迫に、天馬は思わず後退《あとずさ》りしてしまった。

「あの男は、わしに向かってまっすぐに歩いて来おった。死ぬことより、おのれの向かう道を見失うことを恐れるかのようにな」

重根は不意に怒りを覚えた。

天馬の振るった木刀によって泰雲はこの世を去らねばならなかったのだ。泰雲がどのような思いで生き、そして死んだのか。どれほど無念であっただろうか。

重根は慟哭《どうこく》する思いだった。

ひややかな言葉が重根の口をついて出た。

「お前は泰雲様を恐ろしく思ったのであろう。いや、おのれの道を貫く生き方を恐れたというのが本当のところか」

ううむっ、と天馬は唸《うな》り声をあげた。泰雲を前にして、一瞬怯《ひる》んだことを重根は見抜いているかのようだ。

（この男を生かしてはおけぬ）

天馬は仁王立ちになった。おもむろに木刀を構える。

「わしと会ったのが、貴様の不運だと知れ――」

凄《すさ》まじい目だった。気迫だけで重根を殺《あや》めようとしている。

天馬は、山中を駆け巡り、鳥や獣を気で圧倒した。相対して自在に気を発し、木刀で打てば、獣は血を吐いて死んだ。

しかし、重根の気に乱れはない。天馬にあせりの色が浮かんだ。

(この男も死を恐れてはいない)

重根の誇りの前ではすべてが無力だった。木刀を振り上げたその手が震えた。

重根は寂《さ》びた声で言った。

「邪《よこしま》な剣は滅びる。やがてお前はそれを思い知ることになるであろう」

天馬は答えない。重根を見つめるばかりだ。

緊迫した空気が流れた。

重根には、もはや生も死もなかった。ただ、あるがままの自分がいた。それは死によっても失われることがない。

胸の中で卯乃に呼びかけた。

(卯乃よ、たとえ、どのような逆境にあっても、押しつぶされず誇りを失わずに生きて欲しい)

重根が卯乃に最後に伝えたいことだった。それは杉江の思いであり、泰雲が、卯乃に託したものでもあっただろう。

（そのためには、わし自身が誇りを失わずに生き抜かねばならぬ。見ておれ、わしはこの男に負けはせぬ）

重根は合掌した。

かっと天馬は目を見開いた。

――覚悟っ

木刀がうなった。

刹那《せつな》、重根に闇《やみ》が訪れた。ゆっくりと文机に伏した重根の口もとには、笑みがわずかに浮かんでいた。

あたかも事を成就《じょうじゅ》して満ち足りたかのように。

はっと我に返って重根を見下ろした天馬は、怯えたように牢を出た。木刀を片手に、よろよろと屋敷の外へ出て行く。

月が雲に隠れると同時に、天馬の姿も闇に消えた。夜陰に怒りとも悲しみともつかぬ獣のような咆哮《ほうこう》が響き渡った。

——卯乃

闇の中で重根の声を聞いた。

道伯の治療が終わり、目を布でおおわれて休んでいた卯乃は眠りから覚めた。

たしかに自分の名が呼ばれた。

重根は何を伝えたいのだろう。声を聞こうと、卯乃は心を傾けたが、それはかなわなかった。体が何か温かいものに包まれるのを感じた。

目の痛みが薄らいだ。

(重根様——)

卯乃の胸に重根のやさしく微笑《ほほえ》む顔が浮かんだ。声をかけようとした時、その面影が不意に薄らいだ。

(重根様の身に何事か起きたのではないだろうか)

卯乃は胸騒ぎを覚えた。懸命に打ち消そうとするものの、不安は消えない。背を向けた重根の姿がしだいに小さくなる。

(光を取り戻すおりには、わたしの傍に居てくださるとおっしゃったではございませんか)

卯乃は心の中で叫んだ。

その時、重根が振り向いた。

卯乃は重根の屋敷で過ごした日々を思い出した。養父村上庄兵衛を失って心の拠《よ》り所を無くした卯乃を、重根は温かく迎えた。四季おりおりに重根は茶を点《た》て、卯乃に話しかけてくれた。

そんな日々が卯乃の心をときほぐした。

不意に卯乃は重根の茶室にいるような気がした。茶室の光景がありありと見える。重根が端座して静かに茶を点てている。明り採りの窓から光が差し込んだ。茶室の中が黄金色に輝く。

茶を喫する。心に深く沁《し》みる味わいだった。

「美味《おい》しゅうございます」

卯乃が言うと、重根は茶釜《ちゃがま》に向かったままうなずいた。重根の横顔が光に白く縁取られている。

卯乃は胸が詰まった。

これは夢なのだろうか。

(違う。重根様はわたしに会いに来てくださったのだ。やはり、重根様に何事かあったに違いない)

不安に駆られて卯乃は起き上がった。傍らで寝ていた奈津が目を覚ました。

「卯乃さん、痛むのですか」

奈津が心配そうに訊《き》いた。

卯乃は頭を振った。

「何でもありません」

そうは言ったものの、込みあげてくるものがあって顔を伏せた。道伯から、まだ涙を流してはいけないと言われていた。心が乱れる。

奈津は驚いて起き上がり、卯乃の背に手を添えた。

「眠らないと体に障《さわ》りますよ」

奈津のやさしい言葉に救われる思いがした。

「いま、重根様がお見えになりました」

「伯父上様が――」

はっとして、奈津は思わずあたりを見まわした。幽閉されている重根が伊崎に来るはずはない。卯乃の夢枕《ゆめまくら》に立ったのだろうか。

「伯父上様の身に何か――」

奈津の声は震えていた。

「重根様はわたしの身を案じて夢に出てくださったのかもしれません」

奈津はほっとして、

「きっと、そうです。卯乃さんの目が良くなりますように、と伯父上様は祈念なさっておられるのです。その思いが届いたのです」

と語り、自分を納得させるように何度もうなずいた。卯乃もそうであって欲しいと願った。これ以上、ひとと別れる辛《つら》さを味わいたくない。

「重根様はまことにおやさしい方です。ですから……」

卯乃は後の言葉を飲みこんだ。やさしく言葉をかけ、見守ってくれた重根の姿はいつも卯乃の胸に大切にしまわれている。

夜の静寂《しじま》が冷え冷えと身に沁みた。

ある黒田《くろだ》藩士の日記には、重根の死について、
——立花宗有《そうゆう》(重根)十一月十日死去、仔細《しさい》これあり候《さうらふ》なり
と記されている。
撲殺されたという噂《うわさ》が藩内に流れた。
一方、博多の東林寺に開山として迎えられ、重根が参禅した卍山道白《まんざんどうはく》禅師は、

――遂令其自殺（遂《つい》ニソレヲシテ自殺セシム）

と記した。藩の命による自裁だったのではないかと見ていたのだ。

重根の遺骸《いがい》は、〈繍褥《しゅうじょく》〉（僧侶《そうりょ》が使う布団《ふとん》）に包まれて人知れず野外に埋められた。懐《ふところ》には観音像と経が納められていたという。

六年後、鯰田村《なまずたむら》の配所で重根の身柄を預かっていた野村太郎兵衛《のむらたろべえ》が晴雲寺《せいうんじ》に丁重に改葬し、小さな堂を建て、祀《まつ》った。

3

治療から五日後、佐野道伯《さのどうはく》は卯乃《うの》の目に巻かれていた布を取ることにした。

前日までの時雨《しぐれ》がちな空とは打って変わり、この日は朝から晴れていた。

薄暗い奥座敷で、卯乃と向き合い布をはずす道伯の手元を、りくと奈津《なつ》が固唾《かたず》を呑《の》んで見守った。

「よろしいですか。布を取りましたら、ゆっくりと目をお開けください」

道伯は落ち着いた声で言った。

卯乃は、恐る恐る目を開いた。そっと部屋の中を見まわす。

最初に目に留まったのは、床の間に活《い》けられた枇杷《びわ》だった。障子を透かした光に仄《ほの》かに白い花が浮かんでいる。

「卯乃殿――」

声に振り向くと、りくがいた。その傍らに可憐《かれん》な娘が目を輝かせている。初めて目にする奈津の顔だ。

「はっきり見えます。りく様と奈津さんのお顔が――」

卯乃が声を詰まらせると、りくは袖《そで》で目頭を押さえた。奈津は涙を浮かべて卯乃を見つめた。

「よかった。父上もお喜びになることでしょう」

奈津の明るい声に、卯乃の心もはずむ。

床の間の花のそばに刀架があった。大小二振りが掛けてある。

黒糸で鮫皮柄《さめがわづか》を巻いた質素な拵《こしら》えの大刀は、刀身が二尺八寸(約八十五センチ)ほどとやや長目で、円を二つつなげた飾り気のない海鼠鍔《なまこつば》である。

「あのお刀は?」

卯乃が訊くと、りくは微笑んだ。

「峯均《みねひら》殿の腰の物です。卯乃殿が治療を受けている間、魔を祓《はら》おうと床の間に置いたのです。峯均殿も卯乃殿を案じているでしょうから」

「さようでございましたか」

りくの思い遣《や》りがありがたく、卯乃は頭を下げた。不安と戦い、臥《ふ》せっている間、峯均の刀が自分を守ってくれていたのだ、と思うと心が温かくなった。

「まずは、ゆるゆると屋敷内にて目を慣らしてから外へお出になられてください」

道伯は念押しした。

卯乃が外を見たのは、さらに二日後のことである。

「お庭を見たいのですが、よろしいでしょうか」

道伯は少し考えていたが、

「空には目を向けられませんように」

と言った。卯乃は立ち上がると障子を開け、ひとりで縁側に出た。

強い日差しではないが、外の明るさが目に痛い。

松葉に光が差していた。地面は数日来の時雨でしっとりと濡《ぬ》れており、苔《こけ》むした庭石が照りきらめいて見える。すべてのものが美しかった。

卯乃は思わず目を閉じて深く息を吸った。体中に清々《すがすが》しい気が満ちてくる。

重根《しげもと》の屋敷で光を失ってから四年近い年月がたっていた。治療を受けられたのも、光之《みつゆき》と重根の思いがあってのことだ。

（重根様、わたしは光を取り戻すことができました）

心が挫《くじ》けそうになる度、支えてくれたひとたちがここにいる。礼を言おうと卯乃は振り向こうとした。

その時、裏木戸のあたりで作兵衛《さくべえ》の声が響いた。

「かようなところで、何をいたしておるのだ」

言い争う声が続いたかと思うと、作兵衛が男を引き立ててきた。

「こ奴《やつ》、お屋敷をうかがっておりましたぞ」

男は真鍋権十郎《まなべごんじゅうろう》だった。

作兵衛が背を突くと、権十郎はつまずいて膝《ひざ》をついた。手に菅笠《すげがさ》を持っている。紋付羽織に野袴《のばかま》、手甲《てっこう》をつけ脚絆《きゃはん》、草鞋《わらじ》で足拵えしている。

「これは乱暴なことをされますな」

権十郎は憤然と言ったが、声にはどこか遠慮がちなところがあった。

「ここには二度と来ていただきたくないと申し上げたはずです」

卯乃は強い口調で言った。権十郎は鼻で笑おうとして、卯乃が自分を見つめているのに気づいた。その目はひたと権十郎を見据えて動かない。

権十郎は、ぎくりとした。

「目が見えるようになられたのか」

「佐野道伯先生の治療のおかげにて」

「そうでござったか」

権十郎は気が抜けた表情でつぶやいた。

「真鍋殿、なにゆえ、屋敷をうかがっておられました」

卯乃は問い質《ただ》した。権十郎の顔が青ざめる。

「やましいことはしておらぬ。旅に出るゆえ、そなたに会いに来ただけだ」

作兵衛が苛立《いらだ》って詰め寄った。

「この男、何か企《たくら》んでおるに相違ございませんぞ。隅田《すみだ》様のもとへ引き立てて、糾明いたした方がよいのではありませんか」

権十郎はあわてて首を振った。

「それだけは勘弁願いたい。それがし、隅田様のお屋敷から退転いたしたのでござる」

「なんだと。そなた、何をしでかしたのだ。正直に申さねば許さぬぞ」

作兵衛に睨《にら》みつけられて、権十郎は顔をしかめていたが、やがて意を決したように口を開いた。

「立花《たちばな》重根様が配所にて亡《な》くなられたことをご存じか」

卯乃の顔から血の気が引いた。騒ぎを聞きつけて、りくと奈津も縁側に出てきた。

「まさか、そのような――」

作兵衛が困惑した顔を卯乃に向けた。

「実は、それがしがきょう参ったのは重根様の訃《ふ》をお伝えいたすためでござった。この十日に亡くなられたと藩庁に報《しら》せがあったそうです」

十日と聞いて、卯乃ははっとした。目の治療を行った日である。

(やはりあの夜、重根様はお別れにおいでになったのか)

不意に深い悲しみが卯乃を襲った。足が震え、立っていられなくなり、その場に手をついた。重根が亡くなったなど信じられることではなかった。

作兵衛は権十郎の肩に手をかけて揺す振った。

「重根様はなぜ亡くなられたのだ。そなた、知っておろう」

権十郎は皆の顔を見まわし、あえぎながら言った。

「一切を包み隠さず申し上げまする。手に掛けたのは津田《つだ》天馬《てんま》でござる」

卯乃が青ざめた表情で訊いた。

「それは殿が命じられたことなのですか」

権十郎はいつくばった。

「殿のご内意により、それがしと隅田様で策したことでござる。されど……」

権十郎にとっては思いがけないことだった。昨日、隅田清左衛門《せいざえもん》は居室に権十郎を呼ぶと、いきなり言った。

「困ったことをいたしてくれたな」

「何のことでございましょうか」

不審そうに権十郎は問い返した。津田天馬に命じて、立花重根を暗殺させたと五日前に報告した。権十郎の話を無表情に聞くだけで、清左衛門は何も言わなかった。

清左衛門からねぎらいの言葉をかけてもらえると期待していただけに、権十郎は拍子抜けした。それどころか、再び呼び出されたいま、清左衛門は権十郎に苦い顔を向けている。

「立花重根が不穏なことを起こさぬよう、あらかじめ手を打つ方がよいと、そなたは申した。願い出てわしは、殿にお許しもいただいた。しかし、重根を殺せとまでは命じておらなんだぞ」

権十郎は目を瞠《みは》った。手が震え、のどが渇いた。清左衛門は、重根を亡き者にせよとはっきり命じたのである。それをいまになって、与《あずか》り知らぬ、と言い出した。

「江戸におわす殿にこのことをお報せいたさねばならぬゆえ、重役たちにも話したのだが、皆、驚いておった。さようなことを殿が命じられたということにでもなり、お上に騒ぎが伝わればわが藩はお取りつぶしにもなりかねん、というのだ。いかがしたものかのう」

「さ、されど、重根のことは……」

「わしが命じたとでも言い逃れするつもりか」

清左衛門はじろりと権十郎を睨んだ。清左衛門の意図は明らかだ。重根を殺した罪を権十郎に背負わせようというわけだ。抗弁すれば、切腹を命じられるだけだろう。

「まことに申し訳無いことをいたしました」

権十郎は額に汗を浮かべ、手をつかえた。ここは清左衛門に逆らわず、逃げる算段をするしかない、と思った。

「立花様を死に至らしめた責任をとらされるのを恐れ、隅田様はすべてをそれがしに負わせて詰め腹を切らせようとなされた。それゆえ、退転いたしました。命あっての物種でござる」

話を聞いて、卯乃は涙があふれた。重根は本当に身罷《みまか》ったのだ。二度と会うことはかなわない。

奈津が嗚咽《おえつ》をもらした。作兵衛が唇を嚙《か》んだ。

権十郎は顔を上げ後退《あとずさ》りすると、立ち上がって逃げ出そうとした。だが、作兵衛が素早く襟首をつかんだ。

「待てっ、立花様の仇《かたき》だ。そのままには捨て置かん」

権十郎は必死になってもがいた。

「それがしは主《あるじ》の命によって動いたまでのことでござる。大事なことをお話しいたしますゆえ、お助けくだされ」

「まだ隠しておったことがあったのか。何だ、大事なこととは」

「お見逃しくだされるか」

作兵衛はりくに顔を向けた。

「そのひとの話を聞いた方がよいように思います」

りくに言われて、作兵衛は顔をしかめながらも手を放した。権十郎はあたりに目を配りつつ声を低めて言った。

「天馬は次に、小呂島《おろのしま》におられる峯均殿のお命を狙《ねら》いますぞ」

卯乃ははっと息を呑んだ。作兵衛が声を荒らげた。

「でたらめを申すな。島へ行く便船に牢人者《ろうにんもの》が乗ることなど許されぬ。いかに天馬と言えど、泳いでは渡れまい」

権十郎は頭を振った。

「抜け荷の船を雇うのでござる。天馬は、すでに一味に話をつけ、金をつかませております。近々、峯均殿と雌雄を決する心積りでござろう」

それだけを言うと、権十郎は身を翻《ひるがえ》して裏木戸へ走った。

「こ奴――」

追おうとした作兵衛を、

「捨て置くがよろしいでしょう」

と、りくが止めた。

「あの者はさておき、峯均殿が狙われているとは容易ならぬことです」

重根が亡くなったという悲報に加え、峯均が狙われていると聞いて卯乃は戦慄《せんりつ》した。

「どういたせば――」

作兵衛は思い余った顔でつぶやいた。

「それを考えねばなりません」

りくの言葉に、卯乃は、落ち着きを取り戻した。考えをめぐらすうち、床の間の刀に思い至った。

「作兵衛殿、峯均様は島で刀をお持ちなのでしょうか」

「流人《るにん》の帯刀は許されておりません。無腰でおられるかと思います」

「それでは天馬が襲ってきた時、立ち合えないのではありませんか。せめてお刀を届けることはできないでしょうか」

「さて、それは――」

作兵衛は腕を組んで考え込んだ。奈津が請《こ》うた。

「作兵衛殿、父上をお助けください」

卯乃とりくも、すがるような目で作兵衛を見つめている。

作兵衛は、低くうめいていたが、やがて意を決したようにきっぱりと言った。

「わかりました。それがし、かねて藩庁に願い出、先生より二天《にてん》流の免許を受けられるよう申し入れております。兵法伝授の趣意であれば島に行くお許しもいただけると存ずる」

卯乃は目を輝かせた。

「それでは、峯均様にお届けくださいますか」

「この桐山《きりやま》作兵衛におまかせくだされ」

作兵衛は胸を張った。すぐに許しを得て島に渡るのは難事だが、桐山家の威勢で押し切れるだろう。

そのころ、権十郎は伊崎《いさき》の浜を走っていた。姪浜《めいのはま》で船を雇い、福岡を離れるつもりだ。

（ぐずぐずしておれば、腹を切らされる）

権十郎は焦《あせ》っていた。

それでも、卯乃を訪ねたのは、妄執故《もうしゅうゆえ》だった。ひと月前に訪れたおり、久々に見た卯乃の美しさに心を奪われていた。卯乃を我が物にしたいという欲望に目が眩《くら》んだのだ。

峯均が配流され、重根が死んだと知り、卯乃は取り乱すに違いない。言葉巧みに説得すれば、自分を頼り、連れ出すことができるだろうと見ていた。ところが、卯乃は目の治療を受けて光を取り戻しているではないか。その凛乎《りんこ》とした姿には付け入る隙《すき》はなかった。

（肝心な時にとんだ無駄足を踏んでしまった）

権十郎は苛立たしい思いで砂浜を走った。その時、前方に黒い人影が見えた。櫂《かい》のようなものを手にしている。漁師だろうか。

権十郎は立ち止まった。人影はゆっくりと権十郎の方に近づいてくる。黒い着物を着た蓬髪《ほうはつ》の男で左袖《そで》が風に揺れている。

──天馬だ

権十郎は声にならない悲鳴をあげた。

近くの漁師が浜辺の波打ち際《ぎわ》で頭蓋《ずがい》を砕かれた武士の遺骸《いがい》を見つけたのは、この日の夕刻のことである。

血に染まった権十郎の死体は、打ち寄せる波に洗われていた。

藩庁に出していた願いは容《い》れられ、作兵衛は小呂島に渡る許しを得た。

出立の日の朝、作兵衛は卯乃とりく、奈津にあいさつするため、霜柱の立った道を踏みしめて伊崎の屋敷へ向かった。

夜が明け初《そ》めるころである。鳥の鳴く声がしていた。

羽織に裁付袴《たっつけばかま》、草鞋《わらじ》履きの作兵衛は大小を帯び、背には峯均の両刀を負っている。

玄関に立った作兵衛は、

「ただいまから小呂島へ向かいます。必ずや先生に両刀をお届けいたします」

と告げた。

卯乃は作兵衛に一枚の短冊《たんざく》を託した。

「これは？」

「わたくしが光を取り戻したという証《あかし》を峯均様に見ていただきたくて、和歌を認《したた》めたのです」

「さぞかし先生もお喜びになられることでしょう」

作兵衛は短冊を懐《ふところ》にすると一礼して玄関を出ていこうとした。

「――作兵衛殿」

呼びかける声に作兵衛が振り向くと、奈津が真剣な眼差しで立っている。

「父上をお守りくださいませ」

「おまかせください。先生とともに、あ奴を退治して参ります」

作兵衛は明るく笑って、再び背を向けた。

卯乃たちは、遠ざかる作兵衛の後ろ姿を思いを込めて見送った。

奈津はなおも気がかりな様子で卯乃に訊《き》いた。

「父上に万が一のことはないでしょうか」

「作兵衛殿を信じましょう。重根様もきっと見守っていてくださいます」

と言ったものの、不安なのは卯乃も同じだった。

黒田《くろだ》藩内に渦巻いた陰謀のために何人ものひとが命を落とした。どうしてこのように次々と殺《あや》められていくのだろう。何かが間違っているとしか思えない。これ以上悲しいことが起きて欲しくない、と卯乃は泰雲《たいうん》や養父村上庄兵衛《むらかみしょうべえ》の霊にも祈った。

昼間、卯乃は、ひとり浜辺に出た。

寒気は厳しいものの、空は青々と晴れ渡り、筋雲が浮いていた。紺碧《こんぺき》の海原から白い波頭が浜に打ち寄せてくる。博多湾に浮かぶ能古島《のこのしま》がくっきりと見える。

さらに北、玄界灘《げんかいなだ》に小呂島はある。卯乃は小呂島の方角に顔を向け、目を閉じた。

作兵衛が無事に着きますように、と手を合わせて祈った。ざわっと松の枝を揺らせて潮風が吹きつけた。汐《しお》の香りに包まれた時、卯乃は我知らず、

――母上
と口にしていた。杉江《すぎえ》が自分を包み込んでくれたような気がする。

(母上はいつもわたしを見守ってくださっている)

母もまた、たいせつに思うひとの無事を祈る日々を過ごしたのだろう。

——思いはきっと届くはず

きらめく海面を一陣の風が吹きすぎて行く。

作兵衛は、白帆がはためく船上から、頭を廻《めぐ》らし、徐々に遠くなる福岡の地に目を向けた。

峯均とともに天馬を倒すと豪語したが、かつての立ち合いを思い返せば、容易な相手ではないと身に沁《し》みていた。峯均の足手まといになるだけかもしれない。

その剛力に加えて、獣のような敏捷《びんしょう》さ、そして何よりも魔物めいた気迫の凄《すさ》まじさに作兵衛は圧倒された。しかも、天馬は重根を殺めたというではないか。泰雲を死にいたらしめたのも天馬の仕業に違いない。

(ひとに殺められるようなおふたりではなかった)

天馬がふたりのいのちを奪ったとすれば、人智《じんち》を超えた何かが天馬に味方していると思えてならない。

それは、武門の宿業《しゅくごう》に他ならないのではないか。黒田家は、戦国の世で数多《あまた》の戦場をくぐり抜けて来た。それ故に、泰平の世になろうとも、血の騒《ざわ》めきがおさまらず、藩内で相争い、殺し合ってしまうのかもしれない。

（だが、先生の剣は違うはずだ）

若いころ天馬に敗北し、その屈辱から一念発起して剣を修行した峯均だが、剣の神髄は敵を作らず、争いを避けることにあると悟ったという。

ある時、作兵衛は強いとはどういうことか、と峯均に訊《たず》ねたことがある。

「それは負けぬということだ」

峯均は笑って答えた。

「必ず勝たねばならぬということでしょうか」

「いや、違う。負けぬというのは、おのれを見失わぬことだ。勝ってもおのれを見失えば、それはおのれの心に負けたことになる。勝負を争う剣は空虚だ」

武士《もののふ》とは、

——破邪顕正《はじゃけんしょう》
の剣を振るう者の謂《いい》だ。この世の不正を正し、正義を明らかにせねばならぬ。そう峯均は教えた。

「それゆえ、武士が刀を抜くのは一生に一度か二度でよいのだ。一閃《いっせん》、邪《よこしま》を斬《き》れば、生涯の務めは果たせる」

峯均は作兵衛に稽古《けいこ》をつける時、幾度も言い聞かせた。剣の技を身につけても増長すれば、魔に魅入られると。

（小呂島で先生の遣う破邪の剣を見ることになるだろう）

作兵衛の胸は高鳴った。白帆が風をはらみ、船足が速くなった。思ったより早く着けるかもしれない。作兵衛は舷側《げんそく》から海を眺めつつ、小呂島が、

——大蛇島《おろちじま》

とも呼ばれていることを思い出した。大蛇が蟠《わだかま》るといわれる島で、稀世《きせい》の剣客である峯均と天馬が闘うのである。

作兵衛は武者震いした。

この日、天馬は、生《いき》の松原に近い漁村にいた。網をしまう小屋の中で横になり、一升徳利の酒を飲んでいた。

夕刻になれば薄闇《うすやみ》にまぎれて抜け荷の船に乗るつもりだ。玄界灘を渡り、福岡と朝鮮を往《ゆ》き来《き》する抜け荷船である。役人に見つかれば鼻や耳を削《そ》がれ、さらに死罪にもなるが、交易の儲《もう》けは大きく、危険を顧みず海を渡る者は多かった。

数十年前、博多の豪商伊藤小左衛門《いとうこざえもん》が朝鮮への抜け荷を行っていたことが発覚して

処刑された。それ以来、大がかりな抜け荷こそ影をひそめたものの、小さなものは後を絶たない。

きょうの便船で、作兵衛が小呂島へ向かったことを天馬は知っていた。峯均に自分が襲うことを報《しら》せに行ったのだろう。おそらく、峯均のために刀を届けるに違いない。

(そうでなければ面白くない)

これまでに殺めた泰雲と重根は、刀を取って立ち向かってきたわけではない。天馬はふたりを襲い、いのちを奪うべくして奪った。

ただ、それだけだった。

峯均とは生死を争う勝負をしたい。

かつて峯均と戦い、左腕を斬り落とされた。その復讐《ふくしゅう》をするのだ。五尺の木刀で峯均の頭蓋を打ち砕けば、どんなに心が晴れるだろう。

泰雲と重根を死に至らしめて以来、胸の底に澱《おり》のように溜《た》まっているものがある。

(わしは強い。だから、あのふたりに勝った)

そう思うものの、死を恐れることなく真《ま》っ直《す》ぐ前を見つめ、歩みをゆるめず自分に向かってきた泰雲の目が蘇《よみがえ》り、言いようのない屈辱感に襲われる。牢《ろう》の中で天馬に迫られながら、いささかもゆるがなかった重根の背が目に浮かぶ。

天馬は徳利に口をつけて、ぐびりと酒を飲んだ。

(あのふたりを殺めた時、わしの心には怯《おび》えがあった。なぜだ)

そのことが腹立たしく、口惜《くや》しかった。だからこそ、峯均とは堂々と立ち合って殺さねば気がおさまらない。

真剣で向き合った時の峯均の構えを思い出すと、胸が昂《たかぶ》る。あの構えを破るのだ。峯均に怯える気持を味わわせてやる。

網小屋の外でごとり、と物音がした。とっさに木刀を握ると天馬は外に飛び出した。誰もいない。犬か猫が餌《えき》をあさりに来たのだろうか。

天馬は大きく息を吐いて海を見つめた。

「待っておれ、峯均。間もなく貴様のいのちを奪いに行くぞ」

天馬の嘯《うそぶ》きは潮風に運ばれて消えた。


日が傾きかけたころ小呂島に着いた作兵衛は、島役人から教えられた峯均の住まう小屋を訪ねた。

「先生、作兵衛でござる」

声をかけると、峯均はのそりと出てきた。

痩《や》せてはいるものの、体つきはたくましくなり陽に焼けて元気そうだ。髭《ひげ》も剃《そ》って、以前とさほど様子は変わらない。

「そなたが島に来るとは、何事だ」

峯均は落ち着いた表情で応じた。

「お伝えせねばならぬことがあって参りました」

峯均は作兵衛の緊張した顔つきから異変を悟った。

小屋に入った作兵衛は、峯均と向い合って座ると、重根が討たれたこと、天馬が襲ってくるであろうことを話した。

峯均は重根の死を聞くと瞑目《めいもく》した。

「無念だ。わしは兄上をお守りすることが遂《つい》にできなかったか」

峯均の悲痛な言葉に、作兵衛は頭を垂れたが、すぐに卯乃から短冊を託されていたことを思い出した。

「先生、卯乃殿は治療を受けられ光を取り戻されました。これが、その証でございます」

懐から短冊を取り出して峯均に渡した。峯均はふと短冊に顔を近づけ、

「伽羅《きゃら》のよい香りがいたす」

と懐《なつ》かしげに言った。短冊に峯均は目を落とした。

五月《さ》待《つき》つ花橘《はなたちばな》の香をかげば昔の人の袖《そで》の香ぞする

かつて、りくが卯乃に教えた古今和歌集にある歌だった。橘の花の香りをかぐと、昔、馴染《なじ》んだひとの袖の香りを思い出す。

卯乃はこの歌に、峯均の帰りを待つ自分の思いを託したのだろう。

「そうか、これが卯乃の手跡か」

峯均はしみじみと短冊を眺めた。重根の死という悲報と同時に、卯乃が光を取り戻したと知らされるとは、なんという宿縁なのだろうか。

(兄上が卯乃を守ってくださったのだ)

峯均は再び瞑目した。

しばらくして、短冊を懐にすると峯均は立ち上がった。

「作兵衛、ついて参れ。天馬を迎え撃つ支度をいたさねばならぬ」

作兵衛は顔を引き締めた。

「いかにも、お手伝い仕《つかまつ》ります」

峯均は小屋を出て、島の東側にある岩場へと向かった。途中、枯れ枝や流木を拾い集めた。作兵衛にも枯れ枝を集めるよう言い付けた。

「これをいかがいたすのですか」

枯れ枝を抱えた作兵衛が訊くと、峯均は笑って答えた。

「岩場にて篝火《かがりび》を焚《た》く。天馬が来るのは夜であろう。島に近づいた時、篝火が見えれば、わしがここにおると察するはずだ」

「しかし、天馬が今宵、参るとは限りませぬぞ」

作兵衛は首をかしげた。

「いや、今夜必ず来る。わからぬか。海を越えて天馬の気が押し寄せてくるのを」

岩場に立った峯均はむしろ楽しげに言い放った。


日が落ちた。峯均は拾い集めた枯れ枝を岩の上に組み上げ、火をつけた。月は雲に隠れ、島は濃い闇に覆《おお》われている。岩場の三カ所だけが篝火で赤々と照らされていた。

峯均は脇差《わきざし》を腰に、大刀は手にしたまま岩に座って静かに海を見つめている。作兵衛はその傍らにいたが、天馬が今夜、襲ってくるかどうか確信はもてないでいた。

（いつのことになるかわからないのだ。待ちくたびれてしまうのではないか）

そうなれば、天馬と立ち合った際に力を尽くせない。それが案じられる。

「わたしが見張っております。先生はお休みになってください」

作兵衛の言葉に、峯均は答えない。

数刻が過ぎた。

月は中天にかかり、雲の切れ間から海を薄く照らしている。

作兵衛は何度か往復して枯れ枝を運び、火を絶やさなかった。夜半を過ぎて、峯均がおもむろに口を開いた。

——来たぞ
作兵衛ははっとして、海を見た。黒ずんだ海面が続くばかりだが、何か動くものがあるようにも見える。

それが船影だとわかった時、遠くで水音がした。

「天馬が船から降りたぞ」

峯均がつぶやく。

岩場に近づけば、船は座礁《ざしょう》する。天馬は泳いで岩場まで来るつもりだ。間を置いて、峯均は立ち上がった。

右手の大きな岩の上にいつの間にか人影があった。手には櫂《かい》のような木刀を持っている。

「立花峯均、待たせたな」

天馬の笑い声が響いた。

峯均は天馬が立つ岩に近づいた。ゆっくりと刀を抜く。右手に大刀、左手に脇差。

――二刀だ
作兵衛は息を吞《の》んだ。

峯均が初めて見せる二天流の構えである。鵬《おおとり》が翼を広げるのに似たその構えは、月輪に呼応するかのようだった。

4

卯乃《うの》は夜半にふと目覚めた。

胸が妙に波立つ。

起きあがって縁側に出ると、雨戸をわずかに開けた。淡い月光とともに、つめたい風が頬をなでる。不穏な気配が漂い、落ち着かない。

(峯均《みねひら》様はいかがなさっているだろう)

もしや、いま時分、天馬《てんま》と剣を交えているのではないだろうか。何もできない自分がもどかしい。

香の匂《にお》いがする。りくの部屋から漂ってくるようだ。

卯乃はりくの部屋の前で膝《ひざ》をついた。

「よろしゅうございましょうか」

声をかけると、りくが労《いたわ》りのこもった声音で答えた。

「あなたも眠れないのですね」

峯均を案じて寝付けないいまま、りくは香を聞いていたのだろう。

卯乃が部屋に入ると、りくは微笑《ほほえ》んで、

「今夜は眠れそうにありませんね。いっそのことふたりで夜通し、香を聞きましょう」

と告げた。

りくの膝前には桑木地に蒔絵《まきえ》を施した香道具が置かれている。香盆には楓《かえで》が、香炉、香合には雪、梅、菊などをあしらった意匠が配されていた。

りくに言われるまま、卯乃が香を炷《た》き始めると、

「そう言えば、香ではなぜ嗅《か》ぐではなく聞くと言うのか、話したことがありませんで

したね」

りくはおもむろに口を開いた。

「どのようないわれがありますのでしょうか」

「わたしも詳しくは知らないのですが、維摩経《ゆいまきょう》という仏典に〈香積仏品《こうしゃくぶっほん》〉というお話があるのだそうです。香積如来《にょらい》という仏様がおられる国の楼閣は、すべて香でつくられ、国中あらゆるものが芳香に満ちているそうです」

「不思議な国があるのですね」

卯乃は香りに満ちた国を思い浮かべた。それははかなく美しい幻の国に違いない。

「そして香積如来様が法《のり》を説かれる際には、文字や言葉を用いられず、妙なる香をもって菩薩《ぼさつ》様たちを導かれたということです。菩薩様たちは香樹の下に座し、この香りに浴することで悟りを開かれたそうです」

「香りを以《もっ》て、教え導かれたのはわたくしも同じでございます」

卯乃は、伊崎《いさき》の屋敷に来てからのことを思った。りくに手ほどきされ、新たな香りを聞くたびにひとの世の深さを教えられた気がする。

「仏様の教えに耳を傾けるのと同様に、香りを法の声として聞くのが香なのです」

りくは、生死を賭《か》けた戦いに臨む峯均に思いを馳《は》せ、無事を神仏に祈っているのだろう。

導かれるままに香に身をゆだねれば、魂は峯均とともに在る。りくはそう伝えたいのだ。

卯乃は一心に香を聞いた。

岩の上で篝火《かがりび》が強風にあおられて燃え盛る。

雲が飛び、身を切るような寒風が吹き荒《すさ》ぶ。島に打ち寄せる波頭が高くなった。

篝火が照らし出す峯均の二刀の構えを見て、天馬は歓喜の表情を浮かべた。

——うおーっ

雄叫《おたけ》びをあげた。ごおっと疾風が吹きつけた。

篝が崩れ、火の粉があたりに飛び散る。岩を蹴《け》った天馬は、揺れる炎に悪鬼の形相を赤く浮き上がらせる。峯均の頭蓋《ずがい》を砕こうと五尺の木刀を高々と振り上げていた。

峯均は走った。浜を駆け、宙を跳ぶ。真っ向から立ち向かう気だ。

岩から跳び降りる天馬と宙で交差した。天馬は横なぐりに木刀を振るった。届かない。見切った峯均が天馬の袖を斬《き》り裂いた。

平衡を失い、天馬は海中に身を躍らせた。岩に立ち、身を翻《ひるがえ》した峯均は脇差を左手に、大刀を大きく振りかぶって天馬を見下ろした。

「どうした。足もとが覚束《おぼつか》ないではないか」

峯均は天馬の心気を乱すかのように笑い声をあげた。天馬はゆるりと立ち上がった。腰のあたりまで海水につかっている。

右手をだらりと下げて木刀は海の中だ。

「貴様こそ、岩にあがっても逃げ場はないぞ」

天馬の言葉が終わらぬうちに、再び峯均は宙を跳んだ。応じて、天馬は海に潜る。水飛沫《みずしぶき》をあげて、峯均は波間に下り立った。

「しまった」

天馬の姿を見失っていた。海面からその姿が消えている。身構え、あたりに目を配りつつ峯均は浜辺に戻ろうとした。その時、

——危ないっ
作兵衛《さくべえ》が叫んだ。

飛沫とともに海面に躍り出た天馬が、背後から峯均を襲った。振り向きざま両刀を交差させて木刀を受けたが、天馬の膂力《りょりょく》は凄《すさ》まじかった。

弾《はじ》き飛ばされ、峯均はよろめいた。踏《ふ》み止《とど》まって体勢を立て直した時には、天馬の

二撃、三撃が襲っていた。がっ、がっ。両刀で木刀をしのいだ峯均は、大きく跳び下がるとそのまま海に潜った。

今度は天馬が峯均を見失っていた。黒々とした海面は波立つだけだ。

「出て参れ」

叫んだ天馬は、前方に跳び海中に木刀を打ちこんだ。手ごたえはない。

「おのれ」

狂ったように海中に木刀を突きこむ。それでも峯均がどこにいるのかわからない。

焦《あせ》ってあたりを見まわすと、

「ここだ」

峯均は三間（約五・五メートル）ほど離れた海中から立ち上がり、ゆっくりと浜辺に向かっていく。髪から雫《しずく》が滴《したた》り、着物は体にまとわりついている。

作兵衛が峯均に駆け寄った。

「手出しは無用だ」

峯均は落ち着いて言った。海水をかきわけながら、天馬も琥珀色《こはくいろ》の目でじろりと作兵衛を睨《にら》み据え、

「無用な邪魔立てをするな」

と吐き捨てた。作兵衛は殺気を漲《みなぎ》らせて刀の柄《つか》に手をかける。峯均が声を発した。

「挑発に乗ってはいかん。作兵衛、二刀の型をよく目に焼き付けておくのだ。これが二天《にてん》流極意の伝授だ」

作兵衛ははっとすると、

「ありがたく存じます」

と答えて後退《あとずさ》った。

砂浜に足を踏んばり、天馬は木刀を高々と頭上に突きあげた。木刀の指し示す先にひややかに照る月がある。

月に雲がかかろうとしていた。

天馬は横に走りざま、篝をなぎ倒した。火の粉があたりに飛び散る。

篝のひとつは強風ですでに崩れていた。残るはひとつだけだ。その篝火に向かって天馬は走った。

風が巻いた。天馬は跳躍して篝火を真っ向から打ちすえた。小枝が燃えながら飛散した。

火が消え、闇《やみ》が濃くなった。暗がりに天馬の姿がふっと消えた。

（――隠形《おんぎょう》したか）

闇に溶けたように、その気配を絶った。

二刀を構えた峯均は目を閉じ、天馬の息遣いを探ろうとした。しかし、何も伝わってこない。

突然、殺気が走った。

峯均の頭上に木刀が落ちてきた。がっ。峯均は脇差で受けながら大刀で斬りつけた。天馬が弾き返し、さらに袈裟《けさ》がけに打ちつけてくる。

木刀をすり上げ、峯均は天馬の懐《ふところ》に飛び込もうとした。だが、斬りつけた時、天馬の姿は再び闇に消えた。

峯均は気配を探る。

(奴《やつ》は必ず近くに潜んでいるはず)

月が隠れ、浜の闇はさらに深くなっている。見守っている作兵衛に峯均は叫んだ。

「天馬は夜目が利《き》くぞ。火を燃やして明るくしろ――」

作兵衛は、すぐさま駆けまわって飛び散った木片を集め、火をつけた。

「海に向かって放るのだ」

峯均が大声で命じた。作兵衛が応じて投げる。一瞬、天馬の姿が浮かび上がった。

「そこか――」

波打ち際《ぎわ》に立つ天馬は音もなく走った。火は後を追って次々に投じられ、走路を照らし出す。構わず天馬は走り続け、ざぶざぶと海に入った。

「待て」

峯均の声を背に笑い声を響かせて宙を跳び、ひと際大きい岩礁《がんしょう》の上に立った。

「なぜ逃げるのだ。わしと勝負をつけに参ったのではないのか」

吹き荒《すさ》ぶ風の音に消されないよう、峯均は大声で呼びかけた。天馬の体が小刻みに揺れた。笑っている。天馬は振り向いた。

「当たり前ではないか。貴様には貸しがあるのだ」

「ならばかかって参れ」

「待て、待て。死に急ぐ必要はあるまい。貴様は泰雲《たいうん》や重根《しげもと》を守れなかったのだから、その罪を償い、同じ苦しみを味わえ。わしがその手伝いをしてやろうというのだ」

岩礁の上から目を据える天馬を峯均は見返した。

「見当違いだ。おふたりともわしの護《まも》りなどいらぬ方々であった」

「はっはっは。さような言い逃れをいたしても、あのふたりはわしに殺されてしまったではないか」

峯均は頭を振った。

「貴様が殺《あや》めたのは、この世での姿形に過ぎぬ。泰雲様と兄上のいのちは、今生《こんじょう》でも来世《らいせ》でも光り輝いておるわ。貴様など指一本触れることはできぬ」

「負け惜しみを申すな。ひとは、死ねばすべてが終わるのだ」

天馬は嗤《わら》った。

「そうではないと貴様にもわかっているはずだ。だからこそ、おふたりの名を口にするのだ。覚えておる者がいる間は、そのひとのいのちは終わってはおらぬ」

「世迷言《よまいごと》ばかりぬかしおって。もはや聞き飽きたわ」

天馬は木刀を振り上げた。

峯均は天馬の背後を刀で指した。

「見るがいい。貴様の後ろに泰雲様と兄上が立っておられるぞ」

「たわけが、さような戯言《ざれごと》にだまされるわしと思うか」

怒鳴り返し、木刀を振り上げた天馬の手がぴたりと止まった。

その顔に驚愕《きょうがく》が走った。

「誰だ。わしの体をつかんでおるのは」

突然、錯乱したかのように叫んだ。

振り向きざま、振り下ろした木刀は空を切り裂いた。すぐさまはねあげる、

——虎切刀《こせっとう》
だが、何の手ごたえもない。

真っ暗な夜の海が広がっているだけである。天馬がうろたえる間に、峯均は岩礁に跳んだ。

「天馬、覚悟——」

下り立つ寸前に、大刀を斬り下ろしていた。天馬の体は無意識に反応した。木刀が峯均の大刀を受ける。同時に峯均は脇差《わきざし》でも斬りかかっていた。

——うわっ
額を斬られた天馬は、驚いたように目を見開き、よろよろと後ろに下がった。

天馬の口からあえぎがもれた。

「おかしい。泰雲も重根もこの世におらぬ。ふたりの姿が見えるはずがない」

天馬の目に恐怖の色が浮かんだ。

「天馬、ひとには魂があるのだ」

峯均が言う。

天馬は首を左右に振った。

「そんなことは、知りとうもない。強い者が勝つのだ。負けた者はすべてを失って後には何も残らん。それだけだ」

言いながら、天馬はなおも後退った。

一陣の風が雲を払った。月の光が淡く差した。

天馬が幽鬼の如《ごと》く浮かび上がる。死びとのような目で闇の一点を見つめていた。

口を開きかけた時、大きく波が打ち寄せた。岩礁の端に立つ天馬は一瞬のうちに波に呑《の》み込まれた。

――天馬
峯均が叫んだ。天馬の体は海へ落ちていった。

岩場から身を乗り出して峯均は暗い海面を見まわした。しかし、天馬の姿はなかった。

作兵衛が海に入り、岩礁まで駆け寄ってきた。

「先生、お見事でございます。天馬を倒されましたな」

「あの男が、これしきのことで死ぬとは思えん」

「あ奴は大波にさらわれたのです。いのちを落としているに違いありません」

作兵衛は息をはずませて言った。

峯均はなおも油断なく海面を見つめ続ける。しばしの後、上空から吹き下る風が海面を激しく叩《たた》きつけた。峯均がはっとして目を上げると、雲が渦を巻いている。

「危ないぞ――」

間無しに岩礁が揺れた。とてつもない大波が打ち寄せてきた。高々とあがった波頭が襲いかかる。波の幕の中にひとの影があった。

天馬が、木刀を振りかざして雄叫びをあげた。

あの世から舞い戻った幽鬼のような天馬を月光が青白く照らす。

「――先生」

作兵衛は息を呑んだ。峯均は天馬の胸元目がけて脇差を投げた。即座に脇差を払い、さらに木刀を大きく旋回させて天馬が撃ちこんできた。刹那《せつな》、峯均の剣が閃《ひらめ》いた。次の瞬間、ふたりは大波に呑み込まれた。

峯均の姿はなかった。天馬だけが岩礁に残っている。

(まさか、先生が負けるわけがない)

作兵衛は刀を抜き放った。

――天馬
挑むように叫んだが、天馬の細めた目がわずかに光っただけである。天馬は死びとの気配を漂わせて立ち尽くしている。作兵衛の顔を見ようともしない。

「おのれ──」

作兵衛は岩礁に跳び移って天馬に斬《き》り付けた。風がうなった。凄まじい衝撃を受け、刀を弾き返された作兵衛は、ごろごろと転がり海に落ちた。必死にもがいて岩礁を回りこんだ。潮が満ちている。

かっと口を開いて天馬は笑った。しかし、その笑いが途中で凍りついた。

体がぐらりと揺れ、天馬は木刀に体を預けるが、支えきれずによろけた。

「どうした。何が起きたのだ」

天馬はあえいだ。木刀にすがりながら、あたりを見まわした。

「峯均はどこだ。勝負はまだ、ついておらぬ──」

荒々しく呼ばわる。答えは返ってこない。

「どこへ逃げたのだ」

天馬は吐き捨てるように言った。

「先生は逃げたりなどしない。必ずお前を討ち果たす」

浜に逃れた作兵衛が怒鳴ると、天馬は訝《いぶか》しげに言った。

「ならば、なぜ出て来ぬ」

その声に応じるように天馬の背後の海面に水飛沫が上がり、峯均が浮かんだ。作兵衛は目を輝かせた。

――先生
胸の裡《うち》で声をあげた。峯均は岩礁に手をかけて体を引き上げた。

天馬が振り向く。

「やはり、生きておったか」

峯均は立ち上がり、刀をゆっくりと青眼に構えた。

寒風が吹きつけ、峯均の袖《そで》をはためかせる。

峯均の姿をとらえ難いのか、天馬は目を凝らした。木刀を岩礁に突いたままである。

「わしの一撃を食いながら、よく生きておったな」

あの時、確かに峯均の頭上に一撃を見舞った。その感触は手に残っている。峯均の頭蓋《ずがい》を割ったとばかり思っていたが、そうではなかったのか。

峯均は首を横に振った。

「波に惑わされたな。お主の木刀が撃ちすえたのは岩だ。わしは跳び違いざまにお主の横腹を薙《な》いだ」

天馬が撃ちかかった瞬間、脇差を投げた峯均は大刀を脇に構え直し、すりあげて天馬の脇腹を斬り、勢いそのままに海に落ちた。

「馬鹿《ばか》な、わしを斬っただと」

嗤おうとしたが、体がふらついた。木刀を持ったまま肘《ひじ》で脇腹を押さえた。血が流れている。

激痛が襲った。しかし、天馬はうめき声ひとつもらさず、にやりと笑った。ふらつく体を押し止《とど》める。

「なるほど、確かに一太刀浴びたようだが、かすり傷だ。よもや、これで勝負がついたなどとは思うまいな」

峯均は天馬の目を見返した。

「もとより、承知しておる。息の根を止めぬ限り、お主は何度でも襲ってくるであろう」

青眼から〈右脇ノ位〉に構えを変えた。峯均は一気に斬り込むつもりだ。

風が凪《な》いだ。

打ち寄せていた波がすっと引いた。また、大波が来そうだ。

峯均はじりっと間合いを詰めた。

（波が来ては面倒だ。その前に斬る――）

刀を振り上げて峯均は跳んだ。天馬は木刀を〈水車〉の如く振り回している。木刀がぐるっとまわって峯均の首筋を撃った。一瞬遅れて、峯均が天馬に斬りつけた。首筋を撃たれ、体勢を崩されたが手応《てごた》えはあった。

天馬は額を斬られ、血に染まり真っ赤な形相になっている。残心の構えをとった峯均に、身を翻《ひるがえ》して撃ちかかろうとした。

大きな波が打ち寄せ、飛沫《しぶき》が飛んだ。

頭蓋を砕かれた峯均がゆっくりと倒れていく――。

天馬が最後に見た幻影だった。


「勝ったぞ、わしは勝ったのだ」

叫んだ天馬の胸から腹にかけて血が迸《ほとばし》った。天馬は頽《くずお》れた。

峯均は静かに刀を下ろした。


「先生――」

作兵衛が歓声をあげて岩礁に上がってきた。

峯均は海に目を遣《や》った。

また、風が立った。波が荒い。ようやく、東の空が白み始めた。

峯均は、仄《ほの》かに明るさを増しつつある空に向かって大声で叫びたい衝動を懸命に抑えていた。

卯乃は香を聞いていた手をふととめた。

高台が高く、底についた三つの足が浮いているように見えることから、

――千鳥

と名づけられた青磁の香炉を膝前《ひざまえ》に置いた。

「いかがいたしました」

りくが訊《き》いた。

「峯均様の声が聞こえたような気がいたしまして」

りくは得心したかのようにうなずいた。卯乃が感応する何事かが峯均の身に起こったのだろう。

それが凶事を告げるものでないことは卯乃の表情を見ればわかる。卯乃の顔は燭台《しょくだい》の仄明りに明るく輝いて見えた。

「風はおさまったでしょうか。外の様子を見て参ります」

卯乃は頭を下げて立ち上がった。

青磁の香炉をりくは手に取った。馥郁《ふくいく》とした香りが立ち昇る。卯乃の残り香も合わさっているように感じて、自然に笑みがこぼれた。

（峯均殿だけでなくまわりのひとびとを幸せにしていくこの香りに、わたしは勇気づけられる）

あらためて香を聞いた。心に深く沁《し》み入る。りくは、これからの日々へ考えをめぐらせた。

縁側の雨戸を開けた。

依然として風は強く吹きつけていた。卯乃は庭に下りた。

あたりはまだ暗い。

（いま、まさに峯均様は天馬と闘っておられるのかもしれない）

それは無益な戦いではない。非命に倒れたひとたちの無念の思いを晴らすものだ。

叶《かな》うことなら、峯均とともに闘いたかった。

泰雲や重根、村上庄兵衛《むらかみしょうべえ》らの思いと慟哭《どうこく》を世に伝えたい。そのためにも生き抜いていかなければならないのだ。

——峯均様

卯乃は北に向かって一念を込めて祈った。

どれほどの時がたっただろうか。卯乃は、顔をあげた。

うっすらと夜が白み始めている。

夜空の暗さがしだいに薄れ、雲が紫色を帯び始めた。いつの間にか風が止《や》んでいた。棚引く雲が途切れ、空が紫色からしだいに赤みを帯びてくる。

清々《すがすが》しい一日になりそうだ。卯乃は深く息を吸った。

すべての物が浄化されていくように感じる。

早暁《そうぎょう》の空は神々《こうごう》しい。このような朝を迎えられて、不吉なことが起きているはずはない、と卯乃は思った。

奈津《なつ》が起き出してきた。卯乃の姿を見て、驚いて庭に下りてくる。

「何かあったのですか」

奈津はおびえた声で訊いた。

凶事の報《しら》せが届いたのではないかと不安になっていた。

幼いころから、不幸は自分の知らないところで起きて突然やってくるものだと奈津は思い込んでいる。母のいない淋《さび》しさに耐えて生きてきたが、父が流罪《るざい》となって心にさらなる傷を負った。

卯乃は首を横に振って、微笑《ほほえ》んだ。

「何事もありませんよ。これ以上、怖《おそ》れることは何も起きないと思います。ですから、心配しなくても大丈夫です」

「そうなのですね」

卯乃の言葉にほっとして奈津は涙ぐんだ。

奈津の手に卯乃はやさしく手を添えた。峯均は天馬を倒すことができるであろうが、卯乃が伊崎の屋敷でりくや奈津とともに厳しい暮らしを送ることに変わりはない。

だが、これからは決して挫《くじ》けることはないだろう。

苦難に負けず、悲しみに自分を見失わなければ、そして何よりも希望を持ち続けることができれば、やがて喜びと出会えるに違いない。

（心を強く持ち、いつまでもお待ち申しております）

卯乃は明るさを増していく暁の空を奈津とともに見上げた。

雲の切れ間から光があふれてくる。

立花《たちばな》峯均が流罪を許されたのは、正徳五年（一七一五）のことである。宝永五年（一七〇八）に流罪になってから七年がたっていた。

峯均は親戚《しんせき》に預けられる形で、福岡城から西へ二里、博多湾に臨む志摩《しま》郡《ぐん》青木《あおき》村《むら》に住むことを許された。

北西にある長垂山《ながたれ》の麓《ふもと》から村を貫いて流れる川は、博多湾の海水を含む。『筑前国《ちくぜん》続風土記《ふどき》』には、昔は村の傍まで入り海が迫っていたとある。

峯均はこの村に〈半間庵《はんけんあん》〉と名付けた庵《いおり》を結んだ。寧拙《ねいせつ》と号して茶人として暮らし、重根が遺《のこ》した『南方録《なんぽうろく》』の秘伝を清書する日々を送った。

峯均の傍らにはたおやかな女人の姿があった。

峯均と女人が、晴れた日に海辺を連れだって歩む姿を村人はよく見かけたという。

泰雲、重根が相次いで亡《な》くなって後、黒田《くろだ》家には不運がつきまとった。

四代藩主綱政《つなまさ》の嫡男吉之《ちゃくなんよしゆき》は、宝永七年、病死した。父に先立つこと一年であった。

綱政が家老隅田清左衛門重時《すみだせいざえもんしげとき》を登用して行った藩札の発行は、米価の高騰《こうとう》を招き失敗していた。

正徳三年三月、権勢を誇っていた清左衛門は失脚した。

この年七月、宗像郡村山田村《むなかたぐんむらやまだむら》に配流されていた重根の嫡男道暠《みちあきら》に赦免の沙汰《さた》が下りた。

光之《みつゆき》、綱政の親政が終わり、家老たちの合議による政事《まつりごと》が行われるようになっていた。

家督を継いで五代藩主となった綱政の次男宣政《のぶまさ》（初名政則《まさのり》）は病弱で子もなかったため、間もなく支藩の直方《のおがた》藩主黒田長清《ながきよ》の長男継高《つぐたか》を養嗣子として迎えた。

しかし、六代藩主継高の代に、嗣子の夭折《ようせつ》、さらに旱魃《かんばつ》、洪水、大風に見舞われた。

このため、領内では、

「泰雲様の祟《たた》りではないか」

と囁《ささや》かれた。

藩では、福岡の警固《けご》神社に隣接する龍華院《りゅうげいん》の境内に泰雲の法名を取った幹亮権現《かんりょうごんげん》を造営して泰雲の霊を祀《まつ》り、菩提《ぼだい》を弔った。また、重根も殿守《とのもり》権現として祀り、霊を慰めた。天明三年（一七八三）、二人が横死して七十五年後のことである。

峯均は流祖宮本武蔵《みやもとむさし》没後八十二年の享保《きょうほう》十二年（一七二七）、武蔵の事績を書き残している。

そのころ峯均は先祖の姓丹治《たんじ》を名のっており、『丹治峯均筆記』の名で知られることの書には、宮本武蔵が佐々木小次郎《ささきこじろう》と戦った、いわゆる船島《ふなしま》（巌流島《がんりゅうじま》）の決闘についても記されているが、通説と違う箇所がある。

――巌流トノ試闘ノ事

という章で、

巌流ハ流義之《の》称号也《なり》。津田《つだ》小次郎ト云

と、小次郎が佐々木姓ではなく、津田姓であると書き残した。小次郎が船島で武蔵を待ったとされることについても、

辨之助《べんのすけ》（武蔵）ハ小次郎ヨリサキニ渡海セリ（中略）浜辺ノ岩ニ腰掛、小太刀ヲヒザノ上ニ横タヘ、舟ノ櫂《かい》ハ右之方、横ニ捨テ、持サシ、ウツブイテ小次郎ヲ待チ居ラル

武蔵が先に島に渡り、小次郎を待ち受けたとしている。さらに、小次郎については、次のように記している。

小次郎ハ小舟ニ乗、家頼壱人《けらいいち》、水夫《かこ》一人ニテ漕渡《こぎわた》ル。コレモカルサンヲ著シ、仕込剣ノ木刀ヲ杖《つゑ》ニツキテ立テリ

小舟に乗り、剣を仕込んだ木刀を杖について船島に向かった、というのだ。武蔵が創始した二天《にてん》流を相伝した兵法五代の門人、峯均は小呂島《おろのしま》での自らの闘いを、武蔵の〈巌流島の決闘〉を記録する中に残したのかもしれない。

参考文献

香と香道　香道文化研究会編　雄山閣
図解　香道の作法と組香（第3版）　香道文化研究会編　雄山閣
香三才　畑正高　東京書籍
香と茶の湯　太田清史　淡交社
南方録　南坊宗啓　西山松之助校注　岩波文庫
現代語訳　南方録　熊倉功夫　中央公論新社
南方録と立花実山　松岡博和　海鳥社
「南方録」の謎　下山多美子　かもがわ出版
兵法大祖武州玄信公伝来　三宅長春軒文庫62（福岡市総合図書館所蔵）
立花実山資料　三宅長春軒文庫132―140（福岡市総合図書館所蔵）

解　説

末國善己

　福岡藩の藩祖・黒田長政《くろだながまさ》は、不行跡が目立つ忠之《ただゆき》を廃嫡《はいちゃく》し、三男の長興《ながおき》に家督を譲ろうとしていたが、家老の栗山大膳《くりやまだいぜん》らの反対もあって忠之を後継者にした。ところが二代藩主の座に就いた忠之は、恩義ある大膳ら譜代家臣を遠ざけて新参の倉八十太夫《くらはちじゅうだゆう》たちを重用。幕府の命令に逆らって軍船鳳凰丸《ほうおうまる》を建造したり、足軽隊を増強したりしたため、大膳は忠之に謀反《むほん》の疑いがあると訴えた。幕府の調査の結果、忠之は無罪となり所領は一旦《いったん》没収された後に再安堵《あんど》。大膳は南部藩お預けの処分を受けるが、幕府から百五十人扶持《ぶち》を与えられ、南部藩にも厚遇される悠々自適の生活を送っている。

　この黒田騒動は、伊達《だて》騒動、加賀騒動と並び〝三大お家騒動〟の一つに数えられているが、血で血を洗う抗争に発展した他の二つと比べると穏便に解決したといえる。

　だが黒田家の内紛は、忠之の代だけで終わらなかった。三代藩主の光之《みつゆき》は、譜代家臣ではなく新参の立花重根《たちばなしげもと》らを重用して藩政改革を断行、さらに長男の綱之を廃嫡して三男の綱政を世子にしたため、藩内が綱之派と綱政派に分裂してしまう。事件の構図が黒田騒動に似ていることから、第二黒田騒動とも、当事者の名から綱之騒動とも呼ばれている実際のお家騒動を題材にしながらも、大胆にフィクションを織り込むことでダイナミックかつ深いテーマの物語を紡《つむ》いだのが、本書『橘花抄』なのである。

物語は、父親の村上庄兵衛《むらかみしょうべえ》が切腹し、十四歳で天涯孤独の身となった卯乃《うの》が、隠居したものの実質的には藩政を動かしている光之に仕える立花重根に引き取られるところから始まる。それから四年、十一年前に先妻を亡《な》くしてから独身を通していた重根が卯乃を正室に迎えるとの話が持ち上がった矢先、卯乃は、家老の隅田清左衛門《すみだせいざえもん》の家臣で、父の庄兵衛とも親しかったという真鍋権十郎《まなべごんじゅうろう》から意外な話を聞く。

廃嫡された綱之は、出家して名を泰雲《たいうん》と改め幽閉されていたが、政治的な野望を捨てておらず、泰雲を支持する藩士も少なくなかった。そのため光之は泰雲を警戒しており、一六九九年には泰雲派の藩士八名と僧侶一人を捕らえていた。やはり泰雲派だった庄兵衛も捕縛を恐れ切腹。この時、光之に泰雲の動きが怪しいと知らせたのは重根で、泰雲の廃嫡も立花家の利権を守るため重根が仕組んだというのである。

恩人の重根が父の切腹に関係していると知った卯乃は、懊悩《おうのう》で目が見えなくなり、重根の継母りくの勧めもあって、重根の異母弟・峯均《みねひら》の家で療養することになる。

十四年前、峯均は豊前小倉藩《ぶぜんこくら》に仕え、佐々木小次郎《ささきこじろう》が創出した巌流《がんりゅう》を遣う津田天馬《つだてんま》と御前試合を行い、屈辱的な敗北を喫した。天馬に勝つため、小次郎を破った宮本《みやもと》武蔵《むさし》が編み出した二天流を学んだ峯均は、兵法狂いと噂《うわさ》されるほど厳しい修行を積んだものの、相伝を受けた後は剣のことを話さなくなったというのである。

二天流の達人でありながら、剣の腕を誇らず静かに暮らしていた峯均が、藩内を安寧に保ちたいという重根の理想を守るため、政敵が雇った宿敵・天馬と何度も死闘を繰り広げる展開は、連作集『隠し剣孤影抄』『隠し剣秋風抄』などで、剣の腕を隠して生きる剣客が、政争に巻き込まれ死地に赴くという物語を好んで書いた藤沢周平を思わせるものがある。本書のタイトルに「抄」が入っているのも、藤沢を敬愛する著者が、先の〈隠し剣〉シリーズや『用心棒日月抄』などを意識したように思える。

〝出る杭《くい》は打つ〟日本型組織の典型といえる藩で生き残るため剣の腕を隠し、家族の生活を守るため、上役の命令で仕方なく決闘に臨んでいた藤沢作品の剣客は、自分が我慢すれば定年まで同じ会社に勤めることができた高度経済成長期のサラリーマンの悲哀を見事に切り取っていた。本書も同じように組織に生きる武士を描いているが、藤沢作品と異なるのは、どれだけ組織に忠誠を誓っても、会社の方針が変われば馘首《かくしゅ》される厳しい競争にさらされている現代人が共感できる物語を作ったことである。

バブル崩壊後、日本でも企業の合併や買収が積極的に行われるようになったため、ある日突然、経営陣が入れ替わる事態も珍しくなくなった。上層部が入れ替われば、旧経営陣の派閥が失脚し、新経営陣の信任を得たグループが台頭する〝政権交代〟も起こってくる。そして〝新政権〟が発足すれば、守旧派が粛清されるのは世の常である。悲願の政権交代を果たした民主党が自民党の政策を覆《くつがえ》し、再び政権を奪取した自民党が民主党の政策を全否定した流れを目《ま》の当たりにした日本人には、〝政権交代〟がもたらす残酷な現実が、より生々しく感じられるのではないだろうか。

絶対的な権力を握っていた光之の影響力が衰えたことで、世子の吉之《よしゆき》を次期藩主にしたい綱政と、政権奪取を目論《もくろ》む泰雲が暗闘を始め、それが〝勝ち馬〟に乗りたいと考える両派の藩士を巻き込んだ抗争へと発展していく本書の構図は、組織が改変される混乱期に必ず起きる、出世と没落が紙一重の壮絶な生存競争そのものである。著者は、江戸の昔から人気のあったお家騒動ものを、現代の世相を踏まえてアレンジしているので、宮仕えの経験があれば、身につまされるエピソードも多いはずだ。

峯均の家で暮らし始めた卯乃は、長く親切にしてくれた重根を想《おも》いながらも、兄に勝るとも劣らないほど誠実な峯均にも魅《ひ》かれていく。三角関係でありながら、ドロドロしたところがない卯乃の純愛も物語を牽引《けんいん》していくが、卯乃の出生の秘密が明らかになるにつれ、卯乃の恋と政争が意外な形でリンクするので驚きも大きいだろう。

お家騒動に主人公とヒロインの恋愛がからむ展開も、藤沢の『蟬《せみ》しぐれ』などを彷《ほう》彿《ふつ》させるが、男を支える、あるいは男を待つ健気《けなげ》なヒロインが中心だった藤沢作品に対し、卯乃は失明というハンディキャップを負いながら、重根、峯均兄弟をサポートするため主体的に動くことも少なくない。それだけに、逆境に直面しながらいつも〝凜《りん》〟としている卯乃に、シンパシーを感じる女性読者も多いように思える。

重根は、千利休《せんのりきゅう》の侘《わ》び茶の精神をまとめた秘伝書『南方録《なんぽうろく》』を筆写、編纂《へんさん》した当代きっての茶人であり、峯均も重根の高弟だった。そのため本書では、茶道や和歌など日本の伝統的な〝美〟の世界が描かれていくが、興味深いのは、著者が重根の得意とした茶道ではなく、香木の香りを楽しむ香道をクローズアップしたことである。

卯乃に香道の手ほどきをしたりくは、「茶は現世を味わい、香は古《いにしえ》の物語を聞く」ものであり、「香を組み合わせることによって、源氏物語などの世界を表す」ことができると語る。香道の特質を「古の物語を聞く」とした著者のなかには、先人が連綿と受け継いできた文化と、刹那《せつな》的な問題に過ぎない政争を対比することで、人間にとって本当に大切なものとは何かを問いかける意図があったのではないか。さらにいえば、著者が政争で苦しい立場に追い込まれながらも、香を炷《た》きながら中国の古典文学や『古今和歌集』の世界に想いを寄せる重根や卯乃を描いたのは、現代人が日本の進むべき道を考えるには歴史に学ぶことが重要というメッセージに思えてならない。

　考えてみると本書には、名作文学へのオマージュが少なくない。例えば、修行の鬼だった峯均が二天流の相伝を受けた途端に剣について語らなくなる話は、天下一の弓の名手を目指す紀昌《きしょう》が、甘蠅《かんよう》老師のもとで極意「不射之射《ふしゃのしゃ》」を会得《えとく》した後は弓を手にしなくなった中島敦《なかじまあつし》『名人伝』を思わせる。また、峯均に片腕を切断された天馬が剣技と狂気を倍化させていくところは、隻眼隻手《せきがんせきしゅ》の怪剣客を主人公にした林不忘《はやしふぼう》『丹下《たんげ》左膳《さぜん》』を、心の迷いを象徴的に表現するため卯乃が失明する展開は、中里介山『大菩《だいぼ》薩峠《さつとうげ》』の机龍之介《つくえりゅうのすけ》を想起させるのである。藤沢周平も含め、著者が先輩作家に敬意を表しつつ、それを乗り越える物語を書いたのは、歴史の重要性を身をもって証明するためだったと考えて間違いあるまい。

　玄界灘《げんかいなだ》に浮かぶ小呂島《おろのしま》で、峯均と天馬が決闘を行う迫真の剣戟《けんげき》シーンをクライマックスにしたことからも明らかなように、著者は多くの古典のなかでも、吉川英治『宮本武蔵』を重視している。吉川『宮本武蔵』は、剣の修行を通して「どこまで自分を人間として高めうるかやってみよう！」と考える武蔵と、「立身のためだ、名を揚げるためだ、故郷《ふるさと》へ錦《にしき》を飾るためだ、そのほか人間と生れた効《かい》をあらゆる点で満足させるためだ」という理由で兵法を学ぶ小次郎を対比しながら物語を進めた。武蔵と小次郎の生きざまは、そのまま汚名を着せられても正義を貫いた峯均と、雇い主を変えながら欲望に従って人を斬る天馬に重ねられている。その意味で二人の直接対決は、読者一人一人に美しい生き方とは何かを突きつけているといっても過言ではないのだ。

著者が、八十年近く前に書かれ、今も多くの読者を魅了している吉川『宮本武蔵』に着目したのは、高い人気とは裏腹に、金銭や出世に汲々《きゅうきゅう》とせず、精神の充足を求めるという作品のテーマが忘却されつつある現状に、危機感を覚えたからではないか。吉川の武蔵は一撃で小次郎を倒したが、天馬は峯均に何度斬られてもゾンビのように復活し、襲いかかってくる。不気味で不死身の天馬は、他人を蹴落《けお》としても平然としている人間、目的のためなら手段を選ばない人間がいつの時代も絶えない、それどころか増加している現代社会の暗喩《あんゆ》になっているのである。

弟子の桐山作兵衛《きりやまさくべえ》に強さの意味を聞かれた峯均は、「負けぬということだ」と答え、その真意を「負けぬというのは、おのれを見失わぬことだ。勝ってもおのれを見失えば、それはおのれの心に負けたことになる。勝負を争う剣は空虚だ」と説明する。

金と名誉を得た者が〝勝ち組〟とされ、誰もが〝勝ち組〟になろうと躍起になっている今だからこそ、競争に勝つよりも、主君が間違っていれば堂々と諫言《かんげん》し、立花一族が保身のために主君を利用しているといった悪評を流されても弁解しないなど、良心に恥じない道を進んだ重根、峯均兄弟の気高い精神から学ぶことは多いのである。

（平成二十五年三月、文芸評論家）

この作品は平成二十二年十月、新潮社より刊行された。

橘《きっ》花《か》抄《しょう》

新潮文庫　は－57－1

平成二十五年五月一日発行
令和四年五月十日十七刷

著者　葉《は》室《むろ》麟《りん》
発行者　佐藤隆信
発行所　株式会社　新潮社
郵便番号　一六二―八七一一
東京都新宿区矢来町七一
電話　編集部(〇三)三二六六―五四四〇
読者係(〇三)三二六六―五一一一
http://www.shinchosha.co.jp

価格はカバーに表示してあります。
乱丁・落丁本は、ご面倒ですが小社読者係宛ご送付ください。送料小社負担にてお取替えいたします。

印刷・大日本印刷株式会社　製本・加藤製本株式会社

ISBN978-4-10-127371-6 C0193